新 潮 文 庫

夜空の呪いに色はない

河 野　裕 著

新 潮 社 版

10865

目次

夜空の呪いに
色はない

その章は玄関のベルが鳴るシーンで終わった。

時計をみると九時四五分を指していた。午後の九時四五分だ。僕はページをめくり、次の章の頭を斜めに読む。来訪者は主人公の妹のようだ。それは意外な展開だった。彼女は三年前から行方不明になっていて、姿を現す予兆はどこにも描かれていなかったから。物語の続きが気になったけれど、栞を挟んで本を閉じた。

学習机の前から立ち上がり、三月荘の自室を出る。階段を下り、食堂に向かう。食堂からは明かりが漏れていた。中を覗くと、大地と、佐々岡と、他の寮生のふたりが向き合ってテーブルについている。大地はパジャマに着替えている。色々なポーズの小さなシロクマがいくつもプリントされた、深い青色のパジャマだ。佐々岡たち寮生は学校指定のジャージを着ている。彼ら四人が着いたテーブルにはいくつものカードが並べられている。ゲームをプレイしているようだ。

最近、三月荘ではこの手のゲームが流行っている。大地は少し感情を読み取りづらい少年だけど、どうやらトランプをはじめとしたアナログゲームを好む傾向にあるようで、そのことに気づいた管理人のハルさんや寮生たちが通販を使って購入したものだ。

僕はキッチンでグラスに半分ほどの水を飲み、それから大地の隣に座ってゲームの成り行きを見守っていた。大地は真水みたいに真剣な表情で、自身の手札をみつめていた。彼の状況は、あまりよくないようだ。寮生のひとりが大勝していて、佐々岡が二位で、大地はどうにか三位争いに食いついている。たまたま運が悪かったのかもしれないし、七並べよりは多少複雑なこのゲームが彼にはまだ難しかったのかもしれない。あるいはいつものように、彼は少しだけ負けたがっているのかもしれない。

大地はゲームの終盤で手を抜く癖がある。というか積極的に、「良い戦いをした上での敗北」を目指しているのだと思う。このことは寮生の全員が知っている。僕たちは大地に心から勝利を目指して欲しいと思っている。でも上手（うま）く伝えられないでいる。

かつて僕らもそうだったはずなのに、小学二年生というのは未知の存在だ。彼の丸い頭の中の構造を上手く想像できない。透明な器を目にしても、それがガラス製なのか、プラスチック製なのか判別できないでいるように。

プラスチックであれば多少は乱暴に扱えるけれど、ガラスであれば些細（ささい）な衝撃でも割れてしまうかもしれない。わからないから僕たちは、ガラス製の器として彼に接する。力加減がつかめなくて、過剰に丁寧な手つきになってしまう。大地の少しだけ的外れな優しさを不用意に指摘して、もしも彼にひびが入ってしまうとたいへんだから。今のところ僕たちは、消極的に大地を見守っている。

ゲームは波乱が起こらないまま終了した。大地はいつものように、なんとか「おしかった」と言える範囲で最下位になった。

「次、入るか？」

と佐々岡が言う。

「いや――」

僕は壁にかかった時計に目を向ける。時刻は午後九時五五分になっている。次のゲームが行われないことを、僕は知っている。

食堂のドアが開き、ハルさんが顔を出した。

彼は大地に向かって、優しく声をかける。

「そろそろベッドに入る時間だよ」

大地はまだゲームに未練がある様子だったけれど、小さく頷いて、椅子からぴょんと飛び降りる。

「それじゃあ、おやすみなさい」

と言った彼に、僕らは口々に「おやすみ」と返す。

大地がハルさんに連れられて食堂を出て、それで気が削がれたのだろう、佐々岡たちはボードゲームを片づけ始めた。彼らはこれから寮の一室でテレビゲームをするようだ。有名なレースゲームのタイトルを口に出している。僕も誘われたけれど、用があるからといって断った。なんの用なのかは尋ねられなかった。

やがて食堂には、僕の他には誰もいなくなった。演劇で登場人物が舞台袖（ぶたいそで）にはけて、次のシーンに必要なひとりだけが取り残されるように。

舞台はつつがなく整いつつある。もしこれが本当に劇だったなら、照明が落とされて、部屋の片隅にあるレトロなピンク色の公衆電話にスポットライトが当たるだろう。僕は役者というより黒子のように、椅子のひとつをその公衆電話の隣に移動させて、腰を下ろした。

最近、毎夜一〇時に電話が鳴る。

そしてそのとき、食堂には僕のほかに誰もいない。

堀（ほり）からの電話のベルは、不思議ともの静かに鳴る。

そのベルはもちろん沈黙ではない。こちらの注意を惹（ひ）こうとする意思がある。でも叫び声ではなく、泣き声ではなく、そもそも音でさえなく、そっとシャツの袖を引く躊躇（ためら）いがちな力のように、僕は感じる。

おそらく、この感覚は誤りだろう。誰が回線の向こうで受話器を握っていても、どんな力でキーを押しても、そこにいかなる思惑や感情や表情があったとしても、電話は同じ音量で、同じ音をたてて鳴るはずだ。一方で、あるいは、という思いがなくもない。あるいは実際に彼女がかけてくる電話の音だけは特別なのかもしれない。少しだけ音量を抑えて、尖(とが)った部分にやすりをかけて、僕の注意を惹きながらも不快感は与えないように耳ざわりが修正されているのかもしれない。きっと彼女にはそうすることが可能だ。物理的にも可能だし、心情的にも、そういった気遣いをしていても不思議はない。

　僕は椅子に座ったまま受話器を手に取る。

　相手を確かめもせず、言った。

「こんばんは」

　堀も小さな声で、同じように答える。

「こんばんは」

　堀は喋(しゃべ)るのが苦手だ。僕には想像もできないくらい苦手なのだと思う。出会ったばかりのころは、月に一度でも彼女の声を聞くことができれば充分だった。虹(にじ)をみつけるのと同じように、それは小さな特別で、微笑(ほほえ)ましいことだと感じていた。

　今、堀は僕にたくさんのことを語りかけてくれる。どこのクラスにもひとりはいる、内気でナイーブな少女くらいにはよく喋ってくれる。そこにはいくつかの理由がある。でも大雑把に結果だけをまとめてしまえば、僕は堀にとって、「傷つけてもよい相手」

にランクアップすることができたのだろう。言い間違えてもよい相手。誤解を生んでもよい相手。失敗を取り返せるのだと信じられる相手。それはもちろん、信頼のひとつの形だ。特別に重要な、きっと本質的な信頼の形だ。別に僕の手柄だというわけではないけれど、でもその立場にいられることを、誇らしく思う。

「夕食は、なにを食べた？」

と僕は尋ねる。

「カレー。昨日と同じ」

と堀は答える。

「たくさん作ったんだ」

「うん」

「玉ねぎを焦がさなかった？」

「上手くできたよ。新しいお鍋を買ったから」

「優秀な、焦げにくい鍋？」

「そうでもない。でも、可愛い」

それはよかった、と僕は答える。

たしかに買ったばかりの可愛らしい鍋を使っていたら、僕だって玉ねぎを焦がさないように、細心の注意を払うかもしれない。鍋にはいろいろな機能がある。焦げにくい鍋があり、保温に適した鍋がある。愛らしい外見で使用者に注意を促すというのも、もちろん機能のひとつだ。そんなこと取り扱い説明書には書いていないだろうけれど、実際に具体的な効果を発揮する機能だ。きっと鍋に限らず、世の中のあらゆる事柄には、説明書には書きづらい具体的な機能がたくさんあるのだろう。

堀は新しく買った鍋のことを教えてくれた。僕が尋ねて、堀が答えた。

その鍋は郵便ポストみたいに活発な赤色で、蓋と底がそれぞれ少し丸まっている。遠くからみると愛嬌のあるロボットの頭みたいにみえる。アンテナの代わりに、木の丸い取っ手がついている。一応はホーロー製だけど、とても薄く、ホーローの特性を上手く活かしているとは言いづらい。でも可愛い。木べらを使って根気強くかき混ぜていたから、カレーも美味しくできた。今のところまだ傷はついていない。

こんな話を、堀から聞くのは幸せなことだった。寒い夜に体温で温かくなった毛布に包まっているような心地だった。このまま「おやすみ」と告げてベッドに入ればよかったのだけど、でも本当にそうするわけにはいかない。堀が毎晩電話をかけてくるのには、一応、それなりの理由がある。

「それで」

と、彼女は言った。それからしばらく黙り込んだ。おそらく言葉の続きを探しているのだろう。

　僕は本題に踏み込む。

「真辺（まなべ）のことは、まだ気にしなくていい。というか、彼女の思惑みたいなものを想像してもあまり意味はない。だって尋ねればなんでも答えてくれるから」

　先週、真辺由宇（ゆう）は魔女になることを決めた。

　安達（あだち）が誘って、彼女が受け入れた。

　僕はそれを阻止したいと思っている。堀も魔女としての役割を放り出すつもりはない。つまり形式としては、真辺と安達のコンビを、僕と堀が迎え撃つ形になっている。

「君から魔法を奪うための具体的な方法を考えているのは、安達の方だろうと思う。そして僕が安達の立場なら、思惑をいちいち真辺に伝えたりはしない。こちらに筒抜けになるとわかりきっているし、真辺を納得させるのは簡単じゃないからね。今のところ、真辺由宇はあくまで状況で、プレイヤーは安達だよ。僕たちにとっても、安達にとっても」

　安達のことを理解するのは難しい。

　彼女の思惑は謎（なぞ）に包まれている。あるいは思惑なんてものは存在しないのではないか、というくらいに。堀から魔法を奪うなんてことは、本来であれば手段のひとつでしかないはずだ。魔法を手に入れた、その先があるはずだ。でも安達からは長期的な計画を感じない。魔法を手に入れることそのものが彼女にとってのゴールのようにも思える。先がないのであれば、安達はきっとなんだってする。どんな犠牲だって払える。

「今のところ」

　と堀は言った。

　それが僕の言葉の反復だと気づくのに、少し時間がかかった。

　短い沈黙を挟んで、彼女は続ける。

「でも、本当に危険なのは、真辺さんだと思う」

　僕には上手く答えることができなかった。

　真辺由宇は、安達よりもずっとわかりやすい。他の誰よりもわかりやすい。僕は彼女のことをよく知っている。すべてではないけれど、とてもよく知っているつもりでいる。真辺の価値観や、考え方や、具体的な手順を想像することは難しくない。けれど僕にとっても、やっぱり安達より真辺の方が怖い。

「どうして？」

　そう尋ねると、堀はまた沈黙した。少し前までの彼女みたいに。

　僕もあのころと同じように、彼女の言葉をじっと待っていた。

　やがて、どちらかというと冷たい声で、堀は言った。

「だって、貴方（あなた）がそれを求めているから」

　その通りだ。でも。

「だとしても僕は、君の理想を裏切らないよ」

「うん。ありがとう」

今度は互いに、口をつぐむ。受話器からはかすかに彼女の息遣いが聞こえる。真辺について語るのは難しい。語る相手が堀であれば、とくに難しい。

僕は口から漏れかけたため息を呑み込む。今、僕たちに必要なのはもっと具体的な話なのだ。おそらく。

「真辺は安達のように、細々とした嫌がらせを積み重ねるようなことはしない。ストレートに、君に伝えるべき言葉を探している。真辺にとって階段島がどんな風に問題で、その問題を解決するためにどんな風に魔法を遣うべきなのか、上手く言葉にまとめようとしている」

「うん」

「真辺がどんな答えを出すのかはわからない。でも、彼女のやり方は単純だ。真辺が僕たちの問題点を指摘する。僕たちはそれに反論する機会がある。こちらの反論の方が正しければ、真辺は素直に引き下がる」

「真辺さんの方が正しかったら？」

「意見を上手く取り込めばいい。真辺に魔法を譲る必要はないよ。僕たちが階段島をより良い形に成長させていこう」

真辺の言葉が僕たちの痛いところをついたとしても、致命的でなければ問題ない。致命的な言葉というのはつまり、階段島の根本を否定する言葉ということだ。それは堀の理想を否定する言葉だと言い換えることもできる。

でも、堀の理想は綺麗なものだ。真辺の価値観でも理想的にみえるもののはずだ。だから引いた視点で考えれば、真辺をそれほど警戒する必要はない。

僕は続ける。

「一方で安達には、フェアに議論しようという気はないだろうね。どんなに無茶苦茶でも、僕たちが反論する余地もないような方法を使うかもしれない。だから僕は安達の方を警戒しているし、彼女の具体的な次の一手を想像している」

「なにかわかった？」

「なにも。だから困ってるんだ」

本当は、ひとつだけ思い当たっている。もし達成できたなら堀と僕が手を取り合って真辺や安達と争っている、という構図から変えてしまえる方法はある。でもそれに関してはまともな対策がない。

最近の安達は不気味だ。彼女が真辺を魔女にすると宣言して一週間、具体的な動きがない。それはこれまでの安達の印象とは違う。安達の決断は迅速で、行動に躊躇いがない。

だから、沈黙が怖い。安達は僕からはみえないところで、静かに次の計画を進行させているのかもしれない。こちらが不用意に足を踏み出すのを待ち構えているのかもしれない。あるいはただ時間が経過することに、意味があるのかもしれない。

「ともかく僕は安達を探ってみる。もう少し安達のことを理解しないと、手の打ちようがないよ」

「うん」

「君の方は？ 安達がなにをしようとしているのか、想像がつく？」

「ごめんなさい。なにも」

堀の声は不安げだ。それで僕は、つい微笑む。

嬉しくて、悲しくて笑う。

この島において、魔女はほとんど万能だ。神さまみたいなものなのだ。その気になれば堀は、島から安達を追い出すことだってできる。彼女の頭の中を覗くことだって、意識をちょいちょいと操って思い通りに支配することだってできる。能力の強弱で語るなら、堀に敵はいない。

なのに、この誠実な魔女はそんな風には魔法を使わない。だってそれは、階段島の理想に反するから。なにも捨てないことを望んだ堀は、はっきりと対立する安達さえ敵としては扱えない。安達の思想さえ、この島の一部として受け止めなくてはならない。

安達からみれば、これは魔法を奪い取るための戦いなのだろう。でも、こちらは違う。堀の理想を守るための戦いだ。だから僕たちは、堀の理想から踏み出せない。どれだけ有効な方法であれ、安達に対して魔法を使うことを堀は望まない。あくまで人対人として安達に接する必要がある。

「ひとつだけ、教えて欲しいことがあるんだ」

「なに？」

堀の理想に反しない中で、疑問だったことを僕は口にした。

「どうして大地が、自分を捨てることを許したの？」

堀と僕――正しくは七年前に階段島を訪れた僕ではない僕は、この島を運営するためのいくつかのルールを作った。多くの場合、そのルールは厳守されてきたけれど、例外がなかったわけではない。だがその例外の大半は、僕の指示によるものだ。堀自身がルールに反することを望んだのは、たったの一度きりだった。大地のことだ。

僕たちは幼い子供が自分の一部を捨てることを望まなかった。だから魔女が「不必要な自分」を引き抜くのは、若くとも中学生以上だと決めていた。わかりやすい線引きのあるルールだった。なのに堀は、自分から大地をこの島に連れて来たいと言った。

堀は電話の向こうで、しばらく押し黙っていた。

やがて彼女は、小さな声で僕に尋ねた。

「どうしても、知りたい？」

僕は意図してほほ笑む。堀なら、電話越しにだって僕の表情に気づいてしまえるかもしれないから。

「いや。どうしてもではないよ」

「よかった」

本当に安心した風に息を吐き出して、彼女は続ける。

「あんまり、勝手に話していいことじゃないから」

勝手に。その言葉が、意識に引っ掛かる。

――いったい堀は、誰に気を遣っているのだろう？

大地自身だろうか。彼の了解を取らず、事情を話すことに抵抗があるのだろうか。あるいは僕も知らない関係者がいるのだろうか。

なんにせよ大地の件は階段島の例外だ。例外にはなんらかの理由があるはずで、その理由を安達は狙（ねら）うかもしれない。どんな理由があるのか見当もつかないけれど、簡単には見過ごせない。

この島と、優しい魔女の理想を護（まも）るために。

僕は堀の心が持つ弱点に、敏感にならなければならない。

＊

それから僕たちは五分ほど安達の話をして、さらにもう五分ほど、なんでもないことを話した。最近の気候、裏路地でみかけた猫、もうすぐ訪れる春休みのこと。そういう、気持ちがいいいだけの会話だ。

最後に僕は、とても大切なお願いをひとつだけ伝えた。堀は戸惑っているようだった。でも一応は、「わかった」と言ってくれた。

「おやすみ、また明日」

そう交互に言い合って、受話器を置く。ちん、と電話機が小さな音をたてる。

魔女から魔法を奪う方法は単純だ。

――貴女(あなた)よりも、私の方が幸せ。

魔法を持たない魔女が魔法を持つ魔女に対してそう宣言して、その言葉が受け入れられたとき、魔法の所有権が移動する。

単純に考えて、これを成立させる方法は二種類しかない。つまり魔女を不幸にするか、魔女よりも幸せになるか、だ。安達は前者を目指すだろう。真辺の目には前者なんて映ってもいないだろう。

警戒するべきなのは安達だ。

でも、きっと、本当に危険なのは真辺だ。

――だって、貴方がそれを求めているから。

その通りだ。僕自身がそれを望んでいる。

真辺由宇が僕の理想通りで、一切その性質を変えることなく、それでも僕の思惑を遥かに飛び越えていく姿に打ちひしがれたいと思っている。

手を抜くつもりはない。でも僕の幸せは、敗北の方にある。

一話、夜がくるたび悩みなさい

I　七草　三月一八日（木曜日）

春休みが目前に迫り、学校で過ごす時間が短くなった。

僕は午後三時三〇分に教室を出て、階段を下りて、学生街の雑貨屋でペットボトルのジンジャーエールを買った。ジンジャーエールの味は、とくに好きでも嫌いでもない。でも名前が好きだからたまに飲みたくなる。

ジンジャーエールを片手に、ゆっくりと歩く。島の東にある港を目指して、田畑のあいだを蛇行しながら抜ける、土がむき出しの道を進む。

冬と春とがくるくると入れ替わる時期だ。昨日はコートの前のボタンをぴっちりと閉めていたのに、今日は上着が煩わしく感じた。風はまだ冷たいけれど、頬に感じるその冷気が心地よい。畑ではキャベツとほうれん草がちょうど収穫期で、その隣の綺麗に整えられた畝に、輝くような黄緑色の苗が並んでいる。

ジンジャーエールを飲みながら、僕は海辺の街に入る。「ここから街です」と看板が出ているわけではないけれど、土の道が石畳で舗装されると、街に着いたという気がする。

海辺の街は海岸に沿った、南北に細長い形をしている。まっすぐ東を目指すと、間もなく港に突き当たる。港には白い灯台と赤い屋根の郵便局が並んでいる。

僕は郵便局の前に立った。けれどドアに掛かっている看板は『準備中』となっている。郵便局を閉めるにはまだ早い時間だから、おそらく配達の途中なのだろう。この島にはたったひとりしか郵便局員がいない。

僕は『準備中』の看板に背を向けて、しばらく海を眺めていた。何隻かの漁船が、島から離れていくのがみえる。あの漁船はなにをしにいくのだろう？　漁には少し遅すぎる時間だ。明日のための仕掛けを準備しにいくのだろうか。農作業を終えた人たちに釣りをさせるようなサービスを始めたのだろうか。あるいはふと、この島の外を目指してみたくなったのだろうか。

漁船の行く先を眺めると、水平線に霞みのかかった陸がみえる。近くはない。けれどその気になれば、どうにか辿り着けるのではないか、という気がする。視界に入るというのはそういう距離なのだ、きっと。

あの陸をみえなくすることだって、堀にならできた。七年前に階段島を訪れた僕は、住民の視界から陸を消してしまった方がよいのではないかと考えていた。階段島の外を意識させるものは、なんだって問題の種になる。

今もまだその陸が水平線からわずかに顔を出しているのは、堀が望んだことだ。堀はあの陸がみえている方が好きだと言った。彼女が好き嫌いを口にするのは珍しいことだったから、僕も反対はしなかった。

やがて漁船は帆先を南に向けて、エンジンを止めたようだった。そのまま波に揺られている。僕はペットボトルの蓋を外してジンジャーエールをまた一口飲む。少し辛い。

「七草くん」

と声が聞こえた。

その声を追って首を振ると、ポストの前に背の低い女の子が立っている。僕のクラスで委員長をしている、水谷という名前の女の子だ。前髪をバレッタで留めた彼女は、魅力的なおでこをこちらに向ける。

「切手ですか？」

僕は曖昧に頷く。切手であれば学生街の雑貨屋に売っているから、わざわざ郵便局まで歩く理由にはならないけれど。

「委員長は？」

「これからアルバイトです。ついでに手紙を出そうと思って」

彼女は郵便局の前にある赤いポストに、一通の手紙を投函する。階段島では携帯電話の電波が入らない。だから未だに手紙が現役だ。

「新聞部のこと、聞きましたか？」

と彼女は言った。

僕は首を振って尋ねる。

「なにかあったの？」

僕も委員長も、新聞部に入っている。他の部員は真辺と堀、佐々岡、大地、それから安達だ。新聞部は安達によって作られた。三月荘とは別に、大地の居場所を用意する、というのが表向きのコンセプトだ。僕たちはある記事の準備を進めていたけれど、事情があってテーマを変えることになった。部の正式な始動は新年度からにしようと決めて、今はとくに活動していない。

委員長はポストから僕の方へ身体を向け直す。

「安達さんは、始業式の日に創刊号を貼り出したいみたいですよ」

始業式はたしか、四月八日だったはずだ。ちょうど三週間後ということになる。

「性急な話だね」

「時間はありますよ。私も、安達さんに賛成です」

「でも、まだ記事の内容も決まってないんでしょ？」

「そうですけど、せっかくもうすぐ春休みなんだから。活動しましょうよ」

「誰からも文句が出ない、平和な記事なら僕だって大歓迎だよ。でも、もう大地の記事をお蔵入りにしたくないな」

　以前進めていた記事が公開されなかったのは、部活動の顧問を担当しているトクメ先生の指示だ。安達は堀を攻撃するために、階段島の不満が表面化するアンケート調査を行った。「捨てられた人たち」が集まる、もの静かだけど安定した階段島において、問題しか生まない種類の記事だった。

　きっと安達も、記事が公開されないことを想定していたはずだ。部員に堀がいる以上、廊下に貼り出すまでもなく、調査を行う過程が堀のダメージになる。実際、あの生真面目な魔女は、安達の思惑通りに傷ついた。

　今回も同じような目的で安達が記事を作ろうとしているのなら、僕はふたつの理由で、それを食い止める必要がある。ひとつはもちろん堀のために。もうひとつは、こんな馬鹿げたもめ事に大地を巻き込まないために。

　新聞部が活動するのはかまわない。大地が喜ぶのなら、それは僕にとっても喜ばしいことだ。でも安達が和気藹々と部活動で友情を深めるつもりだとは思えない。

　委員長に目を向けると、彼女は緊張した面持ちで、顎をひいて瞳だけでこちらを見上げていた。

「七草くんは、安達さんが嫌いなんですか？」

好き嫌いでは答えづらい。苦手という表現がより近い。

「僕だって別に、安達に反対したいわけじゃないよ。でも大地を優先して考えないわけにはいかないでしょ。高校生と小学生なんだから」

「そういうことではなくって」

委員長はなんだか不機嫌そうだ。上手(うま)く砂抜きができていない貝を噛(か)んだような、ユニークな表情を浮かべている。これはどうやら非難されているようだぞ、ということはわかったけれど、彼女に嫌われる理由には思い当たらない。

「じゃあ、どういうことなの？」

改めて尋ねると、委員長はぎこちなくほほ笑む。ストレスが溜(た)まったときに、自衛のために浮かべる種類の笑みにみえる。

「まだ返事をしていないんですよね？」

彼女の言葉というよりは、こちらを責めるような目つきで理解した。二週間ほど前、僕は安達に告白されたのだった。とはいえそれは僕たちの小競(こぜ)り合いの一端で、本当に好意を向けられているわけではない。

委員長は口早に続ける。

「部内でそういうもめ事があると困るんですよ。まだ始まってもいないような部活動なのに。そちらが片づかないと、私たちもふたりにどんな態度で接したらいいのかわからないです」

僕と安達は、新聞部の会議でも反発しがちだ。それが傍目には、あの告白に理由があるようにみえるのかもしれない。安達はこういったことまで想定して僕に告白したのだろうか？　もちろん、考えていただろう。早いタイミングで、部員全員の前で僕に対して好意を示したのは優れた手だ。とくにリスクなくリターンばかりが手に入る。

僕はできるだけ柔らかくほほ笑む。

「わかった。近々、ふたりで話をしてみるよ」

委員長はまだ不機嫌そうだ。

「というか、真辺さんはなにも言わないんですか？」

「そういえばアドバイスをもらったな。誠実に返事をしろと言われた」

「よくわかりませんね」

そうだろうか。普段通りに真辺らしい言葉だと思うけれど。

委員長は顔をしかめる。

「七草くんと真辺さんって、どんな関係なんですか？」

「小学生の頃からの友人だよ」

「それは知ってます。でも、もっと――」

委員長はなにか考え込んでいる様子だった。僕としては、この面倒な話題をさっさと切り上げてしまいたい。でも適当な嘘をついて逃げ出そうかと考えているうちに、彼女は言った。

「たとえば真辺さんが、誰か知らない男の人に告白されても、七草くんはなんとも思わないんですか？」

「そりゃ、なにかは考えるだろうね」

「なにかってなんですか」

ずいぶんしつこい。

なかなか言葉にするのが難しくて、誤魔化すために、僕は言った。

「真辺は中学一年生のときに告白されたことがある。ラブレターをもらって、ずいぶん嬉しそうだったよ」

「本当ですか？」

委員長は真顔を取り繕いながら、でも弾んだ声を上げる。ネガティブな感情よりも好奇心の方が勝ったようだ。

僕も笑って、頷く。

「もちろん。こんな嘘はつかない」

　相手は同じクラスの男の子だ。眼鏡をかけた、ひょろりと背の高い、なかなか学業が優秀な子で、悪く言えば気の弱そうな、良くいえば優しそうな印象だった。

「それで、どうなったんですか？」

「すぐに返事を書いたよ」

　手紙には手紙で返すのが礼儀だと考えたのではないか、と思う。

　真辺は放課後にレターセットを買ってきて、わざわざ学校に引き返して図書室の自習用の机に座った。文面がおかしくないかチェックしてくれないかと頼まれて、僕は彼女の隣で本を読んでいた。

　真辺はずいぶん悩みながらノートに下書きをして、それを自分で繰り返し添削した。表情は普段と変わらなかったけれど、誰かに好意を伝えられたことが嬉しかったのだろう、真剣な様子だった。

　僕は頼まれた通り、書き上がった文章をチェックした。直すところは一文もなかったように思う。そもそも短くてわかりやすい、間違えようのない返事だったのだ。僕がオーケイを出すと、真辺は丁寧に便箋（びんせん）に書き写し、封筒に入れてシールで封をして、相手の机の上に置いた。僕はほんのささやかなサポートとして、その手紙を机の中に移した。

　委員長はにやけた笑みを浮かべて、身を乗り出すように言った。

「どんな返事だったんですか？」

「別に、普通だよ。貴方のことはよく知らないし、恋愛というのもよくわからないから恋人にはなれない。でも友達になれると嬉しい、という風な」

「それから？」

「続きはない。これでおしまい」

相手がどのくらい真剣に真辺に好意を持っていたのかはわからない。でも結果的に、ふたりは友人と呼べる程度にも親しくならなかったようだ。休み時間に何度か話をしている姿をみかけたけれど、間もなく相手の方が真辺を避け始めた印象だった。

「七草くんは？　なにかしたんですか？」

「別になにも。返事の文章をチェックしただけだよ」

僕はジンジャーエールに口をつける。

「でも、やっぱり真辺に恋人ができるのは嫌な感じがしたな」

あの頃だって、独占欲に近い感情があったのだと思う。

けれどそれは、恋愛感情と呼べるものではなかったはずだ。――どこの誰だか知らないけれど、真辺由宇のことをどれだけ理解しているっていうんだ。僕ほど近くにいたわけでもないくせに、簡単に彼女を好きだなんて言うんじゃない。というのが、素直な感想だったのではないか。もし彼女を正確に理解して、そのままの彼女を守ろうとする相手であれば、当時は祝福したのではないかという気がする。

僕は適当に言い繕う。

「家族の恋愛の話を聞くのに近いかもしれない。なんだか気持ち悪いから、僕の知らないところでやって欲しいなという印象だった」

「こっそりならいいんですか？」

「別に、堂々と恋人を作ればいいよ。僕がちょっと顔をしかめるだけだから」

本当に嫌だったのは、真辺に恋人ができることではなくて、それで彼女がなんらかの点で変化してしまうことだった。愛だって恋だって素晴らしいものではあるけれど、それが真辺の本質を歪めてしまうのであれば、僕を傷つけるには充分な出来事だ。

でも、今は少し違う。単純に要約してしまうと、できるなら真辺に恋人なんてものを作って欲しくない。もしもそれで真辺がわずかにも変化しなかったとしても、僕以外の誰かが、真辺由宇を歪めないまま隣にいられるのはやはり嫉妬する。でもそこまで説明して委員長を喜ばせる必要もないだろう。

「バイト、大丈夫？」

と僕は尋ねる。

委員長は、あ、と声を上げて、腕時計に視線を落とす。

「そろそろ行きます。安達さんのこと、できるだけ穏便に済ませてくださいね」

なかなか難しいことを言う。僕は苦笑を浮かべて、とりあえず頷いておいた。

委員長はしばらく僕の顔をみつめて、それから手を振って立ち去ろうとしたようだった。でも足を踏み出す前に、彼女は言った。

「七草くん、なにか雰囲気が変わりましたか？」

「さあ。少しは背が伸びたかな」

委員長は怪訝そうに眉間に皺を寄せたけれど、もう一度時間を確認して、「それでは」と告げてこちらに背を向けた。

＊

もちろん僕も、なんらかの点で変化しているだろう。

先週、僕は僕を拾った。七年も前に階段島に捨てた僕を。いや、捨てたという表現は正確ではないのかもしれない。むしろ捨てられたのは僕の方だったのだろう。だって彼は、彼自身の意思で僕を切り離して、この島を訪れたのだから。

彼を拾ってから、しばしば自分の変化に戸惑うことがある。

安達の告白に関してもそうだ。

僕は元々、適当なタイミングで、彼女の告白を受け入れるつもりだった。今後のことを考えればとりあえず安達の恋人になっておいた方が有利なのではないか、と判断したからだ。たとえば新聞部の活動で、安達とふたりきりになる機会を作りやすくなるだろう。それはつまり安達と堀を隔離しやすいということでもある。正直に断るよりは色々と有効なはずだ。

なのに「階段島にいた僕」を拾ってから、僕はどうしても安達の恋人になろうと思えなくなった。互いに偽りだとわかっている関係であれ、新たに拾った僕の感情がそうなることを邪魔していた。

自分の感情が面倒で、少し苛立つ。

きっと階段島で七年暮らした方の僕は、ひどく真っ当に、堀に恋していたのだろう。それだけであれば状況はシンプルだった。でも彼の記憶と感情を引き継いだ僕は、ずっと真辺由宇をみつめてきた記憶と感情も持っていて、状況がややこしくなる。僕が真辺に向ける感情は、もうひとりの僕が堀に向ける感情ほどわかりやすくはない。言葉にできなかった不満のような、もやもやとしたものが胸に溜まる。

これから僕が誰かに告白するようなことがあるなら、その相手は堀だろう。抱きしめるのも愛をささやくのも共に生きていきたいと望むのも堀だろう。極端な話、真辺と堀が共に命の危機に晒されていて、もし僕がどちらか一方だけを救えるなら、堀の方を選ぶだろう。

想像できるあらゆるシチュエーションで、僕は真辺よりも堀を優先する。なのに、真辺と堀、どちらが大切かという質問に本心で答えるなら、真辺由宇を選ぶ。

まったくわけがわからない。

現実と結びつかない、概念上の感情でのみ、僕は真辺由宇を愛している。

さらに面倒なことに、この苛立たしい感情を、僕はそれほど嫌ってはいない。

＊

海を眺めるのにも飽きてきたころ、エンジンの音が聞こえた。映画なんかで聞く古い馬車が固い道を走るときのような、がたがたという音だった。

ヘルメットを被(かぶ)った時任(ときとう)さんが不機嫌にもみえる真顔で赤いカブを減速させて、郵便ポストの隣で片足をつく。

「ナナくんじゃん。どうしたの？」

「時任さんを待ってたんですよ」

「そ。なんか面倒な話？」

「わかりやすい話ではないかな。たぶん」

時任さんはエンジンを切ってカブを下り、ヘルメットを脱いでリアボックスに突っ込んだ。

「付き合ってあげるからそれちょうだい」

と彼女は僕の手元のジンジャーエールを指さす。

「飲みかけですよ」

「そんなの気にする歳（とし）でもないよ。話ってなに？」

「主に安達のことです」

「私はできるだけ、君たちのことに関わりたくないんだけどな」

時任さんは目の前を通り過ぎ、そのついでに僕の手からジンジャーエールのペットボトルを取り上げる。

「どうして、関わりたくないんですか？」

「どうしてかな。郵便局の仕事が、思いのほか楽しいからかな」

「魔女の仕事よりも」

「魔女に仕事なんてものはないよ」

彼女はペットボトルの蓋をはずして、ジンジャーエールに口をつけた。

それから続けた。

「でもま、あのころは毎日が苦痛だったね」

「魔法を使えるから？」

「そ。なんでも思い通りになるから。なにが私の思い通りなのか、決めなきゃいけない」

彼女は細い指先でドアに引っ掛かっている看板をつまみ、くるりと裏返す。そちらには「営業中」と書かれている。

「なにかを決めるっていうのは、いちいち疲れるものだよ」

時任さんは、この島唯一の郵便局員だ。

そして、先代の魔女でもある。

夕刻の郵便局は薄暗く、外よりも空気が冷めていた。冬の名残でわずかに灯油が匂った気がしたけれど、ストーブはすでにその姿を消していた。カウンターの奥に座った時任さんはジンジャーエールを少しずつ飲みながら、カウンターの上に置かれたままになっていた大判の本を開く。どうやら対象年齢の高い複雑な塗り絵のようだ。

僕は待合用の長椅子に腰を下ろす。茜色が混じり始めた光が真後ろの窓から射して、僕の影を時任さんに向かって伸ばす。

「塗り絵をするには、少し暗すぎませんか？」

「こっちに集中したくなれば、明かりをつけるよ。安達さんのなにを知りたいの？」

「彼女の過去を。時任さんと知り合ったころから、安達がここを立ち去るまでの話を聞かせてください」

かつて時任さんは、堀と安達に一時的に魔法を貸し与え、それぞれ思い通りに島を作らせた。その島の出来をみて、より気に入った方に魔法を譲るつもりだった。試験に勝利したのは堀だ。そして安達は、ここから立ち去った。

「僕は安達の目的を知りたいんです。どうして彼女が魔法を求めるのか。なにを壊したがっていて、なにを護(まも)りたがっているのか知りたいんです」

「そんなの私だって知らないよ」

「でも七年前の時点でもう、安達は今と同じ目的を持っていたのではないかという気がします」

試験で魔法を貸し与えられた堀は、階段島を作った。

そして安達は、なんにもない島を作った。正確には古びたアパートがひとつだけ、すでに消え去った部族の遺跡みたいに寒々しく建っている島だった。僕はその島をはっきりと覚えている。景色よりも音が強く印象に残っている。彼女の島にはなんの音もなかった。孤独で埋め尽くされた、耳鳴りがするくらいの無音だった。

「安達は魔法に、誰も巻き込みたくなかったんだと思います。そこには彼女の意思があり、感情があったはずです」

「わかってるじゃない。なら壊したいものは魔法で、護りたいものはその反対でしょ」

魔法の反対とはなんだろう。

現実？　間違ってはいないように思う。でも、もっと具体的な言葉があるのではないか。魔法と魔女の世界を壊すことで、いったいなにが手に入り、なにを護れるだろう。

「少なくとも安達は、魔法に固執しています」

「そう？　あの子にとってはみんな、ただの気まぐれなのかもしれない」

「気まぐれだったとしても、ただの、ではないでしょう。あれから七年も経(た)っているのに、安達はわざわざまたここまでやってきたんです。現実で堀を捜し出して、脅迫じみた方法まで使って」

　もし安達が魔法を嫌うことになんの理由もなかったとしても、暇つぶしにそうしようと決めただけだったとしても。性質がどんなものであれ、彼女は魔法に対して強い拘(こだわ)りを持っているのではないか。

　時任さんは、じっとこちらをみつめていた。

「いつの間にか、ずいぶん事情に詳しくなったみたいじゃない」

「僕はもうひとりの僕の記憶を持っています」

「ずっと階段島にいたナナくん」

「はい。堀がいちばん、心を開いていた僕です」

だからもう僕にとって、階段島にはほとんど謎(なぞ)がない。堀が知っていることの大半を僕も知っている。知らないのは、堀が僕にさえ——もうひとりの僕にさえ秘密にしていた事情だけだ。

「だから僕は、時任さんの話を聞きたいんです。七年前、僕が堀に出会う前の、貴女(あなた)がまだ魔女だったころを知りたいんです」

　時任さんはしばらく無言で、ただほほ笑んでいた。それはひどく綺麗で、でも冷たい笑みにみえた。冬の精霊に愛されて氷の中に閉じ込められた一輪の花のようだった。僕の質問は時任さんの中の、どこか冷たい場所に踏み込んだのだ。そして彼女はそれを隠そうとしていない。

　表情を変えないまま、時任さんは言った。

「もし堀さんの世界を壊す誰かがいるなら、それはマナちゃんだろうと思ってたよ」

「はい。僕もそう思います」

「でももしかしたら、君の方なのかもしれない。君が階段島を壊すのかもしれない」

「いいえ。僕は、ここを護りたいんです」

「そんなことは知ってるよ。でも思いと結果が正反対になることもある。好きの反対は無関心だって、よく言うじゃない？　あんまり当たり前で胸を打たれるような言葉じゃないけれど、でも同じことでね。嫌いの反対も無関心で、ここに強い関心を持っているなら、君だって危険だよ。マナちゃんや安達さんと同じように」

　時任さんは静かな動作で、カウンターの向こうの椅子から立ち上がった。

「試験を出そっか。七年前と同じように、今度はナナくんに」

「試験？」

「そう。私が気に入る結果を出せたなら、君が知りたいことを教えてあげる」

「どんな試験ですか？」

「簡単だよ。たったひとつ、私の言いつけを護ってくれればいい」

抑揚のない声でそう話しながら、時任さんはゆっくりと壁際（かべぎわ）まで歩いた。蛍光灯のスイッチの前で足を止めて、こちらをみないまま彼女は言った。

「前に質問したよね。階段島の理想とは、なんだろう？」

その答えだって、僕はもう知っている。

「なにも捨てないことです」

「よくわかったね」

「カンニングしたんですよ」

堀に訊（き）いた。

彼女はなにも捨てないために、捨てられた人たちの島を作った。自分自身によって捨てられるはずだった人格の一部を、この島で大切に護り続けることにした。

「ナナくんの試験は、それだよ。君はもう、なにも捨ててはいけない」

僕は瞼（まぶた）を落とす。

軽く息を吸って、吐き出す。時任さんが言いたいことはわかる。

「その試験はいつ終わるんですか？」

「私が満足したときだよ」

「それは困ります。僕はそこそこ、急いでいるんです」

「なら諦めて。今、私から話せることはなにもない」

時任さんは右手をスイッチに伸ばす。小さな音をたてて、蛍光灯に明かりが灯る。

その人工的な光の下でこちらに向き直って、彼女は笑う。見慣れた、いたずらが好きそうな、いつもの明るい笑みだった。

「私を傍観者ではなくしたいのなら、君も舞台に上りなさい」

僕は口元に手を当てる。

もうなにも捨ててはならない。厄介な話だ。覚悟を決めるには時間がいる。

「なんにせよ、終わりのない試験はアンフェアですよ」

「君に対してフェアじゃないといけないって事情もないけど。ま、私が満足したら話してあげるよ」

「満足？　覚悟を決めたら、ではないんですか？」

時任さんは再び席につき、塗り絵の本を開いた。

「私になんの覚悟がいるっていうの？」

「階段島を護る覚悟。あるいは、壊す覚悟」

きっと彼女は過去を話せば、そのどちらかに立たなければならないのだ。傍観者から歩み出て、意思の決定を迫られるのだ。そして。

――ここに強い関心を持っているなら、君だって危険だよ。

と時任さんは言った。

同じように時任さんは、自分自身さえ、危険視しているのかもしれない。

「そうかもしれないね。私もそろそろ、なにかを決めないといけないのかもしれない。でも、それはそれとして――」

彼女は左手で頬杖(ほおづえ)をついて、色鉛筆を手に取る。

「私はナナくんに、期待しているんだよ。魔女の呪(のろ)いに答えを出すのは、君なんじゃないかと思ってるんだよ」

これまでに、何度か聞いた言葉だ。

――魔女は幸福によって呪われている。

なんでもできてしまうから、なにをするのか、選ばなければならない。

「それは、答えがでるような問題ですか？」

「さあね。でも、君がそのままなんにも捨てないでいられたなら、私には大満足のストーリーだよ」

時任さん。先代の魔女。

七年前、彼女は魔法に失望していた。

そうなるまでに彼女になにがあったのか、僕はまだ知らない。

＊

実のところ、僕はまた僕を捨てるつもりだった。

まだ迷っていたけれど、おそらくそうするのが正しいのだろうと感じていた。

捨てるものは決まっている。堀への愛情だ。彼女の隣にいるには、僕は真辺由宇の影響を受けすぎている。女の子としての堀よりも、魔女としての堀を大切にしてしまう。もう一度、堀を純粋に愛する僕と、魔女の仕事をサポートする僕に別れてしまった方が効率的だろうと思っていた。

堀への愛情を抱いたまま彼女に魔女の役割を強制するのは、なかなか疲れる。現状の僕は真辺と過ごして生まれた価値観と、堀と過ごして生まれた価値観が混じり合っていて、常に混乱を抱えているようだ。僕にとっても堀にとっても、またふたりの七草に別れてしまうのが幸せなはずだ。安達のことが片付けば、そう提案するつもりだった。

でも時任さんは、それを許さないと言った。

なんにも捨てないことが僕に向けた試験なのだと言った。

いったい、なんのために？　僕が僕を捨てて、どうしていけないのだろう。彼女はどんなストーリーを期待しているのだろう。

——魔女の呪いに答えを出すのは、君なんじゃないかと思ってるんだよ。

あの言葉は、本心だろうか。時任さんは僕に、多少なりとも期待しているのだろうか。なにも捨てないままでいられたなら、彼女の期待に応えることができるだろうか。

僕は内心で笑う。

——ずいぶんポジティブな考え方じゃないか。

あの試験は優しい拒絶だったのかもしれない。僕があれこれと我儘を言わないように、決して解けない課題を出したのかもしれない。だから「時任さんが満足するまで」なんて終わりが曖昧な条件なのかもしれない。

なのに僕は、僕の努力で時任さんの信頼を勝ち取れるのではないかと思い始めている。彼女の思惑なんて読めないのに。彼女の過去なんて見当もつかないのに。

僕はすでに、僕の一部を捨てないままこれからの堀との関係を築こうと覚悟を決めつつある。終わりが明確ではない試験をなんとか合格で終わらせられるのではないかと僕自身に期待しつつある。そのことにため息をついている僕も、まだいる。

不快ではない。けれど。

僕の中にふたりの僕がいるようなこの感覚には、もうしばらく慣れそうにない。

＊

その夜は大地と少し話をした。

先月から、できるだけ彼と話す時間を取るようにしている。

元々は大地と彼の母親の関係を少しでも読み解くことが目的だった。今だってそれは、大きく変わってはいないけれど、僕はもう彼の事情に踏み込むことに焦(あせ)ってはいない。それよりも純粋に大地の話を聞きたかった。

部屋で膝(ひざ)をつき合わせて、大地は言った。

「僕は、楽しいよ」

こちらからなにか質問したわけではない。大地は自発的にそう口にした。きっと部屋に入る前から、こんな風に今夜の話を始めようと決めていたのだろう。躊躇(ためら)うように、怯(おび)えるように、壊れやすいものを扱うときの手つきみたいな声で彼は続けた。僕たちが普段、大地に対してそうしているのと同じような葛藤(かっとう)を、彼もまた抱えているのかもしれない。

「ゲームで遊ぶのも、勉強をみてもらうのも、ごはんがみんな一緒なのも楽しいよ。でも本当は、そうじゃないのかもしれない」

彼はなにかとても大切なことを言おうとしているのだ。言葉にしたくないことを、勇気をもって言葉にしようとしているのだ。でも僕には、彼が言いたいことを上手く呑(の)み込めなかった。

「つまりここでの生活が、本当は楽しくないっていうことかな？」

大地は勢いよく首を振る。

「そうじゃない。でも、なんていえばいいんだろう」

彼はしばらく黙り込む。僕も静かに続きを待つ。ふたりが口をつぐむと、聞こえるのは窓の外のわずかに風が吹く音だけだった。彼との会話には時計の音さえ煩わしく思えて、僕は目覚まし時計から電池を抜いていた。

時間の経過もわからない、重たい沈黙のあとで、彼は言った。

「僕が楽しいのは違うって、みんなが決めている気がする」

思わず、息を吐き出す。胸が苦しくて泣きたくなる。この子は頭の良い子だ。繊細で敏感な子だ。でも、あるいは大地でなくても察したことなのかもしれない。たしかに僕たちは、とくに僕は、この子にレッテルを貼っている。捨てられて階段島を訪れた不幸な子供だと初めから決めてかかっている。

ゆっくりと、すり潰すように大地は続ける。

「たまに、そんな感じがするんだ。なんて言ったらいいのかわからない。でも、そんな感じがするんだ。だから僕は、楽しいのが本当なのかわからなくなる」

この言葉を真辺由宇が聞いたなら、どう思うだろう？

彼女は階段島に大地がいる現状を不幸だと決めた。彼は救われなければならない存在なのだと決めた。こんなにも苦しそうに、それでもここでの生活が楽しいのだと語る大地の声を聴いて、彼女はなにを思うだろう？

決まっている。

こんな幸せで納得するな、と叫ぶのが真辺由宇だ。

階段島で手に入る緩やかな幸福よりも、母親が心の底から愛情を持って大地を抱きしめる喜びの方が必ず大きいはずだから。今の幸せを否定する必要はない。でも足を止めずに最善を目指すべきだ、と真辺なら言うはずだ。言葉にしなくても、必ずそう行動する。

――まったく。君は嫌われるはずだよ。

僕は想像上の真辺由宇にため息をつく。

それから大地の誠実な表情をじっとみつめる。

ともかくここに真辺はいないのだから、僕の言葉で彼に答えなければならない。いや。

もしここに真辺がいたとしても、僕は僕の言葉を口にしなければならない。

「君が毎日楽しいなら、よかった」

そこから始める。できるだけ無邪気に笑ってみる。

「実は、ずっと不安だったんだ。大地は階段島にきたばかりのころよりもよく笑ってくれるようになったけれど、心の底から楽しいのかわからなかったから。ほら、君はとっても良い子だから、僕たちに気を遣ってくれているのかもしれないと思っていた」

　大地は顔を上げて、また力強く首を振る。

「そんなことない。みんな、優しい」

「うん。だから話してくれて安心した。でも、本当に残念だけど、まだ心の底からは信じられないいんだ」

「僕を？」

「君じゃない。君の幸せを。君が気づいていないだけで、やっぱりどこかで無理をしているんじゃないかという気がしてしまう。本当はお母さんに会いたいんじゃないかと疑ってしまう」

「僕は、どうしたらいいの？」

「なにもしなくていい。ただ、僕たちにもう少しだけ時間をくれないかな」

「時間？」

「感じ方が変わるのには、時間がいるんだ。君が笑ったとき、心の底から楽しんでいるんだって僕が信じられるようになるまで、もう少し時間が欲しい。できるだけ早くそうなれるようにするから、それまで待っていてくれないかな」

　真剣な表情で、大地は頷いた。

「わかった。待ってる」

それから彼は、ありがとう、とつけ足した。

僕も彼に向かって、ありがとう、と応える。

嘘をついたつもりはない。でも胸には、小さな罪悪感が残る。僕は大地の真摯(しんし)な言葉を誤魔化したのだ。だって本心では僕も、階段島での大地の幸福を認められないでいるのだから。いや、もちろんここでの生活にも、確かな幸せはあるのだろう。けれど僕は、この少年と母親との関係を改善しようと決めている。

彼に対して、少しでも誠実でありたかったんだと思う。

僕は普段よりも、一歩だけ踏み込んだことを大地に尋ねる。

「でも、君は、お母さんと一緒にいなくて大丈夫なの？」

大地はその潔癖な瞳で、じっと僕をみつめていた。

やがて彼は、幼い動作で頷く。

「うん」

それから、言い訳のように繰り返した。

「僕は、ここが好きだよ。みんな優しい」

小学二年生の少年が、何か月も家をあけて、ホームシックにもかからないのは不思議なことのように思えた。でも、考えてみれば当たり前なのかもしれない。現実の大地は、母親を嫌う感情を捨てた。自分自身が母親を嫌っていくことに恐怖して、それを捨てた。

だからこの大地は、きっといつまでも母親を嫌っているのだろう。母親の元に帰りたいとは思えないのだろう。

それは、悲しいことだ。

少なくとも、真辺由宇であれば無条件に否定することだ。

「そっか。よかった」

と僕は答えた。やっぱり彼に対して、誠実ではいられないままだった。

やがて午後一〇時が近づき、僕は堀からの電話を受けるため、食堂に向かった。

＊

「今日は安達さんと話をしたよ」

と堀は言った。

僕がなにか質問する前に、彼女は付け加える。

「危ないことはなかった。新聞部の話だった。四月の始業式の日に新聞を貼り出したいから、春休みに頑張ろうって」

委員長からも聞いていたことだ。安達は一週間のブランクを置いて、再び動き出したようだ。彼女にとって、新聞部はまだ意味を失っていないのだろうか。

「僕は、時任さんに会ってきたよ。ちょっと訊きたいことがあって」

「どんな話をしたの？」

「昔のことを知りたかったんだ。七年前の安達のことなんかを。でも今日は、なにも教えてもらえなかったな」

「そっか」

堀にどこまで話すべきだろう。

そもそも彼女は、僕と時任さんの会話を知らないのだろうか？　魔法でこっそり盗み聞きすることは可能だし、時任さんが自分から今日のことを堀に話している可能性もないわけではない。

もしも堀がすべてを知っているなら、秘密を作ろうとするのは問題だ。なにも知らなかったとしても、できるだけ彼女に嘘をつくのは避けたい。どれほど小さな嘘でも今後の問題になるかもしれない。

けれど、僕はこれ以上、時任さんとのやり取りを説明しないことに決めた。「もう一度、僕が僕を捨てる」というのは繊細な話題に思えたのだ。

代わりに尋ねる。

「君は、昔の安達のことをどれくらい知ってるの？」

「どれくらいかは、わからないけど。でも七草くんよりは知ってるよ」

「教えてくれる？」

受話器の向こうで、堀はしばらく沈黙する。

彼女はきっと、安達の事情を僕には話したがらないだろう、と感じていた。七年前から この島にいた僕にも語らなかったことだから、意図的に秘密にしているのだろうと思っていた。

だからこの質問は、堀へのポーズみたいなものだ。君を避けてはいないのだと伝えるための質問だった。でも彼女は、んん、と小さな声で唸り声を上げて、言った。

「じゃあ、手紙を書くよ」

「僕に？」

「うん。言い間違えないように」

意外な言葉だ。大地のことを尋ねたときみたいに、「勝手に話していいことじゃない」と避けられるものだと思っていた。

「間違えてもいいよ。あとで訂正してくれればいい」

「わかってる。でも、できるだけ間違えたくないから」

「そっか。じゃあ待ってるよ」

手紙を書いてもらえるというだけで充分ありがたい。

問題は安達だ。彼女の思惑がわからない以上、できるだけ後手には回りたくなかった。

でも現状でもすでに、ずいぶん出遅れているのではないかという気がする。安達が表面的にはなんの行動も起こさなかったこの一週間で、僕ができたことはあまり多くない。

　同じようなことを考えていたのだろうか、堀が言った。

「明日は、どうするの？」

「予定通りだよ。君の方で問題がなければ」

「大丈夫、だと思う。七草くんに言われた通りにしたよ」

「ありがとう」

　堀にはすでに、何通かの手紙を送ってもらった。宛先（あてさき）が階段島の外だったから、彼女に頼るしかなかった。現実にいる僕と真辺、それからトクメ先生。この三人の手元に、明後日には手紙が届く予定だ。

　安達が沈黙していた時間にできた、わずかなことのひとつ。それはトクメ先生に、協力を頼む準備だった。現実にいる方の彼女を説得して、大地が抱える問題の解決を手伝ってもらう。そのために明日の夜、トクメ先生はあの長い階段で、自分を捨てた自分と対面する。

「上手（うま）くいくかな」

　と堀が言う。

「わからない。でも、僕はトクメ先生を信頼している」

信頼という言葉が苦手だ。なんだか暴力的だから。

でも僕は意図してその言葉を使った。信じて、頼る。僕はトクメ先生が、僕の思い通りであることを望んでいる。

2　真辺　同日

その夜、真辺由宇は開け放った窓の前に立っていた。

よく晴れた日中は長袖だと汗ばむほどだが、夜になるとまだ冷える。生き物の住まない澄んだ湖みたいに清潔な夜空に、星々の輝きが散らばっている。その光のひとつひとつが途方もないスケールと歴史を持っていて、今この瞬間、私のほんの小さな瞳にぶつかっているのだ、と真辺は考える。この世界はなんて綺麗なんだろう。できるだけその星空で視界を一杯にしたくて、真辺は学習机の前の椅子をひっぱりだして、窓の前に座った。

――私は言葉をみつけなければならない。

ナイフのように鋭くなくていい、ただ素直な言葉を。

思えばいつだって、言葉を探している。誰かに伝えるためだけではない、自分自身の考えをまとめるときにだって。今回はどちらかというと後者だ。誰のものでもない、真辺自身のための言葉を探すことが目的だ。でもそれがみつかれば、七草や堀に伝えるつもりだったから、明確な区別はない。

探しているのは、階段島を改善するための言葉だ。そのはずだった。

でも不思議と思考が逸れる。明日、トクメ先生と階段を上る予定だから、そちらに意識がひっぱられているのかもしれないけれど、それだけでもないように思う。だって真辺は七草のことばかり考えていた。

ふと気がつく。

――階段島は、七草に似ているんだ。

なんだろう、優しさと、距離感が似ている。

この島は優しい。捨てられた人たちを強固に護っている。理想郷のようでさえある。これといった争いはなく、衣食住が保証されていて、人々に変わることを強制しない。もちろん七草は魔女のように万能ではない。争いを失くすことも、大勢の生活を保障することもできない。でも彼の理想はこの島に似ているのではないか。つまり外的な要因を排除して自分自身と向き合える時間を作りながら、でも相手に変わることを要求しないことが、七草にとって正しい世界の在り方なのではないか。

だとすれば階段島に反論するのは、七草に反論するということだ。真辺がこれまで出会ってきた中で、いちばん優しい彼に異議を唱えるということだ。

――これまで私は、七草に反論したことがあっただろうか？

もちろん、あった。

むしろ意見がすんなりとかみ合う方が少ない。

でも真辺は、七草に変わって欲しいと思ったことはない。ただの一度もなかった。彼は彼のままで充分だった。そのままの彼が最良だった。

個人としての七草を否定したいとは思わないのに、階段島というサイズまで広がったとたん、その意見を覆（くつがえ）すことになるのだろうか。それともやっぱり七草と階段島は、本質がどこか違うのだろうか。

――階段島が七草の理想通りなら、私はなにも否定しないのだろうか。

もやもやとした疑問が胸に溜（た）まることもなく、この場所を愛するのだろうか。

――私はこれまで七草を、まっすぐにみつめたことがなかったのかもしれない。

どこかが歪んでいるのだ、と真辺は思う。

遥（はる）か遠い場所からまっすぐに進んできたこの星の光のようではない。なんらかの思い込みが視界を歪めている。感情的になっている。それは間違ったことではない。感情を持っているのだから、当然だ。でも今は邪魔だ。

元々、階段島への不満は、明白だった。

この島を訪れたその日からわかっていた。

階段島は現実と繋がっていない。そこが、気持ち悪い。でも、じゃあ現実の価値とはなんだ？　隔離された階段島の中だけで幸せになっていけない理由はなんだ？　たとえば大地の問題を考える。大地を愛する母親を魔法で作り出したなら、彼の問題は解決したと言えるのか。

――言えるわけがない。

なぜ？　どこがいけない？　感情が納得しない？　誰の感情が？　私の感情だけの問題だろうか？　七草なら、この疑問にどんな答えを出す？

――私は現実になにを求めているんだろう？

そもそも階段島を、現実と切り離して考えている理由はなんだろう？

答えは胸の中にある。そのはずだ。でも、素直な言葉にまとめられない。こんなにも星々が明るいのに、暗闇の中手探りで捜し物をしているような気分になる。そんなとき真辺はいつも七草を想像した。彼の言葉をイメージした。ほんの豆電球程度でいい、手元を照らす一筋の光が欲しかった。でも今はその七草の言葉が捜し物だ。

夜風が冷たくて、窓を閉めた。そのまま部屋を出る。

――わからないなら、尋ねればいい。

上手く言葉にできなくても、七草にひとつずつ説明して、彼の言葉を聞けばいい。独りきりで閉じこもっている必要はないのだ。

午後一〇時を五分ほど過ぎたとき、真辺は七草に電話をかけることにした。

＊

だが、彼の寮の番号を押しても、聞こえてくるのは繰り返される電子音だけだった。呼び出し音ではない。もっと静かで、どこか不愛想な音だ。話し中のようだ。

その音を聞きながら、ふいに。

真辺由宇は、自分の言葉をみつけたような気がした。

3　七草　三月一九日（金曜日）

授業中のトクメ先生は、普段となにも変わりがないようにみえた。仮面をつけた彼女の表情はわからないけれど、少なくとも声色はいつも通りに落ち着いていた。

トクメ先生は主に数学を担当している。階段島では教師の数が足りないから理科系の科目全般も受け持っているけれど、数学を教えるのが自身の本職だと考えているようだ。彼女はとても静かな口調で数学の成り立ちを説明する。何人かの生徒は眠くなると言っているから、高校教師として優秀だとはいえないのかもしれない。でも僕は彼女のやり方が気に入っている。

先生の授業のペースは速い。だいたいクラスの半数ほどしかついていけない速度で公式の説明を終えてしまう。そして余った時間を使って、いつも決まった課題を出す。授業で教えた式を使った問題を生徒に作らせるのだ。「クラスメイトが五分考えても解けない問題を作ってください」と先生は言う。これは、簡単な課題ではない。みんな同じクラスで、同じ授業を受けているのだから、ただ教科書の数字を入れ替えるだけではすぐに答えが出る問題にしかならない。なんとか「発展問題」みたいなものを捻(ひね)り出す必要がある。

授業を理解している生徒がその課題に頭を悩ませているあいだに、トクメ先生は理解度の低い生徒の元を回り、基本的なことをひとつずつ説明していく。数学の授業というよりは、ノートの取り方を解説するように教える。「とにかくこれだけ覚えておけばいい」という要点を上手くまとめる方法を説明して、テストで点を取れるように修正する。

彼女のスタンスは明確だ。数学が得意な生徒には、授業に飽きてしまう時間が生まれないように、さっさと説明を終わらせて生徒自身が頭を使わなければならない問題に取り組ませる。数学が苦手な生徒には、とりあえず問題が解けるところまでサポートして目にみえるやり甲斐(がい)を与える。「数学なんて好きな生徒だけがのめり込めばいいのですよ」とトクメ先生は言う。「全員が学ぶべきなのは、与えられた課題をクリアする姿勢と方法です。これは教科に関わりなく、個人の基本的な性能になります」。彼女の教育は理にかなっているようにも思うし、少々割り切り過ぎなのではないかと感じることもある。

とはいえトクメ先生にも、より多くの生徒に数学に興味を持ってほしい、という思いはあるようだ。高校の一年生で教えるべきことをすべて教えてしまったこの時期に、彼女は授業で取り上げてきた数学の歴史の話を始めた。

「二次関数のルーツはガリレオ・ガリレイが示した、自由落下の法則にあります。自由落下――物体が重力以外の影響を受けない落下では、落下距離は時間の二乗に比例します。これを数字と記号で表すと、皆さんが見慣れた式になりますね」

という風に。

内容としては、数学よりは物理学の領域ではないかと思う。でもこういった話を聞いていると、教科書とノートの中にしかなかった数式が机や教室や窓の外まではみ出して意味を持っていることを実感できて、なかなか愉快な気分になる。

トクメ先生はその静かな声で、万有引力という考えの成り立ちについて話した。落下の理屈を「四元素のうちのひとつ、土元素には本来の位置である大地に返ろうとする性質があるのだ」と説いたアリストテレスから始め、それに反論した何人かの学者を紹介した。そのうちのひとりがガリレオ・ガリレイだった。ガリレオはそれまで主流だった「落下速度は物体が内部に持つエネルギーに起因する」という考え方から離れ、他の要因――距離や時間に理由があるのではないか、という仮説を立てた。

「自由落下では、物体の質量に関わらず落下距離は時間の二乗に比例する。これを証明し、人々に説明するために必要だったものが二次関数です。アイデアだけでは証明も説明もできません。でも数学を知っていれば、それを人々に伝えることができます」

トクメ先生は、もう一度、黒板の二次関数を示した。それから彼女は教室にかかった時計に視線を向ける。文字盤の上ではすでに授業の時間を終えていた。この教室の時計は少しだけ針が進んでいるのだ。

トクメ先生は再びこちらに向き直って、言った。

「現状、数学というのは、唯一国境のない言語だといえます」

それは彼女にしては珍しい、手前の話からやや飛躍した言葉に思えた。生徒たちも漠然と、「国境」という言葉に違和感を抱いたかもしれない。階段島に国境はない。

ほどなくチャイムが鳴り、授業が終わった。

＊

僕が昼休みに屋上を訪れたとき、一〇〇万回生きた猫は柵に背を向けて座り、ノートにペンを走らせていた。僕は簡単な挨拶をして、彼の隣に腰を下ろした。

「手紙を書いているの？」

「ああ。これがなかなか難しい」

おそらく、堀への手紙だろう。

彼女と文通して欲しい、と頼んだのは、僕だ。

「手紙を書くのは疲れない？」

「最近じゃいちばんの娯楽だよ。ネズミを追いかけるより面白い」

「それはよかった。紹介した甲斐がある」

僕は昼食に買ってきた、イチゴジャムとマーガリンを挟んだコッペパンに嚙みつく。ジャムもマーガリンもパンも安っぽい味がする。なのに当たり前にそこそこ美味い。三本の矢の逸話みたいなパンだ。そういえば真辺はこれが好きだった。

一〇〇万回生きた猫はノートになにか短い文章を書きつけ、それをしばらくみつめて、くしゃくしゃと塗りつぶした。僕は紙パックの牛乳に口をつけて、声をかける。

「ずいぶん悩んでいるみたいだね」

「困ってるんだ。なにを書いても嘘みたいだ」

「へぇ。本当のことを書くつもりなの？」

「オレがいつ嘘をついた？」

そう言われると、上手く答えられない。

一〇〇万回生きた猫の言葉は、なにもかもみんな嘘みたいに聞こえる。そもそも名前からでたらめだ。彼は物語上の、架空のキャラクターを演じている。自分を偽っていなければスムーズに会話することもできないらしい。なのに、彼の言葉は不思議と誠実に聞こえた。表面がどれだけ偽物ばかりでも、すべての言葉の根っこには、いつだって彼の本心があるように。

「どんな手紙を書いているの？」

と僕は尋ねる。

一〇〇万回生きた猫は短い沈黙のあとで、わずかに首を傾げて答えた。

「主に、独占欲というものについて」

「独占欲」

「わかりやすい願望のひとつだ。そして、まず叶わない願望の形だ。猫の目にはそれは、いくぶん愚かにみえる」

「猫に独占欲はないの？」

「ない。似たものならある。嫉妬や愛着だ。でもね、どれほど我儘な猫だって、サンマの一匹も独占できないことを知っている。大きな骨は残すものだ」

「それは独占欲とは違う話じゃないか？」

「同じことだよ。どんなにささやかなひとつでも、そのすべてを手に入れることなんかできやしないんだ。小石を握りしめてもその石の未来までは手に入らない。なら砕いてしまおうか。小石から未来を奪ってしまおうか。もちろん、そんなことは無意味だ。君は手の中にあったはずの小石まで失う。そして小石は砂になり、散り散りになってしまう。オレたちに独占できるのは自分自身くらいなもので、ほかはなんにも占有できない」

「なら、そう書けばいい」

「そのまま書いてどうする?」

「嘘を書きたくないんだろ?」

「君とこんな風に言葉がすれ違うのは、珍しいな」

一〇〇万回生きた猫は薄く笑い、右手のペンをくるりと回した。

「本心だって、嘘になることがある。反対に、どれだけ加工していたとしても、伝えたいと決めたならオレの本当の言葉だよ。オレは独占欲なんてものに囚われるのは愚かだと思っている。でもそのまんま伝えたなら、やっぱりオレの感情に嘘をついている」

わかるだろ? と一〇〇万回生きた猫は言った。

僕は「もちろんわかる」と頷く。

たとえば、ひどく苛立つことだってある。そんなときは相手を罵りたいと思うかもしれない。でも同時に、その感情を抑えつけようという感情もある。どちらも本心だ。なのに「素直な感情」みたいなものに囚われて、無理に口を開いたなら、それは自分の半分でしかない。複数の側面を持つ感情の、ひとつだけを取り上げるのは、やっぱりなにかを偽っている。

「つまり君は、独占欲に囚われるのは愚かだと思っている。でも堀が独占欲を持つことは肯定している。だから矛盾したふたつのことを、上手に伝える手紙を書かなければならない」

僕の言葉に、一〇〇万回生きた猫は頷く。

「おおまかには、そういうことだ」

僕はジャムとマーガリンのパンにかみつく。ふたつのことに驚いていた。一方は、一〇〇万回生きた猫が、想像以上に堀のことを気に入っているようだということ。もう一方はどうやら、堀の手紙に独占欲なんて言葉が関わっているようだということ。

「堀から相談されたのか？」

「なにを？」

「独占欲のことだよ」

「そういうわけでもない」

一〇〇万回生きた猫はコンクリートの上に適当にペンを転がして、片脇(かたわき)にあった紙パック入りのトマトジュースを手に取った。

「彼女の手紙を読んでると、ふとそんな気がしたんだ。大切なものを独占したいという感情は汚いものではないんだと、言って聞かせたくなった。でも困ったことに、オレは独占欲なんてものに興味がない」

「本心と、本当に書きたいことがすれ違っているわけだ」

「ああ。だからずいぶん困っている。そのずれの元を書かないといけない」

一〇〇万回生きた猫から、堀との手紙の話を聞きながら、僕が考えていたのはやはり真辺のことだった。僕には日常的に、なにもかもを真辺に結び付けて考える癖がある。あまり良い癖ではないだろうが、いまさら変わろうとも思えない。

真辺由宇はいつだって、本心をそのまま口にする。

でもそこに、自分の感情に対しての嘘は含まれていないだろうか。本心のままに人を不快にさせるとき、その結果に対する恐怖だとか、打算だとか、面倒くささみたいなものから強引に目を逸らしていないだろうか。いつも本心を口にする彼女は、自分の感情に対して、いつだって正直だといえるだろうか。

もちろん真辺ではない僕に、答えはわからない。少なくとも彼女は、他人の感情を想像するのが得意ではないだろう。でもまったく想像力がないわけでも、思いやりがないわけでもない。相手が悲しむとわかり切っている言葉で語るとき、真辺にだって苦しみはあるはずだ。彼女はその苦しみを、どんな風に受け入れているんだろう。

一〇〇万回生きた猫はトマトジュースのストローをくわえ、それからこちらをみた。

ストローをくわえたままの口元が、どうやら笑ったようだった。

「実のところ、書くべきことはもうみつかってるんだ。あのことを書けば、いちばん素直なオレの考えが伝わるだろう、というエピソードがある。でも、誤解がないよう文章にするのが難しい」

「へぇ。なにを書くの？」

「失恋のことだよ」

「だれの？」

「オレの」

僕は牛乳に口をつけた。一〇〇万回生きた猫は喉を鳴らしてトマトジュースを飲む。

しばらく考え込んでから、僕は口を開く。

「君は美しい白猫と添い遂げたものだと思っていたよ」

「その話じゃない。オレがまだ、人間だったころのことだ」

詳しく聞きたいかい？　と一〇〇万回生きた猫はこちらに視線を向けた。

こんなことは初めてだ。彼は一〇〇万回生きた猫であることを、辞めたがっているように思えた。物語の登場人物ではなくて、きちんとした名前を持つひとりのリアルな人間として、なにかを言葉にしたがっているようだった。

「ぜひ聞きたいな」

　と僕は答える。

「そうかい。でも、日が悪いようだ」

　彼の言葉で気づく。足音が聞こえていた。階段の方からだ。

　間もなくスチール製のドアが開く。現れたのは、赤い眼鏡をかけた少女だ。

　安達。彼女は、笑って告げる。

「おや。久しぶりだね、秋山（あきやま）さん」

　一〇〇万回生きた猫は、左手でノートとペンを、右手でトマトジュースをつかみ立ち上がる。そのまま安達に向かって足を踏み出す。歩きながら口を開く。

「君、いちばん好きな本は？」

「なんだろ。貴方（あなた）の日記かな」

「オレに日記をつける習慣はない」

「なら、今日から始めてよ。貴方は貴方で、他の誰でもない」

　一〇〇万回生きた猫は歩みを止めず、安達の隣を通り過ぎる。そのまま、階段を下っていく。彼は一度に複数の相手と会話することを嫌う。

　安達は僕の目の前まで歩み寄り、こちらを見下ろした。

「七草くん、ちょっといい？」

　僕はため息を吐き出す。

「気が乗らない。話があるなら、手短にまとめて欲しいね」

「おや。なんだか不機嫌だね」

「彼と重要な話ができなかった」

「そんなこと言われても。ここ、学校の屋上だよ？　私が来ちゃいけないの？」

「もちろんかまわない。でも、どんなことに苛立つのかは僕の自由だ」

本当に許せなかったのは、安達が彼を「秋山」と呼んだことだ。

それが彼の本名なのだろうか。階段島を訪れるまで、彼は秋山という名前で生活していたのだろうか。わからないし、どうでもいい。

なんにせよあの瞬間、彼は一〇〇万回生きた猫ではなくなった。彼はもしかしたら、僕の前で初めて、自分から一〇〇万回生きた猫であることを辞めようとしていたのかもしれないのに。その前に安達が、強引に彼から一〇〇万回生きた猫という仮面をはぎ取った。それは確かに仮面だ。でも、間違いなく彼のアイデンティティの一部で、素顔のひとつの側面だ。

僕は安達の顔を見上げる。睨むように彼女の瞳をみつめる。

「用があるなら早く終わらせてもらえないかな」

「気にならないの？　秋山さんのこと」

「知りたければ本人に尋ねる」

「答えてもらえないかもよ？」

「好奇心で、猫を犠牲にしたくない」

偶然だろうが、この会話は、先ほどまで一〇〇万回生きた猫と交わしていたものの続きのように思えた。

「僕にとって本物の彼は一〇〇万回生きた猫なんだよ。生まれたときの彼がどんな名前であれ、ここに来るまでの彼がどんな人間であれ、関係ないんだ。無理に暴き立てた本当の人格なんて、嘘みたいなものだ。どれだけ嘘だらけでも、僕の前で彼が選んでいる振る舞いが、僕にとっては本物の彼だ」

彼がもし一〇〇万回生きた猫という名前を捨てるのであれば、それは彼自身によって選ばれた行動でなければならない。

僕を見下ろす安達は、不機嫌そうに目を細める。

「わかんないな。七草くんは、嘘って言葉を都合よく解釈し過ぎてるみたい」

「君にわかって欲しいわけじゃない。独り言みたいなものだよ」

「いかにも真辺さんに叱られそうな言葉だね」

真辺は誰も叱らない。反論するだけだ。

そう思ったけれど、口にはしなかった。彼女のことを安達がどう考えていようが、知ったことではない。

「ねぇ、そろそろ本題に入ってくれないか？」

「いちばん大切な用は終わったよ」

「わからないな。ここに、何しにきたの？」

「もちろん貴方に会いにきたんだよ。そろそろ七草くんとふたりきりになっておこうと思ってね。ほら、私は貴方に恋する少女なわけだから」

「その話、まだ続いてたの？」

「正直、私も忘れてた。でもさっき水谷さんと話してて思い出した」

安達はくすくす笑う。こんな、小さな嫌がらせを重ねて、いったいなにになるというんだろう？　彼女の本当の狙いは、どこにあるんだろう？

僕は大きなため息をつく。

「用が終わったなら帰ってよ」

「嫌だよ。せっかくだから、新聞部の話でもしようよ」

「始業式の日に第一号を公開したいって話は聞いた」

「うん。もう途中で止められたくないからね。記事の内容を、先に七草くんと話し合っておこうと思って」

実質的には、新聞部は僕と安達のいざこざのひとつみたいな位置づけになっている。大地を巻き込んでいるから、非常に不本意ではあるけれど、安達の好き勝手にさせるわけにもいかない。

安達は笑う。

「凄く良い記事を思いついたんだよ。たぶんみんな注目するし、きっと七草くんも気に入ってくれるんじゃないかな」

「嫌な予感がするよ」

「ひどいね。七草くんのために、真辺さんの好みに合わせて考えたのに」

真辺の好みなんかに合わせられたら、僕が簡単に頷ける内容になるはずがない。

安達は言った。

「私は、魔女へのインタビュー記事を提案しようと思う。素敵でしょ？」

なんだそれ。あり得ない。

「魔女は誰にも会わないよ」

「そう？　毎日、学校に登校してるじゃない」

「魔女としての彼女が、人前に出たことはない」

「そうみたいだね。でも、手紙は届く。書面インタビューならできる」

僕たちは。七年前にこの島に来た僕と堀は、魔女が人前に出ることには否定的だ。そんなことをすれば、階段島が現実から乖離し過ぎる。

安達は意地悪く笑ったまま、続ける。

「貴方たちは、ちょっと甘すぎるんだよ。どうして魔女に届いた手紙に返事なんか書いちゃったの？　堀さんはともかくね、七草くんにそれがどれだけ危険なことだか、わからなかったはずないでしょ」

たしかに、甘かった。

七年前に階段島にきた僕は、まだ小学生で、理屈ですべてを割り切ることなんかできなかった。今の僕なら堀に返事を書かせはしない。なんでも願い事を叶えられる魔女が、簡単に島の住民と触れ合うようなことになってしまえば、ここは堀が作りたい階段島ではなくなる。現実の自分たちに捨てられた僕たちが、多少の違いはありながら、それでも現実と同じように生きていく場所ではなくなってしまう。

僕は首を振った。

「その案じゃ、前回の繰り返しだ。トクメ先生が許可を出さない」

彼女のところで止まるように説得できるはずだ。

「どうかな。私は、試す価値があるんじゃないかと思ってるよ」

「どうして？」

「トクメ先生も、変化しているから。彼女だって、魔女の答えを聞きたがっているかもしれないから。わかるでしょ？　そんな状況を作ったのは、貴方だよ」

それは、たしかに、その通りだ。

現実の自分に捨てられたことを知って、現実にまだ自分がいることを知って、トクメ先生の考えは、たしかに変化しているのだろう。以前の彼女であれば、授業中に、不必要に「国境」なんて言葉を使わなかった。あんな、階段島の外を意識させるような言葉は。

安達が笑みを消す。

「次の新聞は公開したいっていうのは本心だよ。明日にでも会議を開こうと思ってる。だからさ、私の案を潰すつもりなら、別の案を用意しておいてよ」

こんなものはノイズだ。いくらでも安達の意見を潰すタイミングはあるはずだ。だが反面で、堀に対して、新聞部は腹立たしいくらいに効果的だ。

たとえば魔女に書面インタビューを行うとして、そのインタビュアに大地を指名することだってできる。そのまま話が進めば、僕は大地が真摯に書いた手紙を、堀に握りつぶせと指示することになる。あの優しい魔女はそんなことでもいちいち悲しむだろう。

息を吐いて、僕はつぶやく。

「君は本当に嫌がらせが上手い」

嬉(うれ)しそうに安達がほほ笑む。

「貴方たちのことを、理解しようと頑張っているからね」

なんの温かみもないけれど、きっとその言葉は本心で、彼女は真剣ではあるのだろう。

それならやっぱり、僕も安達を理解しなければならない。

僕の方も笑った。

「でも君はまだ、あの子のことがわかっていない」

七年間、堀のとなりにいた僕の記憶がそう言っている。この程度の嫌がらせでどうにかできると思っているなら、彼女を弱く見積もり過ぎだ。

安達はなにも答えず、ただわずかに首を傾げただけだった。

＊

パンは余分に買っていた。

夜まで学校にいるつもりだったから、夕食のぶんも用意しておいたのだ。

放課後に僕は校庭の片隅にあるベンチで、図書室から借りてきた本を開いていた。それはずいぶん厚いハードカバーだった。ちらりと後ろの方を確認すると、物語は五〇〇ページを越えてもまだ続いていた。どうやら妖精(ようせい)が人間の少女に出会うところから始まる、ファンタジックな物語のようだ。でも僕がまともに読んだのはあらすじくらいで、あとは適当なページを開いて目の留めどころにしていただけだった。

僕はずっと考え事をしていた。大地のこと、堀のこと、安達のこと、トクメ先生のこと、一〇〇万回生きた猫のこと。そしてもちろん、真辺由宇のこと。思考は上手くまとまらない。まとめようと考える方が間違いなのかもしれない。

　やがてベンチの脇にある外灯に光が灯った。いつの間にか辺りがずいぶん暗くなっていた。この時間になると空気にまだ冬の香りが混じる。僕は鞄の上に丸めていた上着を着込む。濃紺色の空の下で、やがて一定のリズムの硬質な足音が鳴って、真辺由宇がやってきたのだと顔を上げなくてもわかった。

「七草」

　と彼女は僕の名前を呼ぶ。それで僕はぶ厚いハードカバーを閉じる。

　真辺も今日、トクメ先生が階段を上ることを知っている。彼女が同行するのも予定通りだ。でも約束の時間までは、まだずいぶんある。

　ぴんと伸ばした姿勢で、まっすぐに僕の目の前まで歩み寄って、真辺は言った。

「ずっと学校にいたの？」

「うん。あの階段を一日に二往復もしたくないよ」

「夕食は？」

「パンがある。昼のうちに買っておいた。真辺は？」

「これ。買ってきた」

　彼女は手に提げたビニール袋から、カロリーメイトの箱を取り出してこちらにみせた。

「それだけ？」

「チョコと飲み物も買ったよ。コンビニにあんまりなくって」

コンビニを名乗っている雑貨屋は、だいたいどんなものでも扱っているけれど、弁当やサンドウィッチの類はあまり並ばない。海辺の街のパン屋から少しだけ商品を入れているようだけど、すぐに売り切れてしまう。まともな流通がない階段島では、消費期限の短い食品は扱うのが大変なのだろう。

「真辺は、下にいたの？」

「うん。寮に戻って、着替えもしたよ」

たしかに彼女は制服から、シンプルなパーカーに着替えている。

「夕食も寮で食べてくればいいのに」

「そうしようと思ってたよ。でも、きみに会いたかったから」

口にしたのが真辺でなければ、なかなか色気のある言葉だ。

彼女は続ける。

「本当は、今日のことが終わってからにしようと思ってたの。優先順位って好きな言葉じゃないけど、やっぱり大地のことを最初に考えないわけにはいかないから。今はきみや堀さんに、あんまり負担をかけないようにしようと思ってた」

「君にしては理性的だね。それで？」

「でも、やっぱり七草にだけは先に言っておきたかった。それでここにいたら、きみに会えると思ったんだよ」

真辺由宇は僕をみつめている。

僕の記憶の中に、無数にサンプルがある彼女の顔で。無表情に近い真顔の、冷たいくらいに真剣な目つきの、周囲に馴染まないまっすぐな彼女のままで。

真辺由宇は言った。

「堀さんに言うべき言葉をみつけた」

僕は深く息を吸って、吐き出す。その息は、白くはならなかった。肌はじんわりと冷えていくけれど、やはり季節はもう春に踏み込んでいるのかもしれない。

「それはつまり、堀よりも君の方が幸せだって証明する言葉を？」

「わからない。でもきっと、あの子の魔法をきちんと否定できる言葉を」

僕は考える。真辺由宇の視点で、この島の優しい魔女をみつめ直そうとする。もちろん堀はいくつかの弱点を持っている。階段島は複数の点で矛盾している。過去には数々の失敗が、未来には数多の不安がある。

それでも、堀は強い女の子だ。落ち込むとすぐにベッドに潜り込む癖があるけれど、そこからまた這い出し、涙を拭ける女の子だ。夢見がちでも、誰にも負けない綺麗な理想を掲げ続けられる女の子だ。

堀の魔法を「きちんと否定する」言葉は、僕には思いつかない。

真辺は相変わらず感情の映らない瞳を僕に向けている。

「でもそれは、私が堀さんに言うべき言葉じゃない気がする。本当はきみが、あの子に伝えるべき言葉なんだっていう気がする。もしかしたら、それさえも間違いで――」

ふいに、彼女はきゅっと眉根を寄せる。それはただ目元に力が入ったというだけのことだったのだろうと思う。でも僕には、彼女が泣きながら笑っているような気がして、感情が身震いする。

「私はこれから言うことを、きみに否定されたいのかもしれない」

「待って」

短く強く、僕は告げる。

「明日にしよう。慌てて進めるような話じゃない」

「きみに言うだけだよ？」

「それでも、よくない」

今、この瞬間を、堀が覗き見ていないとは言い切れない。僕はこれからトクメ先生に会い、彼女と共に階段を上るのだから。その先でトクメ先生を、現実の彼女と引き合わせるのだから。そのためには堀の魔法が必要だ。だから今、彼女の意識がこの場に向いていても不思議じゃない。

そして、本当に真辺が、堀の弱点を正確に突く言葉をみつけていたなら。

こんな繊細なタイミングで、堀を動揺させるような言葉を聞かせたくない。

「君が言った通りだよ。今日は大地のための時間だ。他の話はやめよう」

真辺由宇は頷いた。

「じゃあ、明日にする。まずきみに話すよ。それをどんな風に堀さんに伝えるのかは、七草が決めてくれる？」

「うん。そうしてくれると、僕もありがたい」

真辺はいったい、どんな言葉をみつけたのだろう？　いったいどんな風に、堀の理想を否定するのだろう？

僕は真辺の言葉に上手く反論しなければいけない。君の言葉は間違っている、正しいのは堀だと主張し続けなくてはならない。


僕たちは並んでベンチに座り、夕食を摂った。

僕はコロッケパンとクリームパンを食べて、牛乳を飲んだ。真辺のメニューはフルーツ味のカロリーメイトと甘味の入っていないストレートティーだった。

見上げるたびに空が色を変える時間だった。辺りが暗くなるのにつれて、白い影のように浮かんでいた月が強い光を放ち始めた。僕たちは外灯と月明かりの下で、大地の話をしていた。昨夜、大地から聞いた悩みも打ち明けた。

やがて約束の時間になって、トクメ先生が現れた。

＊

「こんばんは」

と静かな口調で彼女は言った。

その声は間違いなくトクメ先生のものだった。感情的ではなく、どこか硬質で、でも優しい。ちょうど彼女を照らしている月光に似た声だった。

だが彼女がトクメ先生なのだ、と呑み込むのに、僕にはいくらかの時間が必要だった。

彼女は仮面を被っていなかった。形の良い眉と、長いまつ毛と、真っ黒な瞳を三月の夜の冷たい空気にさらしていた。鼻が高いせいだろう、日本人離れした、どこか非現実的な美しさをもつ女性だった。

「素顔で会うのは初めてですね」

と彼女は言った。

僕は頷く。上手く言葉が出てこなかった。

トクメ先生はこちらをみつめたまま微笑む。彼女が笑ったときの目の形をはじめてみた。それは優しい表情だった。口元だけでは再現できない笑い方だった。

「なにを驚いているんですか。貴方が言ったことでしょう？」

たしかに僕は、トクメ先生に尋ねたことがある。

――先生は大地のために、その仮面を外すことができますか？

できますよ、と彼女は言った。できなければならない、と。

隣から、真辺が言った。

「私は、仮面がない方が好きです。笑ったときに目元がみえると、とても素敵だと思います」

「ありがとうございます」

「これからは、仮面なしで授業をするんですか？」

「まだ悩んでいます。でも、そうですね。もう一週間ほどですが、三学期のあいだはこのままでいいかもしれません」

もう一度、僕は驚く。

階段島の住民は、基本的に成長できない。自分自身によって捨てられた欠点が大切に護（まも）られているこの場所では、変化が求められることもあまりない。だけどももちろん、本人が変わろうと決めれば変われる。

たとえばトクメ先生が捨てたものが、なにかトラウマと呼べるものだったとして、階段島での彼女がそのトラウマを失うことはないはずだ。でもトラウマから仮面を被っていたとして、そのトラウマを抱えたまま仮面を外す決意を固めることはできる。

余計なことだと感じながら、口を開く。

「僕は、仮面を被っている先生も好きです」

トクメ先生は興味深げな瞳をこちらに向ける。仮面で隠されていない彼女の瞳は、好奇心が強そうにみえる。

「意外ですね。貴方は仮面を外させたがっているのだと思っていました」

「そんなことは。仮面を被っていても、担任が先生でよかったです」

ありがとうございます、と、また彼女は言った。

「でもちょうど、そろそろいいだろうと思っていたのですよ。昨年末には仮面を外して佐々岡くんに会いましたが、思ったほどは辛くありませんでしたからね。知らない子供たちの前に素顔で立つのはまだ気が進みませんが、貴方たちであれば抵抗はありません」

これはおそらく、トクメ先生にとっては正しい変化なのだろう。

――仮面をつけなければ教壇に立てない先生がいるんです。でもその先生が、一時的とはいえ仮面を外す決意を固めつつあります。

この部分だけを抜き出して語れば、一〇人が一〇人、正しいことだというだろう。

でも、それなら。もしも堀が、彼女のトラウマを拾ってこなかったら、どうなっていただろう？　現実の中で、より健全な形で、トクメ先生は変われたのかもしれない。きっと彼女には初めから、それだけの強さがある。

行きましょう、とトクメ先生が言った。

僕たちは校舎の裏へと回り、山頂に向かって伸びる階段へと向かう。その道中で、真辺が口を開く。

「知らない人に顔をみせるのは、まだ苦手ですか？」

ずいぶん踏み込んだ質問に思えた。

けれどトクメ先生は、力の抜けた声で答える。

「知らない人が苦手なわけではありません。人混みを素顔で歩くのに抵抗はありませんからね。私が苦手なのは、人間ではなく人間関係です」

「でも、学校は好きなんですよね？」

「はい。授業も皆さんも大好きですよ。ただ私には、少しサイズが大きすぎるのかもしれません。毎年、何十人もの生徒とそれなりに親密な関係を築くのは、正直なところ重荷です」

「なにがあったんですか？」

真辺の質問の意味がわからなかったわけではないだろう。でもトクメ先生はなにも答えなかった。真辺は当たり前のように、重ねて尋ねる。

「先生が仮面を被らなければいけなくなったのは、どうしてですか？」

小さな声でトクメ先生は笑った。

その笑い方は、悲しげでもあったし、嬉しげでもあった。どちらかというと、嬉しい方のウェイトが大きいように、僕にはみえた。

「話したくありませんよ、そんなこと」

と彼女は言った。微笑んだまま続ける。

「貴女(あなた)たちにとっては、どうでもいいことです。生徒は教師の事情なんてものまで考える必要はありません。もっと悩むべきことが、目の前にたくさんあるはずです」

もちろん、真辺は引かない。

「でも事情がわかれば、私にもできることがあるかもしれません。もちろんできないことの方がずっと多いけれど、なにも知らないままだと完全にゼロです」

「正しい姿勢です。物事を理解しようとする姿は、いつだって美しいものです。でも、その前にもう少し別のことを理解してください」

「別のこと、とはなんですか？」

「大人には大人の意地があります。私は大人で、異論があるかもしれませんが、貴女はまだ子供です。大人が子供に頼るわけにはいきません」

隣で真辺が、気難しげに眉間(みけん)に皺(しわ)を寄せるのがわかった。

「年齢が重要ですか？」

「もちろん。大人と子供は区別されるものです」

「大人って、なんですか？　子供となにが違うんですか？」

この真辺の問いに、トクメ先生がどう答えるのか、僕も興味があった。

以前僕は、大地にこんなことを尋ねられた。

――どうしたら大人になれるの？

僕には上手い答えがみつけられなかった。一緒に考えよう、と答えたきり、その問題は宙に浮いていた。トクメ先生は答える。

「世の中には、二種類の大人がいます。一方は子供でいられなくなり、仕方なく大人になった人たちです。いろんなことを諦(あきら)めて、自分自身のほんの狭い経験を現実のすべてのように語って、子供のころに大切だったものを捨てる言い訳に大人という言葉を使っている人たちです。新しくなにかを得たわけではなくて、ただ子供でいる権利を失っただけですから、貴女が気にかける必要はありません」

思いのほか辛辣(しんらつ)で、僕は苦笑する。とても大地に聞かせられる話ではない。

トクメ先生は続ける。

「もう一方は、自ら大人であることを選んだ人たちです。世の中の大切な義務を引き受けることを覚悟した人たちです。国民の三大義務は習いましたね？」

頷いて、真辺は答える。

「働くこと、納税すること、子供たちに教育を受けさせること」

その通り、とトクメ先生は言った。

「そのみっつをまとめると、どうなると思いますか？」

「まとめる、ですか？」

「働いて、国家のために税金を納めて、子供たちを正しく教育する。貴女はこれを、ひと言で表せますか？」

しばらく、真辺は沈黙した。

それから言った。

「真面目に生きる、ということですか？」

トクメ先生は軽く首を傾げる。

「間違っていませんね。でも、あくまで私の考えですが、法で定められた義務というのはつまり、未来に尽くせということなのだと思います。未来を創る義務を負う覚悟を決めたのが、正しい意味での大人です」

ああ、それは確かに、正しい大人の姿なのだろう。

真辺にもその点では、反論はないようだった。でも彼女は、はっきりとした、聞く人によっては攻撃的に聞こえる種類の声で言った。

「だとしても、大人が子供に頼ってはいけない、という話には繋がらないと思います」

「いいえ。子供というのが、未来ですよ。私たちが義務を負っているものの象徴です。私たちは一方的に貴女たちを護り、貴女たちは一方的に私たちに護られる。それが正しい形です。だから大人は、子供を子供扱いするのです」

ふた呼吸くらいのあいだ、考え込んで、真辺は言った。

「わかりません。それ、理屈に飛躍がありませんか？」

言葉通りに真辺を子供扱いする微笑を浮かべて、トクメ先生は答える。

「理屈の話なんかしていませんよ。私がしているのは、大人の意地のことです」

山頂へと伸びる階段は、校舎裏の、木々のあいだにある。

息をひそめるような階段だ。幅も高さもまばらで上りやすいとは言えない。トクメ先生が、その一段目に足をかける。

「実のところ、私は自分がどちらの大人なのか、よくわからないのです。ただ子供から押し出されただけのようにも、自分から大人になろうともがいたようにも思えます。わからないから、意地を張るのです」

彼女の後ろに、僕と真辺も続く。

「意地」

と短く、真辺は反復した。その言葉の意味を考えているのだろう。

前を向いたまま、トクメ先生は言った。

「私は自分の意思で大人の役割を引き受けているのだと、言い張っていたいのです」

この人はどうして自分自身を階段島に捨てたのだろう？　と僕はまた考えた。

現実側の彼女は、いったいなにを捨てた、どんな人間なのだろう。

真辺は言った。

「私もそんな風に、義務を背負いたいです。先生と同じ意地を張っていたいです」

「まだ早い。急ぐ必要はありませんよ」

と、トクメ先生は答える。

「朝は夜の向こうにあるものです。正しく大人になるには、ひとつひとつ、誠実に夜を超える必要があります」

「夜？」

「暗く、静かな、貴女だけの時間です。夜がくるたび悩みなさい。夜がくるたび、決断しなさい。振り返って、後悔して、以前決めたことが間違いならそれを認めて。誠実な夜を繰り返すと、いずれ、まともな大人になれます」

真辺はずいぶん長い間、黙り込んでいた。

やがて、なんらかの答えが出たのだろう、「わかりました」と彼女は答えた。

＊

僕たちは階段を上る。

いつか、時任さんが、ここはとても個人的なところなのだと言った。

あのときの僕は訳もわからないまま、あやふやな感覚で彼女の言葉に納得していた。でも今ならもう少し具体的に、この階段の意味を理解できるように思う。

ここは自分自身を再確認するための場所だ。上れば現実にいる自分に会えるかもしれない、ということではなくて。この狭く、暗く、物音のない階段を上るなら、僕は僕のことを考え続けなければならない。星空はこんなにも圧倒的で、僕はこんなにもちっぽけだけど、すべての景色の中心に僕がいるのだということを思い出さなければならない。

つまりここが、トクメ先生の言う夜だ。

ひとりの個人として悩み、決断し、誠実に乗り越えなければならない場所だ。

空の月に薄い雲がかかり、その輝きをぼやけさせていた。木々は巨大なひとまとまりの影になり、闇夜(やみよ)と同じように階段を包んでいた。先頭を歩くトクメ先生は口を開かず、じっと前方の見通しが利(き)かない階段をみつめていた。それにつられて、僕も真辺も、しばらくは無言だった。やがて真辺が、ぽつりぽつりと喋(しゃべ)り始めて、僕もそれに応(こた)えた。

真辺との会話は自然なものに感じた。でもそれが沈黙だったとしても、静寂が同じように自然に聞こえていたのではないかと思う。僕たちが一緒にこの階段を上っても、別々に上っていたとしても、僕の成り立ちが変わるわけじゃない。

ここは個人的な場所だ。でも。

――僕には真辺由宇が含まれている。

彼女の肉体が、隣にいなければいけないわけではなくて。

真辺由宇が僕に深く食い込んでいる。僕自身を定義するとき、真辺を避けて通れない。彼女を除いてしまえば僕は、まったく別の人間になるだろう。当たり前だ。同じように堀も、大地も僕の一部で。トクメ先生も一〇〇万回生きた猫も、佐々岡も委員長も安達だって僕の中に含まれていて。だからこの個人的な場所は、けれど孤独な場所ではない。地中の根が大空に向かって手を伸ばす枝葉のひとつひとつを思うように、たったひとりのちっぽけな僕は、多様で数多くの彼らと繋がっている。

――君はもう、なにも捨ててはいけない。

と、時任さんは言った。

こんなにも多くのものを、ひとつも残らず、抱えたままでいられるだろうか？　それはとても難しいことのように思う。

いつの間にか、視界からトクメ先生が消えていた。すぐ後ろをついて上っていたはずの真辺の足音も聞こえなくなっていた。

それに気づいても、僕は足を止めない。悩みも、躊躇いもあるけれど、でも僕のままで階段を上る。

魔女のことを考えていた。

堀でも、時任さんでもなくて。ただ魔女のことを。

それは幸福と全能によって呪われている。決定権を手にすることで、なにかを選ばなければならない義務を負っている。他者から課せられた義務ではない。できるということはそれだけで重石になる。

選ぶことと捨てることは同義だと、僕は思う。

一方を選べば、他方を捨てなければならない。

なのに時任さんは、なにも捨てるなという。それが魔女の呪いの解答になるかもしれない、と。

――でも、そんなことが可能なのだろうか？

なにも選ばないまま生きていくことが。あるいは、なにかを選びながら、それでもなにも捨てないでいることが、可能なのだろうか。

どれだけ悩んでも、答えはでない。

やがて前方に、顔をしかめた「彼」が現れた。

「もう二度と、君に会うことはないだろうと思っていたよ」

　と現実にいる方の僕が言った。

　まったくだ、と苦笑してから、僕は言った。

「でもね、正直なところ、もう一度くらい会いたいと思っていた」

　彼は驚いた風に、ぴくんと眉を持ち上げた。自分自身の表情というのは、やっぱりなんだか苛立たしい。でもその苛立ちを、今は鼻で笑って受け流せる。

「ずいぶん意外なことを言うじゃないか」

「ああ。最近の僕は、自分でも意外なことばかりなんだ」

　気持ち悪いな、と彼はぼやく。本当に気持ち悪そうに、顔をしかめていた。

　僕は話を進める。

「君に相談があるんだ」

「相談？　自分自身に？」

「もう僕と君は別の人間みたいなものだろ。大地のことだ。彼には会ったか？」

「今でもよく会ってるよ。大地がどうした？」

「君たちは、彼の問題を解決できなかった」

　僕の言葉に、現実の僕はため息をつく。

「君はまさか、僕たちが大地を華麗に救い出すのを期待していたのか？　ただの高校生が、他人の家庭の事情に首を突っ込むと思っていたのか？」

　笑って、僕は答える。

「当たり前だろ。真辺ならそれを目指す」

「かもね。でも、それなら彼女を止めるのが、僕の役目だ」

「僕に止められるような真辺に、なんの価値があるっていうんだ？」

「いくらでもあるだろ。そんなの」

　ああ、やっぱり彼は、僕を捨てた僕だ。真辺由宇を信仰することをやめた僕だ。

　きっと彼の方が正しいのだろう。真辺由宇がどれほど変わろうが、彼女が無価値だということはないのだろう。他の大勢の高校生と同じように、やっぱりひとりの人間として、誰だって同じように特別な価値を持っているのだろう。

　――そんな彼女で、本当に満足なのか？

　と言ってやりたくもある。でも今夜の主題は、僕と真辺のことじゃない。

「なんにせよ大地のことは、放ってはおけないよ。彼はそろそろ、こっちにいる彼を拾った方がいい」

「かもね。でも、僕にできることは限られている。顔を合わせて、話をして、たまに一緒に食事をして。それくらいが限界だ」

「児童相談所は？」

「考えているよ。でも、大地は母親のことを話したがらない。少なくとも傷が残るような虐待(ぎゃくたい)はないみたいだ。どれくらい大げさに動いて良いのか、判断が難しい」

「なるほど。ところで、ひとり協力者を作ることにした」

僕がそう告げると、彼はわずかに目を細めた。

「協力者？」

「大地のことを考えてくれる大人がいた方がいいだろ。こっちの学校の先生が、なかなか良い人だったからね。現実側の彼女に大地のことを伝えている。君と真辺には、彼女のサポートをしてほしい」

ちょうど今、トクメ先生は現実側の自分と会っているはずだ。

そちらの会話がどうなっているのかわからないけれど、今は上手くいく前提で話を進めるしかない。だめなら別の方法を考えるだけだ。

僕は続ける。

「詳しいことは、手紙に書いた。明日の朝には届く予定だ。君の最初の仕事は、先生に『今夜の会話は事実だ』と理解してもらうことだよ。ただの夢だと思われると困る」

「そっちから手紙を送れるのか？」

「僕にはできない。魔女に頼んだ。魔女には君も会っただろ？」

魔女だけは現実と階段島を行き来できる。という表現は、正確ではない。

今、目の前にいる「現実側の僕」だって、言い様によっては現実と階段島を行き来している。彼は記憶を失わないまま階段島にやってきて、記憶を失わないまま現実へと帰っていく。

とはいえ階段島の構造を、詳しく説明する必要は感じなかった。

僕は話を進める。

「大地が捨てたものは、母親を嫌う自分だ。僕たちは大地に、それを拾ってもらおうと思っている」

え、と彼が、小さな声を上げた。

「本当に？」

「ああ。どうかしたのか？」

「ちょっと僕の認識と違った。ま、いいよ」

どう違ったのか、少し気になる。

でも彼が「それで？」と促すから、僕は先を続けた。

「小さな子供が母親を嫌いそうになったなら、そんな感情、簡単に捨てていいはずがないだろ。もっと別の解決が必要だ」

「魔女にはどうしようもないことなのか？　本人が拾おうとしなくても、魔女が勝手につき返しちゃいけないのか？」

「やろうとすればできる。でも現実側の状況が整っていないのに、大地の感情だけ話を進めても仕方ないだろ」

「つまり、大地が素直になれる環境を作りたいわけだ。堂々と母親が嫌いだと言える。その上で、具体的に問題を解決できる環境を」

「ああ。違和感があるか？」

彼はしばらく、顎に手を当てて、なにか考え込んでいるようだった。かつては自分自身だったとしても、彼がなにを悩んでいるのか、僕にはわからなかった。やがて彼は首を振った。

「いかにも真辺的な発想だ」

「そうだな」

「でも、現実の真辺自身が捨てた、彼女の発想だ」

言葉に詰まる。

現実側の真辺がどんな風に変化したのか、僕は知らない。堀に尋ねもしなかった。それを尋ねることが、堀への裏切りのように思えたから。でもそれ以上に、ほんのわずかでも変わってしまった真辺由宇なんか、想像もしたくなかったから。

彼は続ける。

「子供が親を嫌うような感情、わざわざ自覚させる必要なんてないよ。そんなもの、目を逸らしていられるなら、逸らしていた方が楽だ。幼い少年を苦しめる必要はない」

「でも、それを避けて進めるのか？　大地を苦しめないまま、問題を解決できるのか？」

「解決なんて言葉に囚われるなよ。身を屈めてやり過ごせばいいんだ。大地は頭の良い子供だ。そのまま、頭の良い大人になれるよう手助けすればいい。もう一〇年も経てば、親を絶対視することもなくなっている。きっと別の形で幸せになれる」

「母親との関係を捨てたまま手に入る幸せは、理想的じゃない」

「理想の幸せなんて、ただのひとつでもみつけられると思っているのか？　誰だってなにかを妥協している。大地が妥協しなければならないものは、たしかに大きすぎるかもしれない。でも、そっちの道も選択肢にはある」

いかにも僕らしい考え方だ、という気がした。

ほんの二週間前の僕でも言いそうなことだ。そして今となってはもう、受け入れがたい言葉だ。

「もちろん、理想的でなきゃいけないってわけじゃない。でも、まずはそこを目指すべきだろ。妥協を探すのは、充分に手を尽くしてからでいい」

「その手を尽くす過程で大地が傷つく可能性が問題だって言っているんだ。どうしてわからない？　本当に僕か？」

たしかに彼と僕は、ずいぶん違うようだ。

堀との記憶も、真辺への信仰も持たない僕なんか、僕だとは思えない。

首を振って、僕は告げる。

「なんにせよ、もう状況は動いているよ。君や僕がなにを考えていようが、すべてを決めてしまえるわけじゃない」

現実側のトクメ先生も真辺も、今、話を聞いているはずだ。状況が動いてしまえば、その中で次の手を探すしかない。

気難しげに、彼は言った。

「別に、君たちのやり方を否定しようってわけじゃない。ただ――」

そこで、言葉を止める。

僕ではない彼は、またしばらく考え込んでいた。今、ここでなにを悩む必要があるというんだ。なんにせよトクメ先生や真辺の意見を聞いて、それを踏まえて大地のことを考えていくしかないはずだ。

やがて彼は、ふっと表情から力を抜いた。それは苦笑のように、僕にはみえた。

「お前は気楽でいいな」

気楽？

「君となにが違う？」

「子供のままだって話だ」

また、それか。

「君はもう大人になったのか？」

「それは知らない。でも君の話を、子供っぽいといって馬鹿にできたら楽だろうと思ったんだよ」

「そんなことに意味はないだろ。ただ目を背けているだけだ」

「また。まったく僕らしくない言葉だ。目を背けることが無意味なわけがない」

たしかに、それで救われることだってあるだろう。みたくないものはみなくてよいのだろう。世の中に反則はなくて、気に入らないものから上手く目を逸らす術は、様々な場面で有効だろう。

でも。

「君は、ピストルスターを忘れたのか？」

七年前に階段島を訪れ、堀と過ごした僕でさえ忘れられなかったものを。僕が子供じみているというなら、きっとその中心にある価値観を。僕が僕である理由とさえ呼べるものを、彼は捨てたのか？

寂しげに笑ったまま、彼は言った。

「どうすれば真辺は幸せになれるのかな。そんなことを、ずっと考えているんだよ。でも想像もつかないんだ。後悔してばかりなんだよ。もしも小学生のころ、まるでひとつの星みたいじゃない、ちゃんとひとりの女の子として僕が彼女に好意を持っていたなら、真辺はもっと当たり前に幸せになれたんじゃないかな」

彼の言葉を聞いて、僕の方も笑う。

自分の表情なんてものに興味はないけれど、きっと得意げな笑みだっただろうと思う。

「ふざけるなよ。僕がどうであれ、真辺が変わるわけないだろ」

彼女は、もっと孤独で。独りきりでいることにも無自覚なくらいに孤独で、だから綺麗なんだ。たまたま近くにいただけの僕が、彼女の本質を変えられるわけがないだろ。

僕は、自信をもって断言する。

「真辺由宇は幸せになんかなれないよ。当たり前だろ。現実になるはずもない理想を追い続けるのが彼女なんだから。上手い言い訳をひとつもみつけられなくて、いちいち全部に傷ついているのが彼女なんだから。主語を間違えるなよ。君は、真辺をみて悲しんでいるのが嫌なんだろ。君が、幸せになりたいだけなんだろ。でも真辺を追いかけている限り、そんなことは叶わない。思い出せよ。僕らにできるのは、彼女の隣で、同じようにいちいち傷ついていることだけだろ」

もしも、それを幸せだと呼べないのなら。

みんな綺麗な思い出にしてしまって、彼女の隣から逃げ出すしかない。

彼は、僕の言葉には答えなかった。代わりに少しかすれた声で、唐突に聞こえる質問をした。

「どうしてもう一度、僕に会いたかったんだ？」

「え？」

「言っただろ。さっき」

「今度は嘘ではなく、君に伝えるためだよ」

彼が幸せだとは呼べなくなったものを、僕は幸せだと呼べる。

「僕はほんの少しだけ、僕のことが好きになったよ」

まだ完全ではなくても、僕は自分を愛する術を知っている。もっとも愛するものの隣に僕がいることを、今はもう許すことができる。

だから笑って、彼に告げる。

「君も幸せになれるといいな。本当に、そう思っているよ」

彼の方も、笑う。その表情はなんだかずいぶん幼くみえた。内気でナイーブな少年みたいだった。

聞き取りづらい、小さな声で彼は言う。

「僕もそうなのかもしれない。僕も、君に会いたかったのかもしれない」

現実の真辺が、どんな風に変化したのか僕は知らない。

おそらく僕が望む真辺ではなくなったのだろう。どこか欠けてしまっているのだろう。

それでも彼女の本質は、同じ真辺由宇のままなのだろう。

きっと、だから。

「君を捨てるくらいじゃ、足りなかったんだろうね」

と、もうひとりの僕は言った。

息を呑む。それから、尋ねる。

「じゃあ、どうする？」

「君を拾う。僕の言葉で、君を否定する」

今度は魔法になんか頼らないよ、と彼は言った。

4　時任　同日

またあの子が泣いている。

頭から毛布をかぶって泣いている。

顔がみえなくても、声が聞こえなくても、時任には堀が泣いていることがわかった。

時任はベッドの片脇（かたわき）に腰を下ろし、その毛布に軽く手のひらを載せる。いつまでだってそうしていてもよかった。この夜が終わるまで。暗く冷たい時間が過ぎて、また陽が射すときまで黙り込んで、このままでいてもよかった。

けれど時任は口を開く。

「どうして、返したの？」

七草のことだ。階段島にいた七草。

彼はつい先ほど、現実の自分に拾われて、この場所から完全に消えた。

堀にはそれを拒絶することができた。わがままに、彼を自分のものにしてしまうことができた。でもそうはしなかった。堀自身が深く傷つくことを知っていながら、涙を流して彼を現実の彼とひとつにした。

掠れた声が聞こえる。

「だって、決めていたから」

「なにを？」

「捨てた自分を、拾いたい人がいたら、返す」

「誰が決めたの？」

「私と、七草くん」

「そんなルール、破っちゃえばよかったのに。魔女はわがままなものだよ」

「これが――」

泣きながらしゃべっていたせいだろうか、堀は小さくせき込む。呼吸が落ち着いてから鼻を鳴らして、言い直した。

「これが、私のわがままです」

そんなわけないでしょ、と時任は言いたかった。

――泣いて、苦しんで、それでもルールを守るのが、わがままなわけないでしょ。

でもきっと、堀はその、自分の言葉を信じるのだ。信じられるまで何度も、何度も繰り返すのだ。こんなものが綺麗な魔法で、こんなものが彼女の幸せで、こんなものが本心からのわがままなのだと、自分に言い聞かせ続けるのだ。

「大丈夫」

と堀は言った。

長いあいだ雨ざらしにされて色あせた看板みたいな、掠れた声だった。

「大丈夫、七草くんは戻ってくるから」

「そう。どうして？」

「私が、取り返しに行きます」

「それは、ルール違反じゃないの？」

毛布の下で、彼女の頭が動く。頷いたのだとわかった。

「約束したんです。七草くんと」

「そっか」

彼は、こうなることまで想像していたわけだ。

どこまで具体的なイメージがあったのかは知らないけれど、少なくとも今、階段島から自分が消えることが、最悪の事態だということはわかっていて、それに備えていた。

――でも、こんな消え方は、予想できていたのかな？

七草はただ消えたわけじゃない。

彼を拾った方の、現実側の七草の動機が問題だ。

堀は、以前こんな風に言っていた。なにも捨てないのが、この島の理想なのだと。重たくて、手放したくなった自分の一部を引き取って、大切に守って、また必要になったら返してあげる。それが理想の魔法なのだと。

とても綺麗だ。でも。

七草は、否定されるためだけに拾われた。堀の理想とは正反対に、捨てるだけでは足りなくて、徹底的に壊されるために拾われた。

――ね。言ったでしょ？

と、時任は内心でつぶやいてみる。悪い魔女のように、冷ややかに。

階段島の理想をもっとも的確に傷つけたのは、やっぱり、彼だった。

二話、必ずどちらかを捨てなければならない

I　七草　現実

昨日、僕を拾った。

中身のみえない黒いビニール袋に詰め込んで、きつく縛って、ゴミの日に出したはずの僕だ。もう顔もみたくないと思っていた僕だった。でも、ふと彼が必要なのではないかという気がして、僕は僕を拾った。

実感はあまりない。

いつも通りに眠り、夢の中で僕に会い、その僕を拾い上げて、目を覚ました。それだけだ。もうひとりの僕がここではないどこかで体験した記憶が頭の中に溢れる、という風なこともなかった。ただ胸にざわめきのようなものがあるだけだ。不安、焦燥、失望。そういった、昨夜まではやり過ごせていた感情が、質量を持つほどはっきりと僕の胸を重くしているだけだ。

だから僕は、真辺由宇の顔を思い出す。

淡く微笑んでいる、うつむきがちな彼女を思い出す。

そんな真辺由宇があり得るか？　と胸の中の僕が言った。もちろん幻聴だ。彼はもうどこにもいないはずの僕だ。でもたしかに、その声が聞こえたような気がした。

最近、真辺は色々な種類の微笑み方を覚えた。

ほんの二か月前までは、そうじゃなかった。

彼女が微笑むのは、嬉しかったときと、安心したとき、あるいは「確信」と呼べるものが胸に浮かんだときくらいだったように思う。笑うにせよ、泣くにせよ、いつだって無限に遠い場所にあるどこか一点をまっすぐにみつめていた。でも今は違う。

たとえば悲しいときに微笑むことを覚えた。苦しいときに微笑むことを覚えた。相手を安心させるために、自分が安心するために、問題を回避するために、受け流すために、目を逸らすために、目を閉じるために、涙をこらえるために、不満を呑み込むために、自分自身の感情を誤魔化すために顔を歪めて笑みの形にすることを彼女は覚えた。

それでずいぶん雰囲気が柔らかくなったように思う。とりとめのない日常の中で彼女の表情を「ああ、可愛いな」と感じることがあった。ちょっと無理をして頑張っているときや、言葉を必死に探して困り顔を浮かべているときなんかだ。元々、整った顔立ちをしているから、それは自然なことなのだろう。むしろこれまで、小学校で出会ってからの長い時間で、一度も彼女のことを「可愛い」とは感じなかったことの方が変なんじゃないかという気がする。

　これはもちろん、僕にとって幸せな変化だ。

　あの子の内面が柔らかに、表情が可愛らしく変化したのは素敵なことだ。

　僕は彼女に恋しているのだから。それを理由に、かつての僕のすべてを否定して新しい関係を築いていこうと決めたのだから。彼女が複雑な微笑みを浮かべるたび、なんだか無性に寂しくなる方がおかしいんだ。僕は成長しなければならない。それは難しいことではないはずだ。

　きっと、彼女を人間として愛することができたなら、すべてを受け入れられる。

　幼い願望で、ひとりの女の子を偶像や象徴に置き換えてしまってはならない。もちろん僕は今もまだ、群青色の空に浮かぶピストルスターの輝きを覚えている。でもそんなものはただの景色で、景色として感動していればよくて、人間をひとつの星の代替品にしてしまっていいはずがない。その孤独で潔癖な輝きが彼女に重なってみえるなら、それは僕の問題だ。僕の胸にある、空白が問題だ。

　その空白は、僕が僕を捨てたことで生まれた。

　真辺への信仰を捨てて、それでできた空白を恋心で埋めるつもりだったけど、少しサイズが合わなくて、どうしようもなく隙間(すきま)が空いていた。

だから、僕は、彼を拾った。捨てるのではなくて、彼を上書きするために。根本から否定して隙間を埋める欠片(かけら)をみつけるために、僕は僕を拾った。

真辺由宇の微笑みを思い出すと、いつものように、僕の胸は少しだけ痛む。

でも今朝はそれ以上に強い感情で苛立(いらだ)っていた。そうじゃないだろう、と訴えかける僕ではない僕がいた。幻聴でも、たしかに、昨日拾った僕が叫んでいた。

これが、僕の敵だ。

僕が書き換えるべき、幼い僕だ。

*

階段で聞いた話の通りに、郵便ポストには一通の手紙が入っていた。

可愛らしい、フクロウのイラストがついた封筒だった。差出人の名前はない。中は数枚の便箋(びんせん)で、そこには少し丸まった字が並んでいた。僕の字ではない。

過剰なくらいに丁寧な手紙だ。

内容はほとんど、昨夜もうひとりの僕と話したことの繰り返しだった。つまり相原大地(あいはらだいち)という少年のことと、彼の問題を解決するために、ある女性に協力を頼んだという内容だ。それに加えて、「協力者」である女性の名前と電話番号が書かれている。

どうしたものかと考えていると、スマートフォンが鳴った。真辺からの電話だった。

応答するとすぐに彼女は言った。

「きみも、あの階段に行ったんだよね？」

「行ったし、手紙も受け取ったよ」

「どうするの？」

そうじゃないだろ、と昨日拾った僕が言う。

――君がどうするのかなんて、僕とは関係なく、もう決まってるはずだろ。

僕はその声に反論する。真辺を一方的に定義するな。まず他人の意見を聞こうとするのは、真っ当な成長だろ。

内心で顔をしかめてようやく、僕は電話に答える。

「信用できない話だけど、大地のことなら無視はできないよ。とりあえず、僕は協力してくれるっていう先生に連絡してみる」

ほかにはどうしようもない。

ためらいがちに、真辺は言った。

「私から連絡を入れてもいい？」

「かまわないけど、どうして？」

「どうしてかな」

真辺は短い時間、沈黙した。

たぶん言葉を探しているんだろう。そんなことでも僕は、いちいち違和感を覚える。なんだか胸が痛くなる。

「できるだけ、きみに頼らないようにしたいのかな」

やがてそう答えて、また連絡すると言い残して、彼女は短い通話を終えた。

僕はスマートフォンを放り出して、ベッドに寝転がる。

――ほら、可愛いだろ。必死な感じでさ。

と胸の中で呟いてみる。

反論は、とくになかった。


真辺からの次の電話は、あまり間を置かずにかかってきた。

たったの一〇分か、一五分か。それくらいだったと思う。話はスムーズに進んだようだ。協力者の「先生」は時間に余裕があるそうで、さっそく午後二時に会うことに決まった。指定されたのは電車で一時間ほど離れた、ある駅前の喫茶店だ。「七草もくる？」と真辺が尋ねて、「もちろん」と僕は答えた。

通話の後は、スマートフォンで児童相談の検索をして時間を潰した。これまでにも何度も同じ検索結果を眺めた。インターネットには情報があふれているけれど、どれも代わり映えがしなくて、なんだか少し窮屈な印象を受ける。

　今日は土曜日だから、大地のマンションからいちばん近いこども相談センターは休んでいる。そこのウェブページを確認すると、本人や家族だけでなく、学校の先生や近所の方など、どなたでもご相談くださいとある。

　僕はしゅるしゅると検索結果のトピックをスライドさせた。あるサイトには、虐待だと誤報を受けた母親が長い事情の説明を書き込んでいた。子供を叱っている声を聞いた近隣の住民に通報されたらしい。コメントは賛否両論だけど、どちらかというと母親に同情的なものが多いようだ。たしかに少し叱り過ぎたのかもしれないが、それは教育の過程でほとんど避けられずに起こることだ、というコメントが評価を集めていた。

　それから別のサイトで、児童虐待の定義について読んだ。躾だとしても暴力はいけません、とそこにはあった。子供が学ぶのではなく、ただ萎縮してしまうから。他の虐待の例もつらつらと羅列されている。心理的虐待、性的虐待、養育の放棄または怠慢。相手が矛盾だと感じるような叱り方をしてもいけないし、威圧的に聞こえる叱り方をしてもいけない。この辺りを文面通りに捉えると、先ほどの誤報の件も「虐待」のカテゴリに含まれてしまうのかもしれない。

　ある相談サイトでは、幼児を育てる母親が、「自分は親として失格かもしれない」と書いていた。もちろん子供のことを愛しているけれど、でもあの泣き声を繰り返し聞いていると、ひょっとしたら私はこの子が憎いのかもしれない、と感じることがある、と。

それに別の、小学生の息子を持つ母親が答えていた。

――なにもおかしいことはありません。どれだけ愛していても、苦痛は苦痛ですよ。私も息子が大好きですが、やっぱり夏休みが終わると嬉しいものです。

その通りなのだろう。

親だってもちろん人間で、特別な訓練を受けているわけではない、子育ての素人なのだろう。だから完璧であれという方が無茶で、多くの親がそれなりに失敗し、後ろめたい感情を抱きながら、それでも子供を愛しているものなのだろう。

人を記号や象徴に置き換えてはならない。親は親という記号ではなく、ひとりの人間が持つ属性のひとつでしかない。人を人ではないものとして扱ってはならない。誰だって不完全で、その不完全性は許されなければならない。

ニュースについて感想を書いた個人ブログには、「けっきょく虐待なのか、そうではないのかは、子供の側がどう感じているのかでしか線引きできない」とあった。一見、説得されそうになる考え方だ。僕たちの日常では、本人の判断に任せることがフェアな姿勢になる場面が多い。でも別のページにはこうある。「虐待を受けている子が、必ずしも親を嫌っているわけではありません。虐待する親を愛し、親のために嘘をつくことで発見が遅れる例も多数あります」。幼い子に判断を委ねるというのは、無責任な態度のようにも思える。

僕たちは大地の事情をほとんど知らない。

彼があまり話したがらないから、もう何か月も踏み込めないできた。

でも、それはあの少年に、委ねすぎなのかもしれない。そんなこと、何度も何度も考えた。もっと強引な方法が必要なんじゃないかと悩んできた。つまり以前の真辺のような方法だ。自分を信じ、世界の善性を信じて、とにかく声を張り上げるやり方だ。

――でも、そこまで求められても、困る。

胸の中で漏れた言い訳に、僕は苦笑する。

なにもわからないまま相手に踏み込んで、叫びまわって、それで余計に問題が大きくなったらどうする？　自分たちにできることだけをやればいいんだ。たしかにこれまで、大地の事情には触れないできたけれど、でも彼を見捨てたわけじゃない。僕たちは彼の友人でいようとしてきた。彼にとって安らげる、避難所のようなものになれればいいと思っていた。それだけで充分、優しいだろ。こっちに進んだ真辺は、以前よりもずっと大人で、優しいだろ。

――まったくその通りだよ。でも。

いつか捨てた、昨日拾った僕が、胸の中で叫ぶ。

――君はいったい、真辺のなにを愛しているんだ？

こんなもの、もちろんただの独り言だ。本当に拾い上げた僕の人格がいるわけでも、声を上げているわけでもない。ただ臆病な僕が、ささやかに迷っているだけだ。

だから反論の必要はなかった。

でも、いちいち反論するために、僕は彼を拾った。

――部分じゃない。全部だよ。

と僕は答える。

――僕は、真辺由宇の全部に恋しているんだ。

どれだけ変わっても、これからさらに変わるとしても、そのすべてを受け入れて、次の関係を築くんだ。

――欺瞞だ。どれだけ変わってもいいなら、相手が真辺由宇である必要もない。

と彼が言う。

――その考え方が、子供だっていうんだ。

僕はそう切り捨てて、再び大地のことに意識を切り替えようとする。

でも、上手くいかなかった。集中できない頭でスマートフォンの画面を眺めているあいだに、家を出る時間になった。

＊

真辺由宇と合流し、電車で目的の駅へと向かう。

余裕をみて予定を組んでいたから、指定された喫茶店についたのは約束の時間の一五分ほど前だった。ドアの前で、「早めに到着したので中で待っています」と真辺がメッセージを送る。

すぐに返事があった。

――私もすでに入店しています。窓際の、いちばん奥の席です。

僕たちは店内に入り、店の奥に目を向ける。ひとりの女性が、こちらを向いて座っていた。なんだかモダンなポスターのデザインみたいな女性だ。口も鼻も目もまつ毛も、パーツのひとつひとつがそれぞれはっきりしている。肌は白く、髪は黒い。モノクロで描かれているように。その中で、唇だけが赤い。

真辺と並んで、彼女のテーブルの隣に立つ。

「大江です。真辺さんと、七草くんですね」

と彼女は言った。

なんだか冷たい声だ。でも、硬くはない。氷に直接触れるのではなくて、その周りの冷気だけを感じるような、クールだが攻撃的ではない声だ。

真辺が答える。

「はい。お時間をいただいて、ありがとうございます」

赤い唇で、大江さんは笑う。

「こちらこそ、すみませんでした。学生を呼び出すより、私がうかがうべきだとわかってはいたのですが――」

彼女は右手で、軽く自身の腹部を撫でる。

「長い距離の移動は、少し不安だったものですから」

顔つきも、手足も、声も、表情だってシャープな彼女の中で、そのお腹だけが柔らかく膨らんでいる。おそらく出産が近いのだろう。

大江さんが妊婦だとは、聞いていなかった。なにか彼女を気遣った方がよいのではないかと思ったが、上手い言葉も出てこなかった。

僕たちは促されて、彼女の向かいに腰を下ろす。注文を取りに来た店員に、ふたりともレモンティーを注文した。

店員が立ち去ってから、大江さんは言った。

「魔女と、あの階段のことをご存知なんですね」

今度は僕の方が答えた。

「ほとんどなにも知りません。でも僕も真辺も、魔女に頼んで自分の一部を捨てました。それにこれまでにも何度か、捨てた方の自分と、夢の中の階段で会っています」

捨てた自分をまた拾ったことまでは、説明しなかった。

大江さんは、軽く首を振る。否定の動作ではないだろう。

「私は昨夜が初めてでした。捨てた自分と会話するなんて、想像もしませんでしたよ。まだ混乱していますし、簡単に信じられることでもありません」

それは僕も同じだ。

去年の夏からこれまでに体験したことが、現実だとは思えない。すべて僕の空想だと決めて無関心を貫くことだってできたはずだ。ただひとつ、それを許さないのが、相原大地の問題だ。

同じようなことを考えていたのだろうか、真辺が口を開く。

「情報源がどれだけ非現実的でも、重要なのは大地のことです。大地が現実的な問題を抱えているなら、信じるとか、信じないという話ではないと思います。無視しようのないことですよね？」

そういうことだ。

非現実的な状況の中での、現実的な問題。大地はたしかにこの世界に実在し、苦しんでいる。本来、当たり前に与えられるべき幸せを手に入れられないでいる。

大江さんは頷（うなず）いた。

「同感です。魔女のことは信じられませんが、幼い子供の問題は、なんであれ放置できません。おふたりは大地くんと面識があるんですよね？」

はい、と真辺が答えた。

僕は補足する。

「彼は母子家庭で育っています。母親との関係があまりよくないのは事実でしょうが、虐待と呼べるのかはわかりません。本人があまり事情を喋りたがらないから。少なくとも、めだった傷痕があるわけではありません」

なるほど、と大江さんは頷く。

「彼が通っている小学校と、できればクラスがわかりますか？」

「学校はわかりますが、クラスまでは知りません。学年だけなら」

「それで問題ありません」

僕は大地から聞いていた小学校の名前と、二年生だということを告げる。この春に、三年に進級するはずだ。

わかりました、と大江さんは言った。

「私の方で、事情を調べてみます」

真辺が首を傾げる。

「どうやって、調べるんですか？」

「最終的には、本人に聞いてみるしかないでしょう。その前に大地くんの担任と話をしておきます。彼の普段の様子も知りたいですし、家庭訪問をお願いすることもできます。

大地くんも、担任の先生を交えた方が話をしやすいでしょう」

もちろん、そういった対応が現実的だろう。

でも、なんだか不安だ。上手く言葉がまとまらないまま、僕は言った。

「大地は、頭の良い子です。それに意志が強くて、きっと母親を愛しています」

付け加えるなら、これまでの印象以上に複雑な子なのだろうと思う。大地はそう簡単に自分の内面をみせない。

「だとしても、会ってみなければ話を進められませんよ。大地くんのことで、貴方たちが気を揉む必要はありません。私に任せてください。大丈夫、上手くいきますよ」

僕はつい、真辺の表情を確認する。

昨日拾った僕がそうさせたのかもしれない。ここで素直に身を引く真辺は、あのころの僕が信じていた真辺由宇ではない。

彼女は見慣れた、でも最近はあまりみなくなった、切なくなるようなまっすぐな瞳で大江さんをみつめていた。

「私は、大地の母親に会ってみたいと思います。かまいませんか？」

その視線を、大江さんは微笑んで受け止めて、首を振った。

「今はまだやめておきましょう。下手に刺激すると、その怒りが大地くんに向くこともありますから。繊細な問題は、繊細に進めなければなりません」

真辺が唇を噛んだのがわかった。

でも彼女は、「わかりました」と頷いた。


大江さんは産休に入ったばかりで、しばらく時間があるそうだ。すぐに動くし、小まめに連絡すると約束してくれた。僕たちは少しだけ、魔女とあの階段の話をして、喫茶店を出た。

帰りの電車の中で、真辺がささやくように言う。

「なにか、私にできることはないのかな」

僕は彼女に微笑む。

「これまで通りでいいんだよ。大地の友達でいよう」

それは本心だった。彼の心を少しでも支えられるなら、充分に意義がある。そのことは真辺もわかっているはずだ。

「うん。でも――」

彼女はきゅっと眉を寄せる。

「でも私は、諦めたくないよ」

「なにを？」

「悩むこと、かな」

彼女はじっと、電車の窓ガラスに映る自分の顔をみつめていた。いや、ただ視線がそちらを向いていただけで、なにも視界には入っていないのだと思う。空の青よりも向こうをみているような目だ。なんだか渡り鳥みたいな。

その目のままで、言った。

「なんでも、悩んでいたいよ。本当はなんにもできなくても、できることを探していたいよ。どこかでこれでいいって決めたら、それで満足しちゃいそうだから」

彼女は今も、理想主義者であり続けているのだと思う。遠い、誰にも届かないようなゴールを目指し続けているのだと思う。目線は以前と変わらない。ただ、一歩目を踏み出せなくなっただけだ。どちらの方向に、どんな風に足を踏み出しても誰かに迷惑がかかることを自覚して、駆け出したいのに棒立ちでいる、心の中だけの理想主義者だ。

彼女は以前、僕を捨てたと言った。あのときの言葉を思い出す。真辺が捨てたものについて教えてくれた、今にも泣き出しそうな声を。

――だって私はずっと、間違えてもいいと思っていたんだから。

と彼女は言った。

――七草。きみがいたからだよ。きみはいつも私の先回りをして、間違えていたならそれを正してくれた。だから私は間違いを怖(おそ)れる必要がなかった。ただ走れば、いつかきみの背中がみえるんだって信じていた。

きっと、彼女が本当に捨てたのは、僕なんかじゃなくて。

そんなにちっぽけなものじゃなくて。

――知っているよね、七草。私はいつも、きみに置いていかれないように必死で、そうしているあいだは迷う必要なんてなかった。

たぶん、真辺由宇が捨てたものは、世界への信頼だ。

世界は充分に優しくて、人間は充分に善良で。人は、間違える権利を持っている。もしも間違えても、世界が、隣にいる誰かが間違いを指摘し、正してくれる。きっとその確信が、真辺由宇がいつだって駆け出せた理由で。なのに、それを失くしてしまった。

彼女はようやく、窓ガラスに映った険しい表情に気づいたようだった。柔らかに、優しげに、ふっと微笑む。

「なにかできるはずだ、って言っていたいんだ、私は。なんにもできないことを、証明する方法をまだ知らないから。そんなに頭がいいわけじゃないんだから、わからないことまで、わかった気になりたくないんだ」

僕はなんだか苦しくて、呼吸のように、ポジティブな言葉を探す。

でもそれはみつからなかった。仕方がないからネガティブな言葉を、できるだけポジティブに聞こえるように言葉にしてみる。

「まったくだよ。本当は、不可能なんて言葉を使えるのは、神さまだけなんだ。僕たちに可能なことと不可能なことを、区別できるはずがないんだ。だから、悩み続けられるのは正しいことだよ」

そんなわけがなかった。

諦めないままでいると、苦しいだけで。なんにも諦めないなんてのは、社会に護られている子供だから言えることで。

僕は本心から、不可能なんて断言できるのは神さまだけだと思っている。でも、わからなくても不可能だと決めてしまわなければ、生きることは辛すぎる。わからないことをわかった気になるのだって成長だ。

真辺は綺麗にほほ笑んだまま、頷く。

「うん。できることをやりながら、できるだけ悩んでいるよ」

これでいいんだ、と僕は思う。

ゆっくりと時間をかけて、諦めることを覚えていけばいいんだ。

その過程で、きっと彼女は傷つくだろう。涙を流すこともあるだろう。そのたびに僕は彼女を慰めるんだ。

今も、少しでも彼女の気持ちを楽にしたくて、そのために口を開く。

「知りたいことがあるんだ。手伝ってもらえないかな?」

以前、僕は真辺が勝手に走っていかないように、できるだけ問題がなさそうな目標を提案していた。今回は反対だ。一歩目を踏み出したくて、でもそれができない彼女が安全な方に歩けるように、僕は提案する。

「大地が捨てたものを知りたい」

真辺は首を傾げた。

「私、知ってるよ。七草にも話さなかった？」

「聞いたよ。でも」

僕たちの認識では、大地が捨てたのは、「母親を嫌えない感情」だった。

つまり大地は魔法を頼ってでも、母親を嫌おうとした。魔法でようやく母親を嫌えた彼は、だから二月に家出することができた。でも一方では、まだ母親を愛する感情も持っていて、その夜のうちに家に戻った。

これが真実なのだと、僕は素直に信じていた。でも。

「階段で会った僕が言ったんだよ。大地が捨てたのは、母親を嫌う感情だ、って」

大地は「母親を嫌えない感情」を捨て、正当に母親を嫌おうとしたのか。それとも、「母親を嫌う感情」を捨て、母親を愛し続けることにしたのか。僕たちと、階段にいた僕で、認識が正反対になっている。

真辺はこの話に興味を持ったようだった。

「それって、どういうこと？」

「こちらの大地か、あちらの大地か。どちらかが嘘をついている。あるいはどちらかの僕たちが勘違いしている」

またば、どちらの大地も嘘をついていて、どちらの僕たちも勘違いしている。

「どうして？」

「わからない。でも、大地はまだ本心を隠しているんじゃないかな」

実は、思い当たることがある。

状況を整理すれば、彼の心境を想像するのは難しくない。

つまり捨てた方も、捨てられた方も、どちらの大地も「自分は母親を嫌う感情を持っている」と主張しているわけだ。その言葉が嘘であれば、なんて悲しい話だろう。

――虐待を受けている子が、必ずしも親を嫌っているわけではありません。虐待する親を愛し、親のために嘘をつくことで発見が遅れる例も多数あります。

とインターネットにあった。

大地の言葉はこれの、変化した形なのではないだろうか。

もし母親からの虐待を受けている子供がいたとして、その子が母親を愛しているのか、嫌っているのかで、状況はずいぶん変わるように思う。僕は、母親をきちんと嫌えている方が、まだしも救いがあるように感じる。改善のしようがある印象を受ける。

だから、どちらかの大地が、あるいは両方の大地が嘘をついた。

僕たちに対して「状況は最悪ではない」と言い聞かせるために、真実を隠して嘘の回答をした。さすがに小学二年生が、理屈で僕たちの反応まで想像しているとは思えないけれど、彼は敏感で繊細だ。皮膚で僕たちの感情を読み取って、それに合わせて発言を変えていても、違和感はない。

だとすれば、彼は。

——大地は、僕たちが、母親との問題に関わることを避けたがっている。

彼はその大きな問題を、ひとりきりで抱え込もうとしている。

大地の判断が正しいのか、間違っているのかはわからない。でも、できるなら、間違っているのだと決めつけたい。それは小学二年生には重すぎる選択だと言って聞かせたい。

——僕たちは、彼の友達でいることを決めたんだから。

大地の本心に歩み寄る努力くらいは、してもいいはずだ。

だから僕は、真辺のクールな表情に向かってほほ笑む。

「適材適所って奴(やつ)だよ。大地の母親の問題は、今は大江さんに任せよう。僕たちはもっと大地のことを理解しよう。彼が本当に捨てたものを理解しよう」

「わかった」

真辺由宇の瞳は、星の光のか細い一筋みたいに、冷たく切実なものに戻っていた。少しの衝撃で簡単に折れてしまいそうな目つきだった。

でも、やっぱりこの顔つきの真辺に安心する僕もいて、内心でため息をつく。

真辺が諦めることを覚えなければならないように、僕も成長しなければいけないことがあるんだろう。たぶん、きっと。どこにいたとしても、僕たちは階段を上り続けなければならない。かつての僕らを置き去りにして、高い場所に立たなければならない。


日が暮れるころまで、真辺とこれからのことを話して過ごした。

僕たちは特別な事情がなければ、毎週、日曜日に大地に会うことにしている。ちょうど明日がその日曜日だ。彼と一緒に、公園にでも行ってみよう。フリスビーとバドミントンを持っていこう。そういう話をした。

真辺と手を振って別れたとき、空は薄曇りだった。霞んだ空に浮かぶ太陽はなんだかこちらに背を向けているようにみえた。雲はさびれた黄色に染まり、その複雑な形状に合わせてくすんだ陰があちこちにこびりついている。アンティークショップの片隅でひっそりと埃をかぶっているような、年老いた空だった。

僕は影が長くなった通りを歩く。電線が似合いそうな空だなと思ったけれど、この辺りには電線も電柱もない。すべて地面の下に埋まっている。

昨夜、もうひとりの僕と交わした会話を思い出していた。

――君を拾う。

と、僕は言った。

――僕の言葉で、君を否定する。今度は魔法になんか頼らないよ。

考えてみれば、それは彼を殺すという宣言だったのかもしれない。あの階段にいた彼を完全に消し去ることになるのだから。

でも僕には、罪悪感はなかった。けっきょく、彼は僕なのだから。こんなものが殺人だというのなら、きっと僕はこれまでにも、何度も、何度も、僕を殺してきた。ささやかな葛藤（かっとう）のひとつひとつに答えを出すたびに僕を殺してきた。でも、そんな風に考えるのは、明らかに極論だ。セミの抜け殻と死骸（しがい）を混同するようなものだ。

彼はしばらく、あれこれと僕にとっては無意味なことを言っていたけれど、僕の決意が固いとわかると、やがてため息をついて、こんなことを言った。

――魔女の呪（のろ）いを知ってるか？

＊

「魔女の呪いを知ってるか？」

と、彼は言った。

もちろん、僕はそんなもの知らなかった。眠り姫が眠り続けることになったのは、魔女の呪いだったような気もする。でも、彼がしたいのは童話の話ではないだろう。

「意味がわからない」

そう答えて首を傾げると、彼は続けた。

「魔女は呪われているんだよ。幸福と全能によって呪われているんだ。あの子は、ここではなんだってできる。わかるだろ？　なんだってできることが、どれだけ辛いか」

想像はつく、と僕は答えた。

世の中に不可能ばかりがあふれているのは、ある意味では救いなのだろう。無限の財力がないから、金を稼ぐことを目的に生活できる。未来を自由にできないから、明日をよくしようと今日を頑張れる。願っても祈っても届かないから、愚痴をこぼして諦められる。

それが、現実というものだ。

不可能で囲われた檻の中が現実で、きっとその外側は、楽園よりも悪夢に似ている。

でも。と、彼は言った。

「僕たちだって、同じ呪いの中にいるんだよ」

僕は顔をしかめて、もう一度、「意味がわからない」と繰り返す。

相変わらず皮肉げな笑みを浮かべたままで、彼は言った。

「考えてみろよ。君がもう子供じゃないっていうなら、いくつもの夜を超えてきたはずだろ」

夜。なんだ、それ。

「夜がいったい、どうしたっていうんだ？」

「先生に習わなかったか？　それは朝を迎えるための孤独な時間だ。個人的な決断を下すための時間だ。そしてなにかを決めるたび、本当は僕らだって、魔女と同じように血を流しているはずなんだ」

「うちの学校じゃ、習わなかったな」

「そうか。なら、先生の質は階段島の方が上だ」

それが、彼の最期(さいご)の言葉だった。

少なくとも僕が記憶している、最期の言葉だった。

＊

夕刻の空の下を歩く。夜を迎える前の、朝はまだ遠い空の下を。

彼との会話を思い出したのは、今日一日が、まるであの会話を証明するようだったからだ。僕は本当は、彼の言葉の意味を知っていた。もうずっと前から知っていた。なんの色も持たないまま、この世界を覆(おお)う呪い。

無色は、逆らいようのない色だ。対立を許さない色だ。薄っぺらな無色は、誰も問題にさえしないだろう。存在さえ忘れるだろう。でもそれは、一日ごとに、一秒ごとに膨らんで。無色をいくつも、いくつも塗り重ねて、やがて闇夜のように僕らを包む。内側に含んだすべての色を消し去る無色になる。誰だって、僕だって、真辺だって、その内側に囚われている。

苛立ちを靴底でアスファルトにぶつけながら歩く。

ふいに、背後から声が聞こえた。ほんの小さい声だ。女の子の声だったけれど、やや低く、耳ざわりがざらついて聞こえた。

「すみません」

とその声は言った。

僕に向かってそう言ったのか、確信をもてないまま、足を止めて振り返る。

一〇メートルほど後方に、背の高い少女が立っていた。こちらを睨むような目だ。そう感じたのは、目じりが吊り上がっているからかもしれない。左目の下に泣きぼくろがあって、それが妙に悲しくみえた。

名前は知らない。でも、僕は彼女を知っている。

「魔女」

と、僕はつぶやく。

その子はちっとも魔女にはみえない。黒い三角帽子をかぶっているわけでも、古風な箒を握っているわけでもない。白いブラウスの上にモスグリーンのジャンパースカートをきた少女だった。そのコーディネートは、彼女にはあまり似合っていないようにみえたけれど、でも薄曇りの夕暮れには合っていた。

　魔女は頷く。

　それから、ずいぶん時間をかけて、聞き取りづらい声で言った。

「私は、貴方に、協力できます」

　協力、と僕は反復する。

　でも魔女はそのことには触れなかった。あらかじめ喋る言葉を決めていて、それを忠実に読み上げているようだった。

「かわりに、もう少しだけ、貴方の一部を貸してください」

　呪文のようでも、呪詛のようでもなく。

　あくまで気弱げなひとりの女の子の声で、魔女はそう言った。

2　真辺由宇　階段島

　七草が消えた。

　真辺由宇はひとり、海岸に立っていた。

階段島を訪れてすぐ、七草に出会った海だ。海壁の上に立ち、まっすぐに水平線をみていた。いや、なにもみていなかった。音もなく泣いていた。五分だけ。ここで五分だけ、立ち止まることに決めた。

——私はもう、七草に会えないかもしれない。

と真辺は考える。

隣にあった彼の温かな光が、遠く離れて、やがて消えるのをイメージする。真辺自身の輪郭もわからないような純粋な暗闇に包まれて、もうどちらにあの光があったのかもわからなくなる景色だ。二年前、引っ越しが決まったときとはまったく違う。あのときはいずれ、必ず七草に再会できるのだと信じていた。

七草が階段島から消えた。

真辺は今朝、これからのことを話したくて七草を探した。でも、みつからなかった。寮に戻ると堀(ほり)から電話があり、彼は現実の彼自身に拾われたのだと教えてくれた。

これは、いちばん遠い距離だ。真辺が想像できる中で、他のどれよりも遠い。

ほかのどんな問題であれ、解決は目指せるのだ。手が届くかどうかは別にして、目指すことだけはできるのだ。ただ離れてしまっただけなら、走ればいい。ルールが問題なら、作り替えればいい。障害は乗り越え、破壊し、その先へと進めばいい。でも今回はそうじゃない。

——これは、正しいことだ。

と真辺由宇は考える。自分に言い聞かせるように。

——七草が現実の自分に拾われたのは、正しいことだ。

当然、肯定されるべきことだ。

人は自分の一部を捨てるべきではない。

七草が階段島から消えたのは、正しいことだから、解決のしようがない。真辺由宇の価値観が、彼を取り戻すことを望めない。これが最大の距離だ。道が長いのではない。険しいのではない。踏み出すべき一歩目がない。だから、受け入れるしかない。

——でも、悲しいのは当然でしょう？

七草と、二度と会えないなんて、考えたこともなかった。初めて想像した、このリアルな未来が悲しいのは当たり前だ。

いったい、どうすればいいのだろう？　真辺自身も、現実にいる方の真辺に拾われればいいのだろうか。七草を拾った七草と、自分を拾った真辺由宇が出会ったなら、それを再会と呼べるだろうか。そこに七草としての七草と、私としての私はいるのだろうか。

わからない。

はっきりしているのは、ひとつだけだ。

——これは、悩むべきことじゃない。

解決を目指せないのだから。問題とさえ呼べないのだから。もっと意味のあることを考えるべきだ。たとえば、大地のことだ。魔女と階段島の未来だ。でも感情がいうことをきかない。どうしようもない。

だから真辺由宇は自分自身に、五分だけ泣くことを許した。見上げることも、うつむくこともなく、目も閉じず、声も上げず、まっすぐに海の向こうをみて泣いた。

「へぇ」

後ろから、声が聞こえる。

「貴女(あなた)も、泣くんだね」

振り返ると、安達(あだち)がいた。

真辺は、泣き止(や)もうとはしなかった。この感情は自然なものだから、無理に堰(せ)き止める必要はない。涙を流しながら尋ねた。

「なにか、用？」

安達はこちらに歩み寄りながら、頷く。

「ひどいね。約束したでしょ。新聞部のことだよ」

言われて思い出す。――そうだ。新聞部。今日、記事の打ち合わせがある予定で、部のみんなで集まる前にふたりで話をしたいと言われていた。

真辺は乱暴に目元をぬぐう。視界がぼやけるから、涙が邪魔だった。

「ごめんなさい。忘れてた」

「いいよ。私もよく、約束を忘れるからね」

「約束を忘れるのはよくないよ」

「そう？　互いに忘れ合ってた方が楽じゃない？　良い悪いなんて相手がいて初めて成立することで、でもいちいち相手の価値観に合わせるのも窮屈だよ。友達とはできるだけ自然体で付き合いたいよね」

そうだろうか。なんだか、ひっかかる。

でも真辺が思考をまとめる前に、安達は続けた。

「だから真辺さんは真辺さんで、好きにすればいい。約束を忘れて悪かったと思うなら、それでいいよ。私の価値観は関係ない。でも私としては、謝られるよりも、ひとつ教えて欲しいことがあるんだけど」

「なに？」

「どうして泣いていたの？」

理由は簡単だ。

わざわざ隠すようなことでもない。

「七草がいなくなったから。そして私は、彼を追いかけないから」

今すぐ背中を追って駆け出せるなら、そうしている。でも踏み出す先がないから、そのことを受け入れるために、真辺は泣いた。とてもわかりやすい。

「へぇ」

安達は笑う。なんとなく、七草に似た表情だという気がした。

「なるほどね。意外と早かったね」

「なにが？」

「七草くんが、いなくなるのがだよ」

「知ってたの？」

「知らないよ。でも、可能性のひとつではあるでしょ。それなりに確率が高い可能性のひとつだよ。あんな完璧主義者が、自分を捨てたままでいられるわけないもの」

完璧主義者。と七草を表現したことに、驚くよりも納得する。

彼は自分を悲観的だという。なんでもすぐに諦めるという。でも真辺はずっと、そのことに違和感があった。彼がなにかを諦めているようにはみえなかった。彼だけは一度も、真辺から目を逸(そ)らしたことがなかった。彼は真辺にとって、世界の誠実な側面みたいだった。

楽しげに安達は続ける。

「七草くんは歪(ゆが)んだ完璧主義者だよ。彼が考える完璧自体が歪んでいて、彼自身にとって完璧なだけで、ほかの誰も同意してくれないから、七草くんもそれを完璧だなんて言い張れないんだよ。弱虫で、歪んでいる、痛ましい完璧主義者だよ」

その評価は、大枠では的を射ているように感じた。

でも反論がないわけではない。

「七草は、弱くはないよ」

安達は簡単に頷く。

「見方によってはね。でも別の見方をすると、とても弱い。だって、こんなタイミングで消えちゃったらダメでしょ。堀さんを守るってことにかけては、彼はまったく強くない。自分のことがわかってないんだよ。悲観的だなんて言葉で割り切っちゃってるから、こんなことになるんだよ」

安達は七草のなにを知っているんだろう？　真辺は彼女の表情をじっとみつめる。安達は笑っている。その笑顔は古いノワール映画の黒幕みたいにみえなくもなかった。でもどちらかといえば、動物の表情が一瞬、偶然笑顔にみえた写真に似ていた。

「なんにせよ都合がいいね。いろんな過程をすっ飛ばしたね。堀さんに、貴女よりも幸せって言ってみようよ。きっともう、あの子は真辺さんより幸せだなんて言い張れないよ。私が魔法を奪い取って、貴女に渡してお終いだ」

今度は強く、真辺は首を振る。

「そういうことじゃないんだよ」

「ん？」

「私は魔法が欲しいわけじゃない。魔法と階段島の、正しい未来をみつけたいんだよ。七草と話し合って、七草の反論を全部聞いて、いちばんいい答えが欲しかった」

だから本当は、堀から魔法を奪う必要なんかない。

彼女と同じテーブルについて、同等に話し合えればそれでいい。

「ああ、そう」

安達は興味もなさそうだ。

「気持ちはわかるよ。まったく正論だね。素晴らしいね。でも、七草くんはいなくなっちゃったんだから仕方ないよね。次の目標を決めちゃうしかない。まさか、七草くんがいなくなったら、魔法もこの島もどうでもいいってわけじゃないでしょ」

その通りだ。

次の一歩を踏み出すために、真辺は泣いていたのだ。

気がつけば涙は引いていた。たしかに安達が言う通り、進むしかない。

「わかった。堀さんと話をしよう」

と真辺は言った。

だがそれは簡単なことではなかった。

まずコモリコーポを訪ねたけれど、堀は外出していた。新聞部の打ち合わせの時間になっても、彼女は教室に現れなかった。水谷（みずたに）の元に、今日は休むという連絡があったそうだ。

新聞部の打ち合わせは、効率的に進んだとは言い難い。七草が消えたことは、同じ寮の佐々岡（ささおか）や大地はもう知っていた。はっきりとわからなくても、おそらくそうだろう、と思い当たっていたようだ。階段島では、しばしば住民が消える。消えた彼らは、現実に戻ったのだとされている。

七草が消えたことで、大地がひどく落ち込んでいた。それに引っ張られる形で、打ち合わせの雰囲気が終始重かった。安達も積極的には発言しなかった。「さよならも言えないのは、きついよな」と呟（つぶや）いた佐々岡の声が耳に残る。それが階段島の問題なのだ、と真辺は思う。すべてではなくても、ひとつの側面だ。

けっきょく、新聞の話は後日にしようということになり、昼下がりにはまた階段を下った。

「郵便局にいこう」

安達が真辺に近づき、ささやく。

「あとは魔女を捕まえるだけだ。面倒だけど、どうにかなるでしょ」

いったい安達にどんな考えがあるのか、真辺にはわからなかった。

「どうして堀さんを探すのに、郵便局に行くの？」

「この島じゃ時任さんがいちばん、堀さんと親しいから」

「そうなんだ」

知らなかった。

「他に堀さんが相談できる相手なんていないからね。時任さんが、先代の魔女なんだよ」

それも真辺が知らないことだった。

「もっと早く言ってくれればよかったのに」

「機会がなかったからね。驚かないの？」

「どうかな」

魔法は奪い取れるものだと知っていたから、堀より前の代の魔女がいても不思議ではない。それが時任だというのも、違和感はなかった。だから彼女は魔女にも手紙を届けられたんだな、という納得の方が強かった。

「時任さんとも魔法の話をしてみたいな」

今はまず、堀に会いたいけれど。

できるだけいろんな考えの、大勢の人と、魔法の話をしたい。きっとひとりではわからない答えがみつかるはずだと、真辺由宇は思う。

＊

郵便局に到着したのは、午後三時になる少し前だった。

土曜日には島に通販の荷物を載せた船がつくから、港は盛況だ。ついでに用事を済ませる人も多いのだろう、珍しく郵便局に列ができている。

安達はその列の脇をすり抜けて、カウンターの向こうにいる時任に声をかける。

「堀さん知らない？」

手を止めず、視線も向けずに、時任が答える。

「列の後ろへ。順番をお守りください」

真辺も頷く。一刻一秒を争う、という状況ではないのだから、順番を無視できない。

顔をしかめる安達の腕をつかんで、列の後ろに並んだ。

盛況、といっても五、六人の列だ。間もなくふたりはカウンターの前に立つ。

「堀さん知らない？」

ともう一度、安達が言う。

時任は淡々と答える。

「ここは郵便局で、私は仕事中です。プライベートな要件でしたら、就業時間終了後にお願いします」

真辺は言った。

「では、切手とレターセットをください。魔女に手紙を書きます」

後ろに並んでいた数人が、息を呑んだのがわかった。時任がかすかに笑う。

「レターセットは三種類あります。どれにしますか？」

真辺はいちばんシンプルで安価なものを選ぶ。

カウンターの片隅を借りて、手紙を書く許可を得た。備えつけられているボールペンは安物のようにみえるが、妙に書き心地が良い。

先ほど時任に告げた通り、宛名には「魔女様」と書いた。クラスメイトの堀ではなく、階段島を支配する魔女に宛てた手紙なのだから、こうするべきだろうと思った。安達は隣で、壁に背を預けている。

書くべきことは明確だが、言葉にするのが難しくて、なかなか手間取る。それでも七、八行書き進めたところで、時任の声が聞こえた。

「で？　堀さんに会って、どうするの？」

顔を上げると、客が途切れている。時任はカウンターの向こうでつまらなそうに頬杖をついていた。真辺は答える。

「これからの魔法と階段島の話をします」

「今のままじゃ、不満？」

「はい」

時任はつまらなそうな顔つきのまま、なにか考え込んでいるようだった。彼女の言葉を待っている真辺の隣で、安達が口を開く。

「時任さんの気持ちも、わからなくはないよ。そりゃ正確にはわからないけれど、色々と複雑なんだろうと思う。まだ小さかった女の子に、魔法なんて重たいものを押しつけて、自分じゃ支えきれなかったのにあの子にはそれを期待して。少しは守ってあげたいと思っても仕方ない。でもね、あの子は魔女なんだから、優しくされちゃいけないんだよ」

わけがわからなくて、真辺は安達に顔を向ける。

安達は真剣な表情で、じっと時任をみつめている。

「魔女は逃げたらお終いなんだよ。守られたらお終いなんだ。そんなの、自分の不幸を証明しているようなものでしょ」

違うのだ、と思った。

そう思ったときにはもう、真辺は口を開いていた。

「守られるのは、問題じゃないよ。逃げるのもたぶん、別にいいと思う」

安達はその瞳をこちらに向ける。

「どうして？　あの子の理想が揺らいでいるから、守ろうって気になるんでしょ？　もう守ってくれる七草くんがいないから、あの子は逃げ出したんでしょ？」

「私は、堀さんの話をしてるんじゃないよ」

　今度は安達の方が、真辺の言葉を上手く受け取れなかったようだ。彼女はきゅっと眉根を寄せる。これは七草にはない表情だな、と思った。

「じゃあ、誰の話をしてるのさ？」

「誰でもないよ。魔女と魔法の話だよ」

「だから、堀さんでしょ？」

「堀さんは今、魔法を持っているだけだよ。彼女と魔女は、わけて考えないとおかしなことになる」

　私は混乱している、と真辺は感じた。

　言いたいことを、上手く言葉にできていない。もし七草がいれば、綺麗にそれを指摘してくれただろう。真辺は思うがままに口を動かしていればよかっただろう。でも、もう彼はいない。だから自分で言葉を選ばないといけない。

　意図して、大きく息を吸って、吐いた。

　心を落ち着けて言い直す。

「私は、堀さんのことを知らない。彼女がなにを考えていて、なにを大切にしているのかはっきりとは知らない。彼女は不幸なのかもしれないし、そうじゃないのかもしれない。でもあくまで役職としての魔女と、堀さんを一緒にしてはいけない」

　ずいぶん丁寧に言葉を選んだつもりだったが、安達にはまだ伝わらないようだ。

「あの子の幸せにも不幸にも、魔女と魔法が深く食い込んでいる。そのふたつをわけて考えるのは、無茶苦茶だよ」

「違うよ。堀さんが魔法で幸せになってても仕方ないんだよ。それはただ堀さんが幸せなだけだから。幸せな魔女に、誰かがなることが大事なんだよ」

　やっぱり私は喋るのが苦手だ、と真辺は思う。言葉を端折り過ぎている自覚がある。でも補うべき言葉をみつけだすのが難しい。悩み込んでいると、呆れた様子で時任が息を吐き出した。

「マナちゃんは本当に歪まないね。平気で人の心を無視したようなことを言うね」

　そんな自覚はなかったから、首を傾げる。

　落ち着いた声で、時任は続けた。祖母が善悪について語っていたときの声を、なんとなく思い出した。嘘だけはついちゃいけないよ、という風な。

「魔女は幸せによって呪われている。別の魔女に不幸を証明されたとき、魔法を奪い取られるから、なんていうのはひとつの要素でしかなくってね。自分の世界において、ほとんど万能な魔女は、なんでもできてしまうからひとつの命題を突きつけられる。私にとって理想の幸せとはなんだろう？　私はこの魔法を、どう使えばいいんだろう？　その決断を強いられることが、魔女にとっての不幸だと言える。これが私の考えだし、きっと堀さんも同じイメージを持っている」

不思議な話だ、と真辺は思う。

だって。

「魔法があってもなくても、同じじゃないですか？　できようができまいが、理想は理想としてあるものです」

達成できない理想は持てない、なんてことはない。順序があべこべだ。まず理想をみつけなければ、なにを達成すればいいのかもわからない。そこに魔法は関係ない。

時任は頷く。

「マナちゃんと私たちは、思考の順序が違うんだよ。こっちは心を持っているから、自分が選んだ幸せを、本当の幸せなんだって言い張ろうとする。自分がなりたい魔女を、正しい魔女の姿なんだって信じたいと思う。でもマナちゃんは、そんなもの無視してしまうでしょう？　感情に囚われる前に、理想の魔女を定義して、それにならなければいけないって順番で考える。堀さんの夢も思いも脇にどけて、純粋に魔女としての理想を追求する」

なるほど、と真辺は内心で頷く。

――私たちは、そんな風にすれ違っていたのか。

すっきりして、ようやく、真辺は最初に言いたかったことを言葉にできた。

「もし理想の魔女と、堀さんの幸せが同じものでなかったなら、守られることも、逃げることも間違っていないと思います。もっと上手く魔女の役割を果たせる人がいるのなら、変わってもらえばいいんだと思います。そんなことは問題じゃなくて。まずはいちばん良い魔法の使い方をみつけるところから始めないと、誰が魔女をやるべきなのかも判断できません」

職業選択の自由、みたいな話であれば、「堀さんの幸せはなんだろう？」というところから始めればいい。彼女に合わせたゴールを用意すればいい。

でも今回の話は違う。まず仕事の方がある。魔女という役割がある。なら魔女の理想をしっかりと見極めてから、それに見合った人を探すのが適切だ。

時任が天井を見上げ、そのまま背もたれに身体を預けた。椅子の位置が少しずれて、脚がきゅっと床をこする。

「考えてみれば私たちも、七年前はそういう話をしていた気がするな。魔女としての正しい姿、みたいなやつ。でもすぐに忘れちゃうんだよね。やっぱり魔女とあの子を、別々には考えられないからさ」

「でも、そのふたつを区別しないのは、問題です。堀さんの幸せで魔女の理想が歪んでも、魔女の理想で堀さんの幸せが歪んでも、どちらも正しくありません」

そしておそらく今は、その両方が同時に起こっているのだ。少女と魔女。人間と役割。ふたつを混同して考えるから、問題がどんどん複雑化していく。

時任が視線を、天井からこちらに落とす。

「そんな話を、堀さんにするつもりなの？」

「いえ」

こんなものは、真辺にとっては前提だ。

本当に話し合わないといけないことは、この先だ。

「必要なら、します。でも私がしたいのは、もっと具体的な、これからの魔女のことです」

「マナちゃんにとっての、理想の魔女？」

「私は私の理想を話します。堀さんからは、堀さんの理想を聞きたいです。でもその前に大地のことで、ひとつ提案があります」

「そ。でもさ、きっとあの子は、七草くんがいなくなって落ち込んでいるよ？　マナちゃんが求めている話ができるかな」

「わかりません。しばらくは待ちます」

「しばらくって、どれくらい？」

「一時間か、二時間か」

「たったそれだけ？」

時任は、今はもう柔らかい表情で笑っていた。

一時間や二時間では短いのだろうか？　もちろん感情を呑み込む速度なんて、人によってそれぞれだと知っているけれど。

「なんにせよ、会って話をしたいです」

「魔女と？」

「できれば。でも、難しいなら堀さんと」

魔女や魔法のことを別にしても、彼女と話をしたい。こちらは真辺由宇の感情の話だ。七草がいなくなったことを、誰かと一緒に悲しみたい。

ドアが開く音が聞こえた。郵便局の客が来たようだった。時任は椅子の上で、スムーズな動作で背筋を伸ばす。

「灯台。何時間かは待ってもらうよ」

とほんの小さな声で、彼女は言った。

＊

実際のところ、待たされたのは二、三〇分だったのではないかと思う。

時間を計っていたわけでもないから正確にはわからないけれど、だいたいそれくらいの印象だった。

　そのあいだ、真辺は安達と共に、灯台の冷たい壁に背をあずけていた。扉には鍵がかかっている。真鍮製の小さなプレートで「遺失物係」と出ているのも、昨年の一一月にはじめて真辺がここを訪れたときと同じだ。

　真辺は安達と話をして時間をつぶした。というより、ほとんど一方的に安達の質問に答えていたように思う。

　尋ねられたのは、たとえばこんなことだ。

「真辺さんはこれまで、誰かを嫌いになったことがあるの？」

　真辺は「ある」と答えた。

「だれ？」

「今だと、大地の両親かな」

「母親じゃなくって？」

「子供のことなんだから、どっちか片方だけが悪者ってわけじゃないでしょ」

「会ったこともないのに嫌いなんだ」

「うん。今はね。でも、話をすると変わるかもしれない」

　一時的に嫌いだった相手であれば、少なくないように思う。合わないと思ったクラスメイトもいるし、教師もいる。車の窓からタバコの吸い殻を捨てるような人はみかけただけで嫌いになる。

「じゃあさ、嫌いな人を、真辺さんはどうするの？」

質問の意味が、よくわからなかった。

「それは、相手によって違うよ。大事なのは嫌いだってことじゃなくて、そう感じた理由でしょ？」

感情というのは、信号みたいなものだと真辺は思う。危険信号や、救助信号と同じだ。それ自体が重要なのではない。重要なものを指し示すのが感情だ。誰かを嫌いだと感じたなら、その理由をみつけ、解決しなければならない。

安達はため息をつく。

「やっと、真辺さんがわかってきたよ」

「どういうこと？」

「やっぱり真辺さんは、変だよね」

「そうかな」

「うん。変。でも、真辺さんのルールみたいなものがわかってきた」

「私はあんまりよくわかってないけど」

「でしょうね。根本的に、貴女は人間に興味がないんだよ」

そんなことはないのではないか、と真辺は思う。むしろ人間以外に、これといった興味がない。大地のこととか七草のこととか、あるいは堀のこととか。最近はそういうことばかり考えている。

「どうして、そう思ったの？」

「秘密。っていうか、説明が面倒」

そんな話をしていると、背後の扉から、かちり、と鍵が開く音が聞こえた。

扉が開き、堀が顔を出す。

「貴女よりも、真辺さんの方が幸せ」

と、安達が言った。

堀はわずかに顔をしかめた。でも彼女よりも先に、真辺の方が口を開いた。

「いえ、そうじゃない。七草がいなくなって、私は今、悲しいから。少なくとも私は幸せではない」

言いながら、堀の言葉を待った方がよかったかもしれない、と真辺は思った。彼女がなんと答えるのか興味があった。でも堀は、口を開くつもりはないようだ。

真辺は続ける。

「大地の話をしにきたの。聞いてもらえると嬉しい」

堀は頷いた。

それから、「どうぞ」と、扉を少し大きく開けた。

螺旋階段を上る。

前を行く堀の背中に、真辺は声をかける。

「どうして、七草は拾われたの？」

前を向いたまま、堀は答える。

「私が話すことではありません。でも、戻ってきます」

「どうして？」

「七草くんに、頼まれていたんです。もし彼が消えるようなことがあれば、もう一度、奪い取ってここに戻して欲しい、って」

「でも向こうの七草を無視して、話を進めていいの？」

「私は、いいと思います。こちらにいた七草くんの考えより、現実の七草くんの考えを優先する理由はありません」

違和感があった。

でもそれを言葉にするより先に、安達が口を挟む。

「彼の考えなんて、関係ないでしょ？　結局、貴女が彼に会いたいってだけでしょ？」

「はい。いけませんか？」

いけなくはない。もちろん。

堀には堀の考えがあり、感情があるのだから。相手に気を遣って堀の方が我慢しなければいけない理由はない。気になるのはそこじゃない。

「堀さんはどうして、向こうを現実って呼ぶの？」

堀は足を止めて、振り返った。え？　と小さな声を漏らす。

それに合わせて、真辺も立ち止まる。

「みんな、ここが現実ではない場所みたいに扱う。私もずっと、そんな風に思い込んでいた。でも、それって変じゃない？　階段島が現実ではない理由はなに？」

堀はしばらく沈黙していた。やがて、また前を向いて螺旋階段を上り始める。

「よく、わかりません」

「なにがわからないの？」

「質問の意味が」

そうだろうか。とてもわかりやすいと思うけれど。

「ここを現実だと思えない理由が、私たちにはあるんだよ。私たちは勝手に、ここと現実を区別しているんだよ」

現実の定義とはなんだろう。

たしか辞書では、実際にそこにある事柄や状態、という風な説明がなされていたのではなかったか。でも階段島も、実際にここにある。なら階段島だって現実の一部だ。

螺旋階段を上り切り、堀は扉の前で足を止めた。

「大地くんの話じゃ、なかったんですか？」

真辺は頷く。

「うん、ごめん。順番を間違えたよ」

これも大地の話のつもりだったけれど、いきなりここから始めても伝わるわけがない。

「どうぞ」

と堀がドアを開く。

先は、灯台の一室とは思えない部屋だった。学習机のようなデスクがひとつある。その前に木製の簡素な椅子が置かれている。シングルサイズのベッドがあり、正面の壁には子供じみた、ピストルと星を組み合わせた絵が飾られている。以前、七草が落書きに使ったイラストだ。

ここにくるのは、二回目だ。でも前回はずいぶん暗くて、部屋の様子はよくわからなかった。改めて室内を見回していると、堀が壁際を指して言った。

「座ってください」

彼女の指の先には二脚の椅子がある。事務的なパイプ椅子だ。

――あんなもの、初めからあっただろうか？

わからない。あったような気もするし、たった今生まれたようにも思う。魔女であればパイプ椅子を二脚生み出すくらい、簡単なのだろうけれど。

　ともかく真辺は安達と共に、その椅子に座る。

　堀はデスクの前の、木製の椅子をこちらに向けて、向かい合うように座った。

「大地くんの話というのは？」

　頷いて、真辺は言った。

「まず、教えて。魔女は大地のお母さんを、そっくりそのままここに連れてくることができる？」

　堀は曖昧に首を振る。

「それは、ルールで。本人が望まないのに連れてくるのは、やめよう、ということになっています」

「貴女のルールは、今は関係ないよ。できるの？」

「できます」

　なら、きっと本当は、大地の問題を解決するのは難しくない。

「なら連れてこようよ。階段島の中では、なんでも魔女の思い通りになるんでしょ？　ここで、大地のお母さんを説得する方法をみつけよう」

「大地くんに都合がいいように、お母さんを作り替えるということですか？」

　真辺は首を振る。

「違うよ。練習しよう。大地とお母さんが話をする練習。階段島でなら、いろんなパターンを試せるよ。失敗したら魔法でふたりの記憶を消してやり直して、お母さんの頭の中も覗きながら、上手くいく方法をみつけよう。正解をみつけて、それを向こうで、実際にやってみればいい」

堀は顔をしかめていた。

隣で安達が、はは、と笑う。

「たしかに効率的だ。ここでなら、やりたい放題だ。とっても素敵だね。この上なく気持ち悪いね。それは、真辺さんの理想に反しないの？」

「反する。気持ち悪い」

そのことを、考えていたのだ。

「私の目標は、大地とお母さんの関係を改善することだよ。今、それよりも大切なことなんてない。でもやっぱり誰かの頭の中を覗いたり、失敗したら元に戻してもう一回、みたいなのは気持ち悪い。どうしてだと思う？」

なかなか、答えがでなかった。

――胸の中にある、このもやもやとした重たいものの正体はなんだろう？

でもようやく、なんとなくわかってきた。

安達は言った。

「あまりに、常識を逸しているから」

きっと、そういうことだ。階段島を現実だと思えないのも、同じ理由だ。

真辺は頷く。

「現実にはできないことがたくさんあって、それが、絶対的なルールなんだと思う。ちゃんとできないことが決まってるから、なにをしてもフェアなんだと思う」

たとえば魔法で人の考えを変えるのは、気持ち悪い。

でも現実で、医療としてそれをやるのは違和感がない。ひどくネガティブな人がカウンセリングを受けて、薬を飲んで、ポジティブな考え方を持てるようになるのはなんの問題もない。素晴らしいことだ。

それはやっぱり、現実という線引きがルールになり、公平性を保証しているからではないか。仮想の空間で人の心を読み解いて、親子の問題を解決する。こんなことでも、心理学やコンピュータの発達で実現できたなら、受け入れられるのではないか。

「私たちには、新しい倫理観がいるんだと思う。これまでの価値観では、魔法を受け入れることが難しいから。感情と理性を戦わせないといけないんだと思う」

これまで、感情的に正しいことを疑う機会はあまりなかった。悪は悪として、善は善として、長い時間をかけて人の歴史が定義してきたのだと思う。だから心が指す方向を、自然と正しいのだと思えていた。

でも魔法は、根底を覆(くつがえ)す。できないはずのことができるようになる。魔法があるこの世界においては、本能が感じる正しさを疑う必要がある。

堀が、強い声で言った。

「私はできるだけ、一般的な倫理観に従って魔法を遣います」

彼女の瞳(ひとみ)は強い。堀は強い人間なのだ、と真辺は思う。以前からしばしばそう感じていた。少なくとも七草に守られているだけの少女ではない。

「どうして？」

「勝手に、決めていいことではないから」

「なにを？」

「人間を」

真辺は口をつぐむ。

彼女の言葉を考える。人間を決める、とは、どういう意味だろう？　これまでの文脈に当てはめれば、読み解くのは難しくない。

「つまり、他の人の価値観を、魔女が決めてはいけないということ？」

堀は頷く。

真辺は首を振る。

「なら貴女は、魔法を秘密にしてはいけなかった。階段島では魔女が万能なんだってことを、隠していてはいけなかった。みんなに判断を委ねるなら、この場所の正しい形を教えないのは矛盾してると思う」

「それは、ここが現実と――」

できるだけ、同じ場所であるようにするため。

そんな話を七草からも聞いた。でも、おかしい。ようやく正しいタイミングで、真辺は最初の質問を口にする。

「階段島を、現実に含めないのはなぜ？」

だがこの質問は、ずいぶんな回り道のように思えた。真辺にはすでに言いたいことがあり、堀の意見を確認するのはそのあとでいいのだから。なのにさっきから質問ばかりしているのは、不誠実なような気がした。胸にもやもやとしたものがわだかまる。

それは、きっと。

――私が、堀さんを信頼していないからだ。

七草を相手にするときほどは信じられないからだ。

もっと自然に喋ろう、と真辺は思う。思ったことを、そのまま言葉にしよう。素直に、純粋に、善悪でなくて、理性でなくて、感情でなくて。胸の中にあるものをそのまま外に出して、堀が持つものをそのまま受け取りたい。

「答えをみんなに委ねるなら、みんなを信じるしかないんだよ。みんなを信じられないなら、貴女が決めてしまうしかないんだよ。でも、階段島はどちらでもない。貴女が情報を制限して、きっと変わらないことをみんなに求めて、強く誘導して。なのに貴女は、人間を勝手に決めてはいけないと言う」

「それは、極論です」

堀は辛そうに顔をしかめる。

真辺自身と同じように、必死に喋ろうとしているのがわかる。

「考え方が、すべてをひとまとめにし過ぎていると思います。ひとつひとつを考えると、やっぱり、すべて伝えるのは危険です。なにもかも魔女が決めてしまうのも、危険です。中庸を探す必要があります」

「でも、そんな風に怯えていたから、この場所は停滞している」

「停滞が問題ですか？」

「問題ないっていうなら、そう判断したのは堀さんだよ。今の階段島を、ここにいるみんなの正解だって貴女が決めたんだよ。それを勝手に決めてしまったなら、やっぱり貴女には責任がある。人間の本質的な部分を決めてしまう覚悟がいる」

階段島は、きっと優しくて。

堀は、きっと良い人で。

でもこの島は正しくない。この魔女は、フェアではない。

「私はやっぱり、みんなが魔法のことを知るべきなんだと思う」

昨日、電話の音を聞きながら、そう感じた。

これこそが、現実と階段島の差異なのだと思った。

「今のこの島は、繋がってない。人と世界が切り離されている。ここの住民はだれも世界を変えられないから。変えられるのは、魔女だけだから。それでいいんだっていうなら、魔女はもっとたくさんのものを背負い込まないといけない。でも私は、それが正解だとは思えない。堀さんが言った通り、だれかひとりが勝手に決めてしまってはいけないことなんだと思う。だから、人と世界を繋げたい」

人は世界と繋がっているから、社会を先に進められるんだ。観察して、仮定して、検証して。これまでできなかったことを、ひとつずつできるようにしていけるんだ。別に、頭の良い人たちだけに限った話じゃない。誰だって同じだ。ほとんどなんにも知らないような赤子だって。あらゆる学びは、世界に触れることで始まる。

――でも今の魔女は、それを奪っている。

受話器を取られない電話みたいに。今の階段島は、どれだけ問いかけても世界がなにも応えてくれない。語り合いたくて、言葉を聞きたくて、でもそれを優しく拒絶する。

堀にいちばん言いたかったことを、真辺由宇は口にする。

「どうして貴女は、喋るのが苦手なの？」

これは本当は、七草が言うべき言葉だったのだと思う。堀を心から肯定して、この子を守る覚悟がある人が、まず問いかけるべき言葉なのだと思う。

でも、七草がいないから、真辺はそこに踏み込む。

「きっと貴女は、優しくて。ただ優しいだけで、相手を信頼していないんでしょう？この島も同じだよ。私たちを信頼していないから、本当に大切なことを隠している」

堀は首を振った。

苦しげな掠れた声で、叫ぶように言う。

「そんな話じゃ、ない。だって、辛いことは、少ない方がいい」

真辺はまっすぐに、堀の瞳をみつめて答えた。

「違うよ。苦しいことや、悲しいことを、乗り越えられると信じるのが信頼だよ」

どれだけ優しくても、それを受け入れられないなら、独裁者だ。

堀が独裁者でいるというのなら、それでいい。いや、よくはないけれど、「優しくて優秀な独裁者」を目指すというなら理解できる。真辺の考えとは違っても、正解なのかもしれないから、議論する余地がある。

でも、おそらく堀はそうではないのだと思う。自分ひとりでなにもかもを上手くやれるとは考えていないのだと思う。

堀は言った。

「よく知らない人を、頭から信じるのも、危険です」

「知っている人なら、信じられるの？」

「はい」

「たとえば、七草とか」

「はい。それに、貴女も」

その言葉に、少し驚く。

堀は泣き出しそうな目でこちらをみていた。でも口元は微笑んでいた。

「真辺さんはきっと、私がなにを言っても、傷つきませんよね？」

「そんなことはないと思うけど」

たしかに言葉で傷つくことは、あまりない。なんであれ納得できれば納得するし、納得できなければ反論する。

苦しそうに、痛みに耐えるように、堀は口を開く。

「真辺さんが捨てたのが、それです。貴女が私に求めている信頼です。真辺さんにも、心当たりがあるんじゃないですか？　誰かを傷つけることを、信頼と呼ぶのを躊躇ったことが、貴女にもあるんじゃないですか？」

――ああ。

言葉ではやはり、傷つかない。

でも、記憶で悲しいと思うことはある。

二年前のことだ。真辺が引っ越しで、七草の前からいなくなるのだと告げたときだ。

あのとき、七草は笑った。

――どうして、きみは笑ったの？

その言葉に彼は答えてくれなかった。あのときの胸の痛みを、はっきりと思い出した。

「さすがに飽きてきた」

と、そう言ったのは、隣に座っていた安達だった。

「堀さんのそれは、反論になってないよ。真辺さんが本心でなにを感じていても、過去になにがあったとしても、言葉の意味は変わらないでしょ。堀さんが魔女として、優柔不断な態度を取っていることは事実だよ」

「それは、直します」

「どう直すの？」

「まだわかりません。やっぱりみんなに魔法の説明をするのも、私がすべてを決めてしまうのも抵抗があります。でも私より、真辺さんの方が魔女に向いているとも思えません」

「どうして？」

「簡単に決めすぎるから。それが、怖いです」

「そ。ま、なんでもいいけどね」

安達はパイプ椅子の上で、足を組み、頬杖をついた。

その表情は眠たげで、この会話になんの興味もない風にもみえた。でも、そうではないのだ、と真辺は思う。言葉や行動だけを追いかけると、安達は堀のことにだけは、いつも真剣だ。

彼女は言った。

「話を戻そうよ。とりあえず、目の前のことを片付けよう。大地くんの問題でしょ？　堀さんは、彼のことなんか放りっぱなしでいいっていうの？」

堀はきゅっと眉を寄せる。

「そんなことは、ないです」

「だったら行動しようよ。真辺さんが言った通り、魔女はその気になれば彼の問題だって解決できるんだよ。いつまで怯えてるのさ？」

「でも。人間を、勝手に作り替えたくはない」

「ほら、また話がループしてる。勝手にって便利な言葉だよね。なんにもしない理由になるよね。でもさ、いったい、誰が許可を出すの？　大地くん自身かな？　小学二年生になにを決めさせようとしているの？　物事を個別に考えるべきだっていうんならさ、彼のことは特別扱いするべきでしょ」

「なんとか、します」

「どうするの？」

「七草くんと、話し合います」

安達は大きなため息をついた。

そ、とつぶやいて、パイプ椅子から立ち上がる。

「けっきょく貴女は、自分が傷つきたくないだけなんだよ。責任を負いたくないから、いろんな言い訳を並べて、なにも決めないだけなんだ。別にいいけどね、その姿勢が本当に魔女として正しいと思ってるの？」

堀は反論しなかった。

泣き出しそうな顔で、じっと安達をみつめていただけだった。

真辺は口を開く。

「話し合うのは、間違ったことじゃないよ。七草だけっていうのは違うと思うけれど、でも事情にも詳しいし。それに、誰かの意見を聞いたから責任がなくなるってこともないよ」

安達はこの部屋から出ようとしていた。

ドアの前で足を止めて、ちらりとこちらに目を向けた。

「真辺さんは、ここに来たことをどう思ってるの？」

よく質問の意味がわからなくて、首をかしげる。

安達は続けた。

「つまりさ、貴女の価値観とは違うことを、現実の貴女がしたわけでしょ。でも魔女なんかいなければ、考え直していたかもしれないよ。貴女は貴女自身を、現実にいるまま守れたかもしれない。堀さんがいたから、現実の貴女は別物になった」

そんな風に考えたことはなかった。

あまり意味のある考え方だとも思えなかった。

「私は別に、今のままでいたいわけじゃないよ」

変化するのは、当然だ。それが良い変化なら受け入れ、悪い変化ならさらに変わればいい。向こうの真辺自身も、同じように考えているだろう。

「やっぱり真辺さんはまだ、魔法の問題がわかってないね」

安達はそう言い残して、ドアを開けた。

「どういうこと？」

と真辺はその背中に尋ねたけれど、彼女は返事をしなかった。

3 時任 階段島

郵便局にかかった看板を、くるりと回して「準備中」にして、時任は赤いカブにまたがった。ヘルメットを被(かぶ)って、夜道を西に進む。少しだけ朝が遠い方へ、時速三〇キロで走行する。

背を伸ばしてスクーターに乗るのが好きだ。必死に走っている感じがまるでしなくて、箒(ほうき)で空を飛ぶより生意気な気持ちになるから。そのまま海辺の街を出て、夜の静かな田畑を横目で眺めて、学生街に入る。

手紙もハガキも荷台に積まず、学生街まで走るのはいつ以来だろう？ カブを手に入れたばかりのころは、その走り心地が面白くて、しばしばこうしていたような気がする。

階段を上るつもりだ。

ずっと上まで。でも、まずはこの島にひとつだけある学校まで。

その学校には、中等部と高等部が入っている。

でも校門の銘板には、「柏原(かしはら)第二高校」とだけ書かれている。

＊

第二、とつかない柏原高校が、時任の母校だ。

そこで時任は「先輩」に出会った。

彼女は学校の上級生だというわけではなかった。時任が二年生のときに赴任してきた、まだ若い美術教師だった。でも柏原高校の卒業生だったから、一部の生徒からは先輩と呼ばれていた。

彼女はそのことに微妙な思いがあるようだった。やはり教師と生徒はそれぞれの立場をわきまえるべきだ、という常識的な価値観と、他の多くの教師に比べれば歳が近いのだからそれを武器に生徒たちと信頼関係を築くべきなのではないか、という考えがせめぎ合っていたのだと思う。だから「先輩」と呼ばれると彼女は、少し困ったような、でもネガティブなだけではない笑みを浮かべた。それは時任からみても、可愛らしい笑みだった。

彼女は美術部の顧問を担当していた。時任も美術部員だったから、顔を合わせる機会はよくあった。

時任は、先輩のことが気に入っていた。

きっかけは、まだ出会ったばかりのころ、彼女が時任の絵を褒めてくれたときの会話だった。

「すぐに私よりも上手くなるよ」

と彼女は言った。

でもその言葉自体は、あまり時任の胸を打たなかった。なんだか口先だけで、心はこもってないように思えたから。非難するような気持ちで、意地悪だとわかっていながら、時任は尋ねてみた。

「先生はどうして、画家にならなかったんですか？」

仕事にするくらい絵が好きなら、やっぱり画家になりたかったのではないか。そのために努力してきたなら、多少なりとも自分の技術に自信があるのではないか。だとしたら高校生に、簡単に自分よりも上手くなるなんていうべきじゃない。そんな風に思っていた。

笑って、先輩は答えた。

「才能がなかったからかな。でも、もしかしたら、自分の才能を信じられなかったからかもしれない」

「じゃあ、信じていたら、なれたんですか？」

「可能性はとても低かったと思うよ。でも、信じることが一歩目なの。私はその一歩目さえ踏み出せなかった。実際、将来の夢は画家だ、なんて誰にも言わなかったな。親にも、親友にも。初めから私には無理だろうなと思ってて、だから小学生のころから将来は美術の先生になるって言ってたよ。内心じゃ、なれるものなら画家になりたかったけどね」

彼女は、口元は笑顔のまま、でも真剣な瞳をこちらに向ける。

「だから貴女が、夢は叶(かな)うと信じられるなら、もう私よりも先にいるんでしょうね」

なんだかそれは、ずいぶん素直な言葉に聞こえて、時任は笑う。

「でも、まだ先輩の方が、ずっと絵は上手いです」

思えば時任が、彼女を「先輩」と呼んだのは、このときが初めてだった。

「そうね。だから絵の描き方を、教えてあげましょう」

それから先輩は、先ほど褒めた時任の絵について、いくつかの具体的なアドバイスをくれた。どれも納得のいくアドバイスだった。

そのあいだにぼそりと、彼女は言った。

「若い子がいい絵を描くと、嫉妬(しっと)しないわけではないよ」

彼女は先ほどの、時任の質問の意図を、正確に理解していたのだろう。

でも、そう言った彼女の顔に、ネガティブな影はなかった。美術室の、少し白すぎる蛍光灯の光が、先輩の無邪気にさえみえる笑みを照らしていた。

「でも、嬉しいのも事実。こっちの方が、ずっと大きい。だって私が絵の描き方を教えるのは、それが目的なんだから。大抵の大人は、子供たちに、自分ではいけなかったところまで行って欲しいと思っているのよ」

きっとその言葉は本心で、だから時任は、先輩のことが気に入った。

それからの時任と先輩は、ずいぶん良い関係を築いた。

車の助手席にさえ乗ったことのある関係だ。一度だけ、休日にふたりで美術館に行ったことがあるのだ。先輩は外見に似合わず、大型のワゴン車に乗っていて、それが意外で面白かった。大きな画材を運ぶためにこの車を選んだのかもしれない、というのが、あのころの時任の認識だった。

もしも時任が魔女ではなかったなら、それ以上のことはなにも起こらなかっただろうと思う。

実際、彼女と過ごした高校の二年間で、語るべきことはほとんどない。時任にとっては印象的な思い出がいくつもあるにせよ、客観的にはどれもありふれた、取るに足らない出来事だ。ふたりは生徒と教師として出会い、一時的に友人に似た関係になり、時任の卒業で繋がりを失った。

でも、卒業から数か月経った夏に、ふたりは再会することになる。いや、あれを再会とは呼べないだろう。あの日、時任は先輩の姿を、一方的に目撃した。

夕暮れ時の、駅前の通りだった。休日で、彼女は学校でみるよりは若々しい、白いワンピースをきていた。先輩は街路樹の陰で泣いていた。実際に涙がみえたわけではなかった。彼女はうつむいて、顔を隠していた。

　街中で成人した女性が泣いている様は、なんだか現実味がなかった。世の中の隠されていなければならない一面がうっかり垣間見えたようだった。それはたとえば、子供が母親の涙をみたときの感情に近かった。比較的歳が近かったとはいえ、すでに時任は高校を卒業していたとはいえ、教師の涙は意外なほど胸を打った。

　時任は声をかけることもできず、離れた場所から、じっと彼女の姿をみつめていた。

　やがて彼女が立ち去って、時任は魔法を使うことにした。

＊

　時任は階段を上る。

　ずいぶん長い階段で、なんだか馬鹿馬鹿しくなる。

　階段島の学生たちはひとり残らず、毎朝ここを上るのだ。それは、ひどく愚かなことのようにも思える。

　どうにか学校にたどり着き、校門の銘板をみつめた。柏原第二高校。堀が、時任の母校を意識してこの学校を作ったのは間違いない。でも校舎を見上げても、それは母校にはちっとも似ていなかった。サイズが小さいからだろうか、どちらかというとその校舎は、小学校のような印象を受ける。

校舎には鍵がかかっているだろうと思っていた。

でも正面の校舎のドアに手をかけると、それはあっさりと開いた。

時任はそのまま、校舎の中に足を踏み込む。美術室を目指した。どこに美術室があるのか、時任は知らなかったけれど、とりあえず三階まで階段を上った。第二ではない方の柏原高校には、三階に美術室があったのだ。

暗がりの中、窓から差し込む月明りを頼りに三階の廊下までたどり着くと、教室のひとつのドアが開いていた。どうやらそこが、美術室のようだった。

時任は開いたドアの先へと足を踏み込む。

こちらに背を向けて、ひとりの少女が立っていた。堀だ。

時任は声をかける。

「どうしたの？　こんな時間に、明かりもつけずに」

足音に気づかなかったということもないだろうが、驚いた様子で堀が振り返る。

「最後に、ここをみておきたくて」

と彼女は言った。最後。

「学校をやめるつもりなの？」

尋ねると、堀は頷(うなず)く。

「元々、私は、ここにいなかったから」

そうだ。堀は、人前に姿を現さない魔女だった。でも去年の夏に、この学校の生徒になった。他の人たちと同じように、魔女の正体も知らない、一般的な階段島の住人のふりをして。

その理由は、七草だろう。きっと、ふたり目の彼が階段島に来るのに合わせて、堀もここの生徒になったのだろう。彼が消えたから、堀も元に戻る。人前に姿を現さない、孤独な魔女に戻る。それは自然なことなのかもしれない。

珍しく堀は、彼女の方から口を開いた。

「私、高校生になりたかったんです」

「そう」

「貴女から聞いた、高校の話が楽しそうだったから、それで憧(あこが)れていたんです」

時任が堀に出会ったのは、高校生のころだった。幼い堀に、時任はよく絵の描き方を教えていた。それで美術部の話をしたような気もする。ずいぶん昔のことで、もうあまり覚えていないけれど。

でも、そうだ。一度だけ時任は、堀を美術室に連れ込んだことがあった。この子と絵を描いていて、絵の具が足りなくなって、画材屋に行くよりは高校の方が近かったから、それで放課後の学校に忍び込んだ。

「高校生活はどうだった？」

「楽しかったです。とても」

「それはよかった」

「はい。でも――」

堀が口をつぐむ。

時任は、その辺りにあった椅子のひとつに腰を下ろす。改めて眺めると、その美術室だけは、柏原高校のものによく似ていた。寸分たがわず同じ、というわけではないけれど、とてもよく似ていた。

堀は言った。

「たぶん、真辺さんが言ったことは、とても正しい」

それは独り言のようにも聞こえた。でも、堀が、相手に聞かせる意図もなく言葉を口にするとも思えなかった。

「マナちゃんに、なにを言われたの？」

「私が、喋るのが苦手なのは、相手を信頼していないからだ、って」

「なるほどね」

実際に堀は、信頼している相手には、普段よりは口数が増える。七草や、自惚れでなければ時任にも。

「先生がいて、友達がいる場所に、私は憧れていました。その中に私も入りたかったけれど、できませんでした」

「そう？　貴女にも先生がいて、友達がいたでしょ？」

　堀は頷く。

「でも、やっぱり上手く喋れなかったから」

「喋れなくても、いいじゃない」

「いえ。だめなんです」

　彼女はわずかに首を傾げて、ほほ笑んでいた。彼女の背後には窓があり、月はみえなかったけれど、それでも夜空は明るかった。

「私はやっぱり、この場所の内側にいたんじゃなくて、いちばん近くから眺めていただけなんだと思います」

　どうだろう？　きっと、この子の友人は、きちんとこの子を仲間のひとりだと認めていると思うけれど。

「嫌なら、変わればいいじゃない」

「はい。でも」

　ほほ笑む彼女の顔は泣き顔のようだった。

　いつだってこの子は、傷つき続けているようにみえる。心のいちばん脆いところを不用意にむき出しにしているようにみえる。

「やっぱり私は、言葉を簡単には扱いたくないです」

そ、とだけ、時任は答えた。

なにか為(ため)になる話ができる自信もなかったし、そんなものは必要ないと思っていた。この子が勝手に悩んで、勝手に答えを出したなら、それでいい。

「ナナくんには、会ってきたの？」

「はい。夕方に。今夜、もう一度会います」

「すぐに奪ってくるのかと思ったよ」

「もう少し、様子をみてからにします」

「なんの様子？」

「大地くんの」

時任は息を吐き出す。

「貴女が、あの子のことに責任を感じる必要はないよ。当たり前だけどね」

「でも、彼をここに連れてきたのは、私です」

時任だって、相原大地のことは、ずっと気にしている。でも彼に対して、いったいなにができるというのだろう。魔法は、ある面ではとても無力だ。その魔法さえ、時任はもう持っていない。

「貴女は、どうして、ここに来たんですか？」

堀に尋ねられて、時任は古びた机の片端をなでる。縦に一本、傷が入っている。誰かが彫刻刀で傷つけたのだろう。

「やっぱりここには、楽しい思い出がたくさんあるからかな」

ありきたりで取るに足らない、でも自分たちにとっては特別な思い出がある。それが学校という場所なのだろう。どこだって同じなのかもしれないけれど、でも、時任にとってはいちばんはやっぱりここだったのだろう。

「たまにはね。昔を思い出して、悲しくなりたいこともあるんだよ」

もう手に入らないものに傷つけられて、その痛みに慰められることだってある。

そんな風にしか、次の一歩を踏み出せないことだってある。

4　七草　現実

その夜、僕は午後一一時ごろにベッドに入った。

でも、なかなか寝入ることができなかった。明かりを消した部屋で、目を閉じて、夕暮れ時に現れた魔女のことを考えていた。

――私は、貴方（あなた）に、協力できます。

と彼女は言った。

――かわりに、もう少しだけ、貴方の一部を貸してください。

あのとき、僕は彼女の言葉に、どう答えていいのかわからなかった。上手く思考することもできなかった。目の前の魔女がただの少女にしかみえなくて、それで、逃げ出すこともできないでいた。

魔女は薄曇りの、淡い夕陽に照らされて、こちらに歩み寄った。長い影が重たそうな、ゆっくりとした、歩幅の小さな歩みだった。

――話し合いましょう。

と、彼女は言った。

＊

「話し合いましょう」

話、と僕は馬鹿みたいに反復する。具体的な言葉が、なにも出てこなかった。

魔女は困った風に眉を寄せて、きっと考え込んでいたのだろう、長い沈黙のあとで続けた。

「つまり、私がどんな協力をすればいいのか、ということです。大地くんのことで、たぶん私にもできることがあると思います」

頭を働かせろ、と僕は自分に言い聞かせる。痛みに耐えるように、苦しくてもまた走り出すように、錆びついた思考を強引に動かす。

そうしようと決めたのは、魔女が今にも泣き出しそうにみえたからだ。泣き出しそうな女の子の表情は、胸を締めつける。相手がだれであっても。でも、なんだか、この子が泣くのは特別にみたくないと思った。

なんとか答える。

「手伝ってもらえるのは、嬉しいよ。たとえば大地の母親の一部を、引き抜いてもらえるってことかな？」

魔女は、ほんの小さくため息をついた。なんだか安心したように、口元の力が抜ける。それは間違い探しとしてもアンフェアなくらいにささやかな変化だった。

「貴方が、それが正しいと思うなら、そうします」

なにが正しいのかなんてわからない。でも大地の母親に「子供を嫌う感情」を捨てさせれば、問題は解決するのかもしれない。それは誰にでも胸を張って正しいと言える方法ではないように思った。一方的に洗脳しよう、ということなのだから。正義の味方の考え方ではない。

――だけどそれで大地が幸せになるなら、充分に悩む余地がある。

どんな問題だってフェアに解決できるなら最上だけど、そんなわけがない。なら、アンフェアに解決するのか、放置するのか選ばなければならない。そして問題に大人と子供が関わっているなら、常に子供の方が優先されるべきだ。

「七草くんは、どうすればいいと思いますか？」

　と魔女は尋ねた。

　僕は顎をひいて考える。ちょうど彼女のつま先が視界の真ん中にあった。やはり魔女らしくない、白とピンクのスニーカーを履いている。

「僕は魔法のことを、ほとんど知らない。ほかに、なにができるの？」

「魔女の世界でなら、なんでも」

「なんでも？」

「私に思いつくことなら、だいたいなんでも」

　その話が真実だとすれば、魔女は僕の想像以上の力を持っているようだ。なら、この子の協力は本当にありがたい。

「たとえば、大地の頭の中を覗くこともできる？」

「はい。できます」

「じゃあ、大地がどんな生活をしているのかわかるかな？　彼の日常を知りたい」

　本人が決して話してくれないことだ。

　実際に、虐待と呼べることが行われているのか。行われているなら、その内容はどんなものなのか。それがわかれば、状況が進展する。

「わかりました」

魔女は頷いた。

「大地くんの記憶から、過去を再現できます」

――この子は、本当のことを言っているのだろうか？

魔女なんてもの、存在から疑わしい。

不思議と感情は、この魔女を信じてもいいと言っていた。むしろ信じるのが当然だとさえ思っていた。でも僕は、僕の直感なんてものを信じられない。僕に人をみる目があるなんて思えない。疑いは捨てられない。

だから、できるだけ柔らかに笑う。

「やってもらえると、とても助かるよ。じゃあ条件の方をつめようか」

魔女は首を傾げた。

あどけない、と表現したくなる表情だ。外見の年齢よりもさらに幼い、まだ本当の意味で他人を疑うことを知らない子供のような表情だ。それで僕は、魔女の顔をみるのをやめた。なんだか顔つきだけで説得されてしまいそうになるから。

「さっき言ってたでしょ？　君に協力してもらうには、僕はもう一度、僕の一部を捨てなければいけない」

「はい。でも、それは条件じゃなくて――」

「違うの？」

魔女が言葉を途切れさせ、沈黙が訪れる。

それはずいぶん長い沈黙で、彼女は困っているのだろうな、と思った。すでに空のどちらを向いても、太陽の姿はみえない。でも西側の薄い雲が、トビウオの長いヒレみたいに輝いている。その向こうに夕陽があるのだろう。

ようやく、魔女は言った。

「私は、嘘をつきました」

嘘、と僕は反復する。

「ごめんなさい。私はまた、七草くんの一部を奪い取ります。大地くんのことも、なんとかしたいです。だからこれは、交渉じゃなくて、どちらも私の願望です」

「なるほど」

別に、嘘をつかれたという気もしないけれど、彼女の言いたいことはわかる。

「つまり僕に、選択の余地はないということだね？」

「いいえ」

思いのほか強い口調で、魔女は否定した。

それからまた黙り込む。ずいぶん気温が下がってきた。僕は自分の両手を温め合いながら、ふと思い出す。

——そういえば、ずっと昔、僕はこんな風にこの子の言葉を待っていたことがある。

小学校の校庭だ。

鉄棒のしかたを、この子に教えてあげたときだ。当時のこの子は、もっと口数が少なかったように思う。具体的にどんな話をしたのかはもう忘れてしまったけれど、でもきっと内容なんかどうでもよくて、僕はこの子の言葉を待つのが好きだった。

だから、どうだってこともないけれど。でも三月の寒い夕暮れに、魔女の言葉をじっと待つのは、そう悪いことではないような気がした。

やがて、彼女は言った。

「わかりません」

なかなか難しい答えだ。

「僕に選択の余地があるのか、ないのか、わからない？」

はい、と魔女は頷く。

「貴方に断られたとき、私はどうするのか、わかりません」

僕はつい笑う。

なんて魔女だ。魔女に普通なんてものがあるのかわからないけれど、イメージではもっと高圧的で、自信家で。少なくともこんなに不安げに、たどたどしく喋る少女が魔女だなんて信じられない。疑わしい点が多すぎて、何処から疑えばいいのかもわからなくなってしまう。

「わからないなら、仕方ないね。じゃあまず大地のことから始めようか」

「はい」

「僕は、どうすればいいんだろう？」

「今夜。眠ると、わかります」

またあの階段に行くのだろうか。あそこは、嫌いではない。でも捨てた方の僕のイメージが強くて、少し苦手だ。

「わかった。もうひとつだけ聞きたいんだけど」

「なんですか」

「どうして君は、僕の一部を持っていきたいんだろう？」

「必要だからです」

僕が必要とされることなんか、あるだろうか？　それも、僕自身がもういらないと思って捨てた方の僕が。

もちろん一般的にはあり得るのだろう。誰かがいらないと思ったものが、別の人には必要なことだってあるのだろう。でも僕が、このなんでもない僕が、魔女に必要とされるというのはよくわからない。

「なんにせよ、今夜を楽しみにしてるよ」

夜はまだ冷えるから風邪をひかないように気をつけて、と僕は言った。

はい。貴方も。と魔女は答えた。

僕たちは手を振り合って別れる。おそらく、魔女との別れ方としても、ほとんど初対面の少女との別れ方としても、最良に近いものだったはずだ。

＊

けっきょく、眠れたのは午前一時になるころだったのではないかと思う。

正確な時間なんてわからないけれど、最後に時計をみたとき、針は零時半を少し回っていた記憶がある。

眠りに落ちて、夢の中で、視界に映ったのはあの階段ではなかった。

なんでもないマンションの一室にいた。――いや、僕は本当は、そこにはいなかったのかもしれない。身動きをとることも、喋ることもできなかった。天井の片隅についた監視カメラのように部屋の中を見下ろしていただけだった。自分がなく、ただ観測だけがあった。

部屋はそれなりに広いリビングだ。一般的な、ファミリータイプのマンションという感じだった。

特別なところはなにもない。強いていうなら、物が少ない部屋だという気がした。テレビがあり、ソファーがあり、ローテーブルがある。奥には対面式のキッチンがあり、その手前にダイニングテーブルがある。

ソファーにひとりの女性が座っている。こちらに背を向けていて、顔はわからない。彼女は缶ビールを飲んでいるようだ。テレビには海外のドラマが流れている。僕は海外ドラマに詳しくないから、タイトルまではわからない。白衣の人々が映っていて、医療系のストーリーなのではないか、という気がした。たまに女性の手が缶ビールを持ち上げて、また同じ位置に戻す。缶とテーブルがぶつかる、硬く小さな音が響く。

ダイニングテーブルには大地が座っている。学校の宿題だろうか、彼は漢字の書き取りをしているようだ。とてもゆっくりと、静かに、彼は鉛筆を動かす。ひと通り書き終えたらノートの中から気に入らない字をみつけて、消しゴムでごしごしと消し、書き直す。

――そこに座っている理由を探しているんだ。

という気がした。大地はちらちらと、ソファーに座る母親に顔を向ける。だが彼女が振り返ることはない。ただテレビ画面をみつめて、缶ビールを飲んでいる。缶ビールがなくなると、ソファーから立ち上がり、キッチンの冷蔵庫へ向かう。途中、大地の目の前を通過する。それでも、一度もその目を大地に向けることはない。またソファーに戻り、同じようにドラマをみながら缶ビールを飲み始める。

無言の時間は、三時間ほど続いた。大地はもうずっと前から直す字がなくなって、でもじっと鉛筆を握ったままでいた。時計が一一時を指したころ、大地はテーブルの上を片付けて、奥の部屋へと向かう。

部屋の前で足をとめて、三〇秒ほどだろうか、じっと母親の後姿をみつめていた。

やがて彼は小さな、いつも聞いているよりもずっと低い、ざらついた声で言った。

「おやすみなさい」

母親は振り返らなかった。口を開きもしなかった。ただ、手にしていた缶ビールを、強い力でローテーブルに置いた。その大きな音で、大地が肩をすくめるのがみえた。

大地は奥の部屋に入る。ドアは閉めなかった。

そのしばらくあとで、母親は大きなため息をついた。

まだみますか？　と、魔女の声が聞こえた。

みる。と僕は答えた。

時間の感覚がよくわからなかった。

シーンが早送りで流れていく、というような、わかりやすい感覚はなかった。なのにとくに長くも感じない時間に、僕はその部屋の様子をひと月分ほども理解した。強いていうなら、過去の記憶を思い出すのに似た感覚だった。

いつであれ、ふたりの様子に違いはない。

大地はダイニングテーブルに座り、ずっと母親を気にしている。

母親の方はソファーで、大地をまるでいないものとして扱っている。

しばしば、ダイニングテーブルには食事が置かれていた。袋に入った菓子パンとか、スーパーの総菜とか、たまには数枚の硬貨だとか。大地はそれを食べ、食器を使ったなら洗った。大地がリビングからいなくなると、母親はその食器を洗い直した。

聞こえる言葉は極めて限られていた。

おはようございます。いただきます。ごちそうさまです。いってきます。おかえりなさい。おやすみなさい。ほとんどこれがすべてだった。口にするのはすべて大地だ。その半分は完全に無視され、もう半分に、母親は苛立たしげな態度で返した。物を強くテーブルに置く、舌打ちする、ため息をつく、という風に。大地が学校から持ち帰ったプリント用紙を母親に差し出したこともあった。どうやら授業参観の案内のようだった。大地がそう説明しても、母親はなにも答えなかった。大地は慣れた様子で、そのプリントをローテーブルの上に置いた。大地が奥の部屋に入ってしばらくしてから、母親はそれに必要なことを書き込んだ。プリントはローテーブルに置かれたままで放置され、翌朝、大地がそれを回収した。

彼女は大地をいないものとして扱っていた。

もちろん大地も、そのことに気づいていた。だから彼は極力、物音をたてないように生活しているようだった。ゆっくりと歩き、注意深く椅子を引き、息さえ殺しているようにみえた。

例外的に一度だけ、母親が大地の方を向いたことがあった。

奥の部屋――おそらく寝室だろう、そこに大地が入ってから一時間も経ったときのことだ。彼女はその部屋の前に立ち、開いたドアの向こうを、じっとみつめた。

彼女の横顔が、僕にもみえた。でもその表情をなんと表現していいのか、僕にはわからなかった。

怒りと呼ぶほどの激しさはみつからない。悲しみと呼ぶには、清らかさに向かっていない。軽蔑（けいべつ）ほどは感情が大地を向いておらず、自責ほどは自分に向いていない。怯（おび）えは少し近いかもしれない。それはおそらく、自分と相手との距離に感じるものだから。でもやはりしっくりこない。怯えというほど、大地を大きくは扱っていない。なら恨みだろうか。あるいは失望だろうか。わからない。ほとんど色がないのに、無表情ではあり得ない。それは奇妙な顔つきだった。強いて言うなら、ただ、年老いてみえた。

その老いた顔のまま、彼女は長いあいだ、じっと大地をみていたようだった。やがて彼女は、静かに泣いた。頬も、眉も動かさずに。静止画のように、呼吸さえしていないように泣いた。

もういい、と僕は言った。

それは言葉にはならなかった。でも、魔女には聞こえたようだ。

いつの間にか僕はリビングを離れ、あの階段に立っていた。


両方の手のひらをみる。握って、開く。

肉体が戻ってきた、という実感はなかった。でも階段の夜は冷たくて、それで先ほどまでは、温度も感じていなかったのだと気づいた。なのに思い返してみても、あのマンションの一室の方が、三月の夜よりもずっと冷たかった。

「知りたかったことが、わかりましたか?」

と声が聞こえた。魔女の声だ。

顔を上げると階段の上に、あの少女が立っていた。

「僕はなんにも、知りたくなんかなかったんだよ」

思わず、そう答えていた。

小さな子供の厄介な家庭環境なんか、知りたくはないんだ。それが本当は、すぐ傍にあるものだとしても。その辺りにいくらでも建っているマンションの壁の一枚向こうにあるものだとしても、気づかずに過ごしたいんだ。僕は、真辺由宇とは違う。

魔女は首を傾げた。僕の言葉がわからなかったんじゃなくて、どう答えていいのかがわからなかったんだと、彼女の悲しげな表情をみれば想像がついた。

「なんでもない」

僕は無理にほほ笑む。

「だいたい、わかったよ。少なくとも前進はした。君のおかげだ。ありがとう」

魔女は眉を寄せる。

「なんとか、なりますか？」

そんなこと、僕にわかるわけがない。

なにがどうなれば解決なのかもわからない。真辺であれば、もちろんあの母親が、大地を愛することを目指すのだろう。笑って、抱きしめて、平穏な家庭を築くことを目指すだろう。でも僕には、それが可能だとは思えない。もちろん不可能だと断言する理由もないけれど、幸福な解決に繋がる道筋がまったくみえない。

「大地の父親は？」

「亡くなりました」

「じゃあ、親戚は？」

「います。でも――」

魔女は言葉を切り、階段の下――僕の背後に視線を向けた。僕もそれにつられる。こつん、と小さな足音が聞こえた。

暗い階段だ。でも月は明るくて、まったくなにもみえないというほどでもない。せり出した木々の暗がりから姿を現したのは、二〇代の半ばほどだろうか、髪の長い、大人びた女性だった。

彼女は僕の五段ほど下で足を止める。こちらを見上げて、言った。

「もう、これくらいにしておこうか」

誰だよ、と内心でぼやく。こっちは大地のことで頭がいっぱいなんだから、これ以上、ややこしい話にはならないでほしい。

魔女が応える。

「ごめんなさい。貴女のことまで、喋るつもりはなくて。でも、私は魔法を持っているから、できることをしたくて」

「うん」

魔女の言葉に、無理やり句点を打ち込むように、髪の長い女性は口を開く。

「私が言っているのは、そのことだよ」

彼女はまた、足を踏み出した。

こつん、こつんと足音を立てて階段を上る。僕の横を通過して、魔女の正面に立つ。

魔女と目を合わせて、優しい声で、言った。

「貴女(あなた)の魔法を、もうこのくらいにしておこう」

　魔女は泣き出しそうな顔をしている。感情的に首を振る。

「嫌。私は、まだ。貴女だって」

　髪の長い女性は、魔女の首筋に両手を伸ばした。

「よく頑張ったね。ありがとう。貴女ばかりに無理をさせて、ごめん。だからもう大丈夫だよ」

　そのまま、後頭部に手を伸ばして、抱きしめる。

「今はもう、貴女よりも、私の方が幸せ」

　その言葉が聞こえたすぐあとに、僕はベッドの上で目を覚ました。

5　真辺　階段島

　翌日の日曜日、真辺由宇は海岸に座っていた。

　隣には大地がいた。彼と話をしたくて、三月荘(さんがつそう)まで迎えにいったのだ。大地は真剣な表情で、じっと水平線の向こうをみつめていた。

「ねぇ」

　真辺も同じように、まっすぐに海の向こうをみつめたまま、声をかける。

「貴方は、お母さんに会いたくないの？」

「僕、ここが好きだよ。みんな、優しいから」

「それはよかった」

素直に、そう思う。

重ねて尋ねる。

「じゃあ、お母さんのところは嫌いなの？」

大地は長いあいだ、沈黙していた。彼が口を開くのを、真辺はじっと待っていた。やがて大地は言った。

「嫌いじゃない。でも、嫌だ」

なかなか難しい言葉だ。

「嫌いと嫌は、どう違うの？」

それは大地にとっても、難しい問題のようだった。ずいぶん考え込んでから、でも誠実に彼は答える。

「嫌いは、好きの反対だよ」

なるほど。

「じゃあ、嫌は？」

「反対はわからないけど。でも、好きの反対じゃないと思う」

「そっか。大地はお母さんの近くが嫌だけど、お母さんが嫌いなわけではないんだね」

「たぶん。そうかな」

以前、ここに来たばかりのころ、大地を泣かせたことを思い出す。

あのときはずいぶん七草に叱られた。たしかにやり方がよくなかったのかもしれない。

でも真辺自身がやろうとしていたことが、間違いだったとは今も思えない。

大地はずっと泣いているんだ。この子はとても我慢強いから、実際には涙をこぼさないけれど。でも、本当はずっと泣いていて、今もまだ泣いているんだ。

なら、外からもそれがみえる方がよいのだと思う。

声を上げて、涙を流して。苦しんでいることを、こちらまで伝えて欲しいと思う。

「ねぇ。貴方はどうして、そんなに我慢強いの？」

「別に、なにも我慢してない」

「本当に？」

「本当に」

「泣きたくない？」

「泣きたくない」

「お母さんに、会いたくない？」

最後の質問には、大地は答えなかった。耳をすまして返事を待っていたけれど、けっきょく、なにも聞こえなかった。

　真辺は息を吸って、吐いて。ゆっくりと喋る。

「みんな、我慢ばかりしている。貴方も、この島の魔女も。たぶん他にも大勢。七草だってずっと、なにかを我慢しているんだと思う。それは尊いことかもしれない。強くて、優しいのかもしれない。でも、我慢だけで解決することなんか、ないんだよ」

　たぶん。

　きっと、そうなのだと思う。

「我慢っていうのは、時間稼ぎなんだよ。それだけだと無意味で、もうひとつ、なにかがいるんだよ。怪我の痛さを我慢するのは、それが治ると知ってるからでしょ？　心の辛さを我慢するのは、いつか、それを忘れると知ってるからでしょ？　でも時間が経っても解決しないことを我慢するなら、必ず、別のなにかがいるんだよ」

　言いたいことが、上手くまとまらない。

　いつだってそうだ。いつだって、本当に大切なことを言葉にできない。この感覚はもどかしい。気持ち悪い。

　――私はそれを、我慢しない。

　内側に留めない。できる限り放出する。相手が幼い少年だったとしても。

「独りきりでじっと我慢していたら、みつからないものもあるんだよ。だって自分で全部をやらないといけないから。誰も助けてくれないから。どこかで我慢を止めないと、先に進めないときがくるんだよ」

　大地になにか、責任があるわけじゃない。

　本当なら、小学二年生の少年に、なにを期待してもいけないのだと思う。世界のなにもかもがきちんと正しければ、そんな必要はないのだと思う。

　でも。世界のどこかが正しくないなら、別のところにしわ寄せがくる。期待するべきじゃないことを、期待することになる。

　——こんなものは、間違いだ。

　それでも。間違っていたとしても、一歩を踏み出さなければ、正解には進めない。

「お願いだよ、大地。我慢するのをやめて。泣いて、叫んで。貴方の声は、必ず誰かに届くから。私が聞いて、届けるから。だから今だけ、我慢をやめて」

　だって、この場所は優しい。

「助けてくれる人は、いくらでもいるよ。七草も、堀さんも、きっと安達さんだって。トクメ先生も、時任さんも、ハルさんも。水谷さんも、佐々岡くんも、ほかの誰だって貴方が泣いていたなら、放ってはおかないよ。みんな、できることをしてくれるよ。それは貴方がひとりで我慢しているよりも、ずっと大きな力なんだよ。だからお願い、一度だけ、我慢するのをやめて」

大地はもう、水平線の方を向いてはいなかった。

じっと真辺の顔をみつめていた。彼の瞳に、涙が溜まっているのがみえた。なんて綺麗なんだろう。それは柔らかな光の粒にみえた。悲しみよりも希望にみえた。

なのに。大地は力強い手つきで、涙を拭った。

「嫌だ」

泣き出しそうな顔つきのまま、それでも大地はしっかりと言った。

「時間稼ぎで、いい。僕は、大丈夫」

わからない。いったい、なにが大丈夫なんだ。そんな顔で。

いったい、なんのために、なにを耐えているんだ。

小さな、だが強い口調で、大地は言った。

「いつか、大人になるんだ。僕は、子供のままじゃいけないんだ」

その言葉で、不意に繋がる。

――ああ、この子は。

本当に最後まで、我慢するつもりなんだ。

今日とか明日とか、そんな話ではなくって。何年も、もしかしたら十年以上もずっと、いつまでだって耐え続けて、独りきりゴールするつもりなんだ。でも。

「そうじゃない」

真辺は叫ぶ。

「大人とか、子供とかじゃなくて。君がいくつでも、どんな人間でも、我慢しちゃいけないときはあるんだよ。ずっと歯をくいしばっていなきゃいけないほど、ここは、どこだって、そんなに残酷な場所じゃないんだよ」

大地は困った様子で顔をしかめる。やっぱりそれは、泣き顔にみえる。どんな顔をしていても、大地の表情はいつも泣いているようにみえる。

けっきょく彼は、真辺の言葉にはなにも答えなかった。

――仕方ないんだ。

きっと。やっぱりこの子になにを期待しても、それは不誠実なんだ。たったひと言の返事も期待せずに、この子の幸せを作らないといけないんだ。

だから、真辺由宇は笑う。嬉しいわけでも、楽しいわけでもないけれど、でも素直に笑う。

ほとんど自分のために、宣言する。

「私は貴方に、我慢を止めさせてみせる」

そうするのが正しいと決めた。そちらに向かって走るのが正しいと決めた。もちろん、恐怖もある。もしかしたら間違っているかもしれないから。大地のことで間違えたくはないから。それでも大地をこのまま放っておくくらいなら、先へ進むことを決めた。

だから笑って、まっすぐにその少年をみつめる。

「ぜったい貴方を、泣かせてやる」

大地は今にも泣き出しそうだったけれど、やっぱり、涙はこぼさなかった。

＊

大地を三月荘に送り届けて、それから、真辺由宇は足を踏み出す。

どこに？　まずは堀の寮へ。そこに彼女がいなければ、海辺の灯台へ。そこにもいなければ、わからない。とにかく、彼女がいるところへ。

魔女に会おう、と決めた。素直な大地と話をするために。彼が戦っているものと、真辺由宇も戦うために。

――私は、彼の母親に会う。

ここが階段島だろうが、彼女が現実にいようが、関係ない。とにかく会う。話をする。

そのために必要なら、魔法だって使う。

そう決めて、駆け出す。地面を踏んで、靴底で弾いて、一歩ずつ飛ぶように。両手を振って走る。直後、本当に視界が、浮き上がる。

状況が理解できなくて、真辺はそのまま足を踏み出す。地面を蹴れなくて前のめりにバランスを崩す。わ、と小さな声が、口から漏れた。真辺がなにをしようが関係なく、クレーンゲームのぬいぐるみみたいに、身体が真上に持ち上がっていく。速い。

「こんにちは、マナちゃん」

声が聞こえたとたん、身体の上昇が止まった。見下ろしても距離はよくわからないけれど、ずいぶん高い。階段島の全体を見渡せるくらいの上空に、時任がいた。彼女は赤いカブに横向きに座り、足を組んでいた。

真辺は二度、瞬きする。それから、ともかく尋ねる。

「これ、どうなってるんですか？」

「浮いてるんだよ。あと、時間が止まってる」

「時間って、止まるんですか？」

「時間をどう定義づけるかだね。ま、なんにせよ島の人たちが、私たちを見上げることもないよ。スカートでも安心」

時任はそう言ったけれど、彼女も真辺も、スカートは履いていない。まあ、どうでもいいことだ。

「これ、魔法ですか？」

「もちろん。いかにも魔法っぽいでしょ」

時任は笑う。

「魔法を返してもらったんだよ。もういいかなってね。あの子もだいぶ、疲れてるみたいだからさ」

　そうなのか。

「じゃあ、今は時任さんが魔女なんですね？」

「うん」

「私のために、魔法を使ってください」

　魔女が堀であれ、時任であれ、目的は変わらない。

　時任は目を細めた。

「マナちゃんが、魔女になるんじゃなかったの？」

「それでもかまいません。大地の母親に会えるなら、なんでも」

　時任は軽く首を傾げた。

「こういうのが、苦手なんだよね」

「こういうの？」

「魔法って本当にやりたい放題でさ。今だってマナちゃんの頭の中を、ちらっと覗いてるんだけど」

「そうなんですか？」

「全部じゃないよ。すごく疲れちゃうからね。でもま、だいたい、マナちゃんがなにを考えていて、どうしたいのかはわかる」

頭の中を覗かれるのは、なんだか嫌だ。でも有難くもある。

──私は、言葉を探すのが苦手だから。

誤解なくこちらの考えが伝わるなら、便利だともいえる。

時任は続けた。

「で、私はその気になれば、マナちゃんを魔女にすることだってできるんだよ。実はちょっと違うけど、だいたい魔女とおんなじにできる。階段島の中でなら好きに魔法を使えるマナちゃんに作り替えることができる」

「なら、そうしてください」

「それを決めるのが、私は苦手なんだよ。本当はたぶん、決断が得意な人間なんていなくてさ。もしかしたらどっかにはいるのかもしれないけど、そんなの怪物みたいなもので。たいていの人は、なにか大事なことを決めるのが苦しいものだよね」

そうだろうか。

──私は？

わからない。やっぱり、なにかを決めるのは、苦手なのかもしれない。でも。

「うん」

頭の中を覗いている、というのは、本当なんだろう。真辺が口を開く前に、時任は頷(うなず)いた。

「なんにも決めないのも苦しくて、どちらかというとそっちの方が苦しくて、だから決めてしまうしかない。世の中の善性っていうのかな？　そういうのをマナちゃんみたいに、頭から信じられたら楽なんだろうけどね。私にはそういう割り切り方もできない。弱い魔女なんだよ、私は」

真辺はじっと、時任をみつめる。

「でも、選んだんですよね？」

だから、堀から魔法を取り返した。

選ぶよりも選ばないでいる方が苦しいから、やっぱり選んだ。

「そこだけはね。あの子にみんな押しつけるのだけは、やめた。でも、そうだね。マナちゃんに関しては――」

彼女は空を見上げた。つられて真辺もその視線を追う。上空にいても、頭上はやはり空で、それはなんだか安心するなと思った。

「じゃあ、試験を出そう」

試験？

時任は、ぱちん、と指を鳴らす。そのとたん周囲が暗く染まる。彼女の背後に、大きな月が上っていた。ほとんど完全な満月にみえる。

「貴女がなんにも捨てずにいられたなら、魔法を貸してあげるよ」

もう一度、時任が指を鳴らして。

次に、目の前に、真辺由宇が現れた。

6　七草　現実

大地は電話番号を教えてくれない。

だからいつも別れ際に、次の約束をしている。その関係は、不確かで心細い。

最近は決まって、日曜日に大地に会う。今日は午後一時に、彼のマンションの前で待ち合わせをしていた。僕と真辺はその一〇分ほど前にマンションに到着した。すぐに大地がエントランスのドアを押し開けて、こちらに駆け寄ってきた。偶然ではなくて、中からこちらの様子をうかがっていた印象だった。

僕たちは近所の公園に移動して、用意していたバドミントンで遊んだ。大地は勝ち負けを好まない。だから「何度ラリーを続けられるか」という風な遊びに夢中になる。彼の表情は、たいていいつも真剣だけど、少しずつその違いを見分けられるようになってきた。真剣に楽しんでいる顔があり、真剣に困っている顔がある。そしてたまに、ふと笑う。僕は大地の笑顔が好きだ。

真辺は運動神経が良い方だけど、今日はなかなか、バドミントンに集中できないようだった。簡単なミスをして、困った風に笑っていた。

――ずっと、悩んでいるんだ。

大地とどこまで踏み込んだ話をするべきなのか、この時間をどう使うべきなのか。本音では、今すぐ彼の手をつかんで母親のところに乗り込みたいのかもしれない。

正直、僕は真辺に期待していた。以前のように後先を考えず、自分の理想だけを信じて走り出す姿をみたかった。それは誤魔化しようのない期待だった。

でも彼女は、表面上は和やかに、ただ大地と遊んでいた。バドミントンをして、コンビニエンスストアに飲み物を買いにいき、また公園に戻って、それからフリスビーを始めた。でも僕には、彼女が迷っていることがはっきりとわかった。ほんの細やかなきっかけで、まるで以前の真辺のように振る舞ってもおかしくなかった。

――今の真辺が、幸せそうにみえるのか？

と拾った方の僕が言う。

そんなわけがない。幸せなわけがない。苦しいに決まっている。

でも。いちいち律儀に苦しむ彼女を、僕は愛することができる。肯定的にみつめていられる。それでいいはずだ。それだけでいいはずだ。でも。でも。

僕は、思い切り力を込めてフリスビーを投げる。それは真辺から一〇メートルも離れたところを飛んでいく。「あ」と「わ」のあいだくらいの、奇妙な声を上げて、真辺はフリスビーを追いかける。

僕は大地に歩み寄って、言った。

「ねぇ。君が、魔女に頼んで捨てたものは、なんなの？」

大地はやっぱり真剣な顔で、僕を見上げた。これはたぶん、真剣に困っている顔なのだろう。

――いったい、なにをしているんだ、僕は。

真辺が我慢しているのに、どうして。今はただ、大地と仲良く過ごそうと決めていたはずなのに、どうして僕が、彼の繊細なところに踏み込むんだ。

わからなかった。でも、抑えきれなくて、言った。

「君はお母さんを嫌えない自分を捨てた。そう聞いていた。きちんとお母さんを嫌わないと、関係を改善できないから。とても納得がいくけれど、でも本当は、まったく別のものを捨てたんじゃないかな」

きっとそうなのだ。大地の顔をみれば、わかる。

大地は僕から目をそらし、真辺の方をみつめた。彼女はフリスビーを拾ってこちらに駆け寄り、大胆な動きでそれを投げた。

フリスビーは綺麗な弧を描いて、すぐ脇を通過したけれど、なんだか手を伸ばすタイミングがわからなくて、僕はそれを目で追っただけだった。

＊

ファミリーレストランで食事をして、大地とは別れた。

昨日、大江さんに会いに行った交通費と合わせて、出費が続いている。そろそろ真面目にアルバイトを始めるべきかもしれない。うちの高校はアルバイトを禁止しているけれど、やりようはあるだろう。

午後八時、僕は真辺と一緒に、大きな月の下を歩く。

真辺は、どんな表情も浮かべていなかった。自分の一部を捨てる前みたいな、感情を読めない、非人間的な顔つきで言った。

「今日は、大地と仲良くなれたかな」

僕は頷く。

「きっと、昨日よりは仲良くなった。ほんの少しずつでも前進してるよ」

「本当に？」

「不安なの？」

「うん。大地は私たちとの関係を、決めてしまっている気がする」

大通りから一本外れた、外灯の少ない道路だ。月光に照らされた夜空は、黒よりも深い青にみえた。それは真辺由宇に似合う色だった。彼女はじっと前を向いていて、僕はその横顔をちらちらと盗み見る。彼女は続けた。

「なんていえばいいのかな。たとえば、病気になったら病院に行くじゃない。エアコンが壊れたら電器屋で、自転車のタイヤがパンクしたら自転車屋で。どれだけ仲が良くても、それは変わらないよね？　エアコンの修理に、病院には行かない」

なるほど、と僕は答えた。

それから尋ねた。

「大地はどんな風に、僕たちとの関係を決めてしまっているの？」

「はっきりとはわからない。でも、このままじゃ、事情を詳しく説明してくれる気がしない。どれだけ仲良くなっても、大地はお母さんとのことを、私たちとは無関係に考えている気がする」

そうかもしれない。

大地は大人びた子供だ。色々なことを、綺麗に割り切っているように感じる。とても我慢強くて、混同がなくて、迷惑をかけるべきではない相手には決して迷惑をかけない。

彼にとって高校生の友人というのは、母親の問題を相談する対象ではないのかもしれない。月に一度か二度、夕食をご馳走になるのが精々で、それ以上の迷惑は過剰だと考えているのかもしれない。そして大地は、一度決めてしまったら、決してその先には足を踏み込まないように思う。

「私たちは、大地に委ね過ぎているんじゃないかな。だってあの子は、まだ小さい子供なんだから。大地が誰にも相談できないでいるなら、私たちは、もっと強引に彼の感情をみつけださないといけないんじゃないかな」

いくつかの言葉が胸の中に溢れて、苦しくて僕は息を吐き出す。

正解はわかっていた。

――そうだね。

と頷くことだ。

――じゃあどうすれば大地が自分のことをもっと話してくれるようになるのか、一緒に考えてみよう。

そんな風に、上辺だけの同意をすることだ。

どうせ今の真辺は、ここから先には進めない。ずっと、同じ場所で足踏みをしている。それでいいのだと思っていた。現状こそが僕の理想通りなのだと思っていた。大地を見捨てないまま、僕も、真辺も傷つかない場所にいる。問題を解決することはできなくても、より大きくすることもない。成功もなく、失敗もない。ただ今が続く。

これが僕たちにできる、最良の選択なのだと信じていた。つまり、何度も繰り返しているように、大地の友人でいることが。無力でも彼がほんの一時、息継ぎできる場所でいることが、僕たちの唯一の貢献なのだと思っていた。

――ふざけるなよ。

と、拾い上げた僕が言う。

――真辺由宇が傷ついていないだって？　ふざけるな。そんなわけないだろ。立ち止まらなければいけないことが、他のなによりもこの子を傷つける。もちろん、それくらいわかっているだろ。

ああわかってるよ。でも。

ここを通らずに、どこにいけるっていうんだ？

一度、徹底的に壊されて。涙を流して、現実を知って。これまでの夢みたいな理想を捨て去らなければ、真辺はどこにもいけない。

胸の中で、もうひとりの僕が笑った気がした。

――いや。どこへだっていけるさ。これまでの彼女がそうだったみたいに。

彼は、僕が彼に繰り返した言葉を、こちらを見下すように告げる。

――なのに君が、真辺由宇を決めつけるな。

僕は足を止める。

説得されたわけじゃない。だいたい、相手なんかいない自問自答だ。適当に聞き流せばいいこともわかっている。なのにそれができなかった。

真辺も足を止める。困った風にこちらをみている。

「そんなの、僕らもおんなじだろ」

気がつけば、感情だけで口を開いていた。

「大地が子供だっていうなら、僕らだって同じだろ。高校生だって、他人の家庭の問題に首を突っ込む歳じゃないだろ」

なんだこれ。どうして、こんなことを言っているんだ。

こんな、真辺に否定されるためだけにあるような言葉を。

なんども言葉を呑み込もうとした。でも、上手くいかなかった。僕は最後までそれを言い切る。

「僕たちにはなにもできないんだから、素直に引き下がっていればいいんだ。それがわからないのなら、君はまだ自惚れているだけだ」

さあ反論してみろよ、と思っていた。

その感情を抑えきれなかった。

真辺由宇は記憶にある通りの、なにも読めない、ただまっすぐな目で僕をみている。

孤独な、崇高な、僕が信仰していた瞳で。

――そんな目で、こっちをみるなよ。

また君に、期待してしまうだろ。

でも次の瞬間、真辺は困った風に眉を寄せて、苦笑した。

「そうかもね」

とだけ、小さな声で彼女は答えた。

僕の方も、同じような意味の、同じような笑みを浮かべる。

「ごめん。言い過ぎたよ」

彼女よりもむしろ、自分の言葉が胸を締め付ける。

――言い過ぎ、だって？

あの真辺由宇に対して？

ふざけるな。

＊

いつもの角で、いつもと同じように、真辺由宇とは別れた。

少し歩いて、彼女の姿がみえないことを確認して、僕は立ち止まった。大きく息を吐き出す。後頭部を背後の壁に押しあてて、夜の空を見上げる。月がずいぶん遠くにみえる。

――僕は、なにをやっているんだ。

いったい真辺由宇になにを求めていて、いったい真辺由宇を何者にしたいんだ。

なんだか無性に泣きたかった。自分が情けなくて仕方がなかった。けっきょく僕は、捨てるべきものを捨てられないでいるんだ。

——これが、僕が乗り超えるべきものだ。

あの群青色（ぐんじょういろ）の空に浮かぶ、僕を照らさない光をまだ崇拝したがっている、真辺由宇を人間ではない何者かに置き換えたがっている僕だ。これこそが僕の、幼さだ。

立ち上がり、ポケットからスマートフォンを取り出す。

登録している番号のひとつにコールする。以前、魔女を名乗る人物から電話がかかってきた番号だ。

なんだか今は、彼女が電話に出てくれるような気がしていた。でも、コールの音が繰り返し鳴るだけだ。それを聞くたびに胸が重くなる。

発信を切って、スマートフォンをポケットにしまったとき、声が聞こえた。

「苦しい？」

僕はそちらに目を向ける。外灯と外灯の中間の闇（やみ）が濃い場所に、ひとりの女性が立っている。見覚えのない女性。——いや、そうじゃない。昨夜、夢の中で会った。あの階段で魔女と話をしていたとき、ふいに現れた女性だ。

その女性が、こちらに歩み寄る。外灯の光の下に入り、表情がみえた。彼女は笑っていた。

「そりゃ苦しいよね。あんな風に自分を拾ったんだから。あんな風に、あの子の魔法を否定したんだから」

僕は軽く息を吸い、意識を切り替える。

「貴女は？」

「魔女だよ。昨日までとは違う魔女。あの子に魔法を預けてたんだけど、返してもらったんだよ」

新しい、魔女？

僕が知らないところで、状況がめまぐるしく変わる。ついていけない。

その魔女は続けた。

「今、あの子に電話をかけたでしょ。また自分を捨てたくなった？」

僕は首を振る。

「違います」

僕の一部を、まだ捨てるわけにはいかない。僕はこの感情を否定し、乗り越えなければならないから、簡単には捨てられない。

「反対です。取引には応じられないと伝えるつもりでした」

魔女は笑う。

「へぇ。不思議だね。びっくりするくらい君らしくないね」

「どういう意味ですか？」

「今の君は、なんだか君自身の成長に、こだわっているようにみえる」

驚いて、息が詰まった。

考えもしなかったけれど、その通りかもしれない。たしかに不思議なことだ。これまでの僕とは違う考え方だった。

「私はね、また君が、自分の一部を捨てようとしているのかと思ったよ。その歳なら自分の成長について、考えざるを得ないだろうけれど、でも君ならね。そんなものが足を引っ張るのなら、もういい。自分自身が成長することなんか、ちっとも重要じゃない。なんて風に割りきって、簡単に投げ捨てるんだと思っていたよ」

まったくだ。

僕は真辺由宇の隣で回る歯車でいいのだから。真辺由宇の形が変わったのなら、それに合わせて形を変える。手段を選んではいられない。今日のようなことがあるのなら、僕はもう、僕である必要さえない。なにも乗り越えられなくても、なにも成長しなくてもかまわない。効率的に最適な形になればいい。

こんな風に考えるのが、これまでの僕だったのではないか。

どうして僕は、僕に拘(こだわ)っているんだ。

「でもまあ、私には関係ない」

魔女は一段、笑みを大きくした。

凍りついたような笑顔を浮かべて、僕の瞳を覗き込んだ。

「明日の夜、私は君の一部を奪う。それはほんの小さな胸の傷なのかもしれない。あるいは君の、ほとんどすべてなのかもしれない。どちらでもいい。もう一度、君からあの星を奪うよ」

どうして？

「僕はそんなこと、望んでいません」

「知ってるよ。でも、私は我儘な魔女だから。君の都合は、どうでもいい」

魔女の瞳は不思議と、悲しげにみえた。

自分の口から漏れるひと言ずつに、傷ついているようだった。

7　真辺由宇　階段島

先ほどまで空の上で、時任と話をしていたはずなのに、いつの間にかあの階段に立っていた。濃い霧がかかった階段だ。

その霧の手前に、自分がいた。互いに手を伸ばせば握手できるくらいの距離だった。

真辺はじっと彼女をみつめる。

彼女も、真辺から目を逸らさなかった。

——じゃあ、試験を出そう。

と時任は言った。

——貴女がなんにも捨てずにいられたなら、魔法を貸してあげるよ。

自分自身に会うことが、試験なのだろうか？　なにも捨てずにいるとは、どういう意味なのだろう？

もうひとりの自分が口を開く。

「これは、ただの夢じゃないよね？」

真辺は頷く。それから尋ねた。

「大地は、どう？」

彼女は困った風に目を細める。

「そんなにすぐには、変わらないよ」

「トクメ先生には、会った？」

「会った。大江さんという名前だった。良い人だと思う」

「七草は？」

「七草？」

「こっちの七草が消えた。そっちの七草が拾ったから。なにか、変わった？」

もうひとりの自分は、長いあいだ、沈黙していた。

少しうつむいて、わずかにほほ笑んで、やがてようやく答えた。

「七草は、変わらないよ」

本当に？　捨てた自分を拾って、変わらないなんてことがあるだろうか。もしなにも変わらないのだとすれば、自分を捨てるというのは、どういう意味なのだろうか。

彼女は続ける。

「七草は今も、七草のままだよ。真面目で、優しい。もちろん表面は、少し変わったのかもしれない。これまでの彼なら言ったことを言わなかったり、しなかったことをしたり。多少の変化はあるんだと思う。でも、本当に大事なところは七草のままで、きっと魔法には、人間を変えるようなことはできないんだよ」

「どうして、変えられないの？」

自分の一部を捨てているのに。

そんな、あからさまな変化があるのに、どうして。

「ただ手放しているから」

彼女は言った。

「本当に変わりたければ、捨てちゃいけないんだよ。重たいものの中身をきちんと理解して、はっきり否定しないといけないんだよ。でも魔法は、その手順を飛ばす。魔法は私たちを変えるんじゃなくて、むしろ反対で、変わる機会を奪ってるんだよ」

理解できた、とは言い難い。

目の前にいるのは、自分の一部を捨てた経験のある自分だ。真辺にはわからない、魔法の効果を実感している自分だ。

まっすぐに彼女をみつめて、真辺は尋ねる。

「貴女も、変わらなかったの？」

彼女は頷く。

「変わったといえば、変わった。私は色々なことが怖くなった」

「なにが、怖くなったの？」

「貴女だって知っているものだよ。だって、だから、私は貴女を捨てたんだから。魔法にかかるよりも前から、私はもう変わっていたんだよ」

「わからない。私は、なにが怖いの？」

「すぐ近くにいる人が、優しいこと」

ああ、それは。

――たしかに、私も知っている。

いつからだろう？　たぶんもう、ずっと前から。胸のどこかにそれを持っていた。

きっと、人間は充分に誠実で、世界は潤沢に優しくて。そう信じるのは難しくないけれど、その優しさの中で、思うが儘に振る舞うのは怖い。だって優しい人たちは、こちらを受け入れてくれるから。本心を犠牲にして、優しいまま振る舞ってくれるから。

優しい世界で我を通そうとすることは、なんだか暴力のようにも思えて、怖い。

彼女は少しだけうつむいたまま、ほほ笑んでいた。

「だから私は、なにかを決めてしまうのが怖くなった。なにも選びたくなくなった。でも貴女だって同じでしょう？　本当はいつも怖がっているんでしょう？」

その、物悲しげなほほ笑みをみつめて、真辺は答える。

「ええ。怖い」

優しい世界で物事を決めるのは怖い。誰かの感情を踏みにじり、なにかを犠牲に進むのは怖い。でも。

「それでも、私は決めるよ。進むべきだと思った方へ進むよ」

「どうして？」

「それが正しいと、信じているから。怖くても苦しくても、立ち止まってしまうよりは意味があると信じているから」

彼女はまだ笑っている。

頬がまた持ち上がり、その笑みが少しだけ誇張される。

「私は、忘れてしまった。どうやってそれを信じていたのか、もう思い出せない」

「ならやっぱり、私と貴女はまったく別の人間だよ」

「そうじゃない。違うところがあっても、同じ根っこを持っている。同じ恐怖に囚われている。その恐怖から、私は立ち止まって逃げ出した。貴女は振り返らないことで目を逸らし続けている。違いはそれだけだよ。ただ貴女よりも私の方が、少しだけ優しくなった。一歩ぶんだけ、成長したんだと思う」

「違う」

感情のままに答えていた。

その感情が生まれた理由を、真辺は必死に探る。たどたどしく言葉にした。

「違うんだ、と私は信じている。私は目を逸らしているわけじゃない。反対だよ。進むほかに、それを直視する方法はない。少なくとも、私は知らない」

──ああ、私は、目の前のこの少女が嫌いなんだ。

自分を捨てた自分自身が。魔法で変わった自分自身が。真辺由宇が持っているはずのものを失った真辺由宇が。

やはり魔法には、欠陥があるのかもしれない。

──変わるのは、別にいい。

自分と同じだったこの子がどれほど変わってもかまわない。臆病なのも、足を止めるのも、逃げ出すのも別にいい。問題はそんなことじゃない。

「諦める言い訳に、優しさを使わないで」

自分の優しさも、他人の優しさも。

そんなものに、なにより綺麗なものに、責任を押しつけてはいけない。

「どんなときだって、何に対してだって、決められないことを優しさと呼んではいけないんだよ。決められないことを、成長と呼んではいけないんだ。だって優しさが、正しいものをみつけるから。正しく決意するために、成長するんだから。私たちは、どれだけ怖くても、選び取ることの価値を忘れちゃいけない」

――世の中には、二種類の大人がいます。

と、トクメ先生は言った。

きっと言い訳を覚えて、誤魔化して、ただ歳をとっても大人にはなれるのだろう。トクメ先生が気にかける必要はないと言った大人にはなれるのだろう。

でも、それは決して、成長ではない。

足を止めるのを、成長と呼ぶのは。決められないのを、優しさと呼ぶのは。そんなの、ただ、卑怯（ひきょう）なだけだ。誤魔化しているだけだ。

「私は、決めるよ。ひとつずつ選び続ける。一歩ずつ足を踏み出す。地面と、世界と、その先にあるものを信じて、怖くても進む」

目の前の自分は、もう笑ってはいなかった。

怒りもせず、悲しみもせず、まっすぐにこちらをみて、言った。

「でもそれで、誰かを傷つけたらどうするの？」

決まっている。

「責任を取るよ」

「責任の取りようがないことだってある」

「もちろん。たくさんある。でもどれだけ成長しても、同じだよ」

なにも間違えない大人なんていないだろう。どんな失敗だって、責任を取れる大人なんて、いないだろう。当たり前なんだ、こんなの。

「取り返しのつかない失敗をするかもしれない。私にはどうしようもないくらい、誰かを傷つけるかもしれない。それでも、できなくても責任を取るんだって言い張って、足を踏み出すのが大人になるってことなんだ」

未来を作る義務を負う、その覚悟を決めるということなんだ。

目の前の自分は、しばらくこちらをみつめていた。

それから彼女は首を振った。

「私たちは、まだ大人じゃない」

「うん。そうだね」

「できないことまで決めてしまうのは、やっぱり怖いよ」

「とても怖い。でも、じゃあなにができるっていうの？」

自分たちだけの話じゃない。

世界中、すべての人間が、きっと同じだ。

本当に失敗しない、もし失敗しても責任の取りようがあることだけを選んで、いったいなにができるっていうんだ。たとえば、大地をひどく傷つけたとして、そんなことの責任を本当に取れる人間が、この世界のどこにいるっていうんだ。

叫ぶような気持ちで、でも実際には普段通りの冷たい声で、真辺は言った。

「もしかしたら私は、なにもしないのが正解なのかもしれない。貴女の言う通り、ただ怯えていればいいのかもしれない。でも、全員がそんな風に考えていたら、ぜったいに、大地は救われない。誰かが足を踏み込まなければならない」

真っ暗な、真夜中のような場所に。なんにもみえない場所に。責任の取りようのないことに、嘘でも責任を取るのだと言い張らなければならない場所に。

「そして、ただうつむいて、その誰かを待っているのは、決して優しさじゃない」

ただ臆病なことを、そんなにも綺麗な言葉で呼んじゃいけない。

「なら私は、優しくなくてもいい」

もうひとりの自分は、また笑う。

これまでとは違う笑い方だった。彼女は、今夜初めて、幸せそうにみえた。

「私はもう、貴女にはなれない。でも貴女のことは、やっぱり嫌いじゃないよ。私にはできなかったけれど、もしも貴女がそのままでいられるなら、魔法を頼ってよかった」

　じゃあね、と言って、彼女は背を向ける。

「待って」

　真辺は叫ぶ。

　――それは、違う。

　ここで背を向けるのは違う。これまでの、彼女の発言と矛盾する。

「貴女は私を否定しなければいけないんでしょ？　簡単に捨てて、目を逸らしちゃ成長できないんでしょ？　私にはまだ、貴女と話すべきことがある」

　意見が合わない自分自身との対話から目を逸らしてはいけないんだ。

　それを、ひとつずつ乗り越えた先にしか、成長はないんだ。

　もうひとりの自分は足を止めた。

　振り向いて、迷いのない口調で、言った。

「私は貴女を、忘れないよ。でも、ふたりきりで――いえ、ひとりきりで答えを出さないといけないってわけじゃないでしょ」

　そのまま彼女は、また歩き出す。一歩ずつ、階段を上っていく。

　真辺は上手く次の言葉をみつけられなかった。

　理由もわからないけれど、初めて、少しだけこの自分に捨てられたことが悔しいと思った。

＊

濃い霧に包まれて、間もなくもうひとりの自分が消えた。

代わりに、声が聞こえた。

「マナちゃんは、なんにも捨てないでいられる？」

真辺は振り向く。

階段の下に、時任がいた。彼女は真辺に背を向けて、段のひとつに腰を下ろしていた。

その視線の先は、霧でみえはしないけれど、階段島の街並みを眺めているようだった。

首を振って、彼女の質問に答える。

「いえ。それは、できません」

「どうして？」

「いつだって、必ずなにかを捨てているから」

一秒ずつ、なにかを選んでいる。進むなら、留まることを捨てる。留まるなら、進むことを捨てる。必ずどちらかを捨てなければならない。

「そ」

と応えて、時任は立ち上がる。

振り向いて、言った。

「じゃあ魔法は諦める？」

「いえ」

真辺はまっすぐに彼女をみつめる。

その後ろに、優しい魔女が作った階段島がある。

「私に、魔法を貸してください」

「試験には合格できないのに？」

「はい。合格できないけれど、貸してください」

時任は笑う。

「マナちゃんは確かに、魔女に向いてるかもね。とっても我儘だから」

「じゃあ——」

真辺の言葉を遮って、時任は言った。

「でも、だめ。まだあげない」

時任が、ぱちん、と指を鳴らして。

その余韻が消えるころにはもう、彼女はどこにもいなかった。

8 七草 現実

三月二二日、月曜日。

学校は休みだった。正式な春休みは二五日からだけど、終業式までのスケジュールは補習授業に充(あ)てられている。

午前中に、僕は大江さんと電話で話をした。短い通話だった。彼女は今日、大地の担任の教師と話をする予定だという。物事は着実に進行している。僕や真辺には触れようのない場所で。きっと、大地さえ関係のない、大人たちの世界で。

これでいいんだ、と僕は思う。

僕たちは無力で、無力なままできることをすればいいんだ。

僕は近所のコンビニに行って、アルバイトの情報が載ったフリーペーパーをもらってきた。たまに大地と遊びにいけるくらいのお金が欲しかったからだ。アルバイトを始めるには、春休みというのは良い時期だと思った。一応、うちの高校はアルバイトを禁止しているから、接客業は避けたい。ファストフードやファミリーレストランの厨房(ちゅうぼう)か、工場の軽作業か。その中で、無理のない範囲で続けられるものがいい。

アルバイトを選んでいるあいだは、不思議と気持ちが穏やかだった。

これもある種の逃避なのかもしれない。大地の問題に、本質的には関われない自分から目を背けているのかもしれない。でも胸の中のもうひとりの僕も、そうしているあいだはなにも言わなかった。——当たり前だ。そんなもの、本当はいないのだから。今はもう、この世界にいる僕はひとりきりで、感情のすべては僕だけのものなのだから。

春休みが終わっても続けられそうなものを三つ、ピックアップして、母親が作った昼食を食べた。オムライスだった。父は仕事だから、ふたりきりの食事だ。

アルバイトを始めようと思う、と僕は言った。

そう。と母は答えた。それから少し間を置いて、続けた。

「なにか欲しいの？」

「友達と遊ぶお金が欲しいんだよ」

「別にいいけど、あんまり遅い時間になるのはやめてね」

「どうして？」

そう、僕は口に出して尋ねてみた。

母はスプーンをとめて、なんだかぽかんとした顔でこちらをみる。

「そりゃ、遅くなると危ないからでしょ」

と母は言った。

当たり前だ。わざわざ、尋ねるまでもなく。母は当たり前に僕を心配していて、僕は当たり前にそれを受け取っている。大地が持っていないものを、僕は持っている。いいだろ？　羨ましいだろ？　とっても素敵なんだぜ。

胸が痛い。

僕はありがとう、と言いたくて、それを口に出せるタイミングを探した。でも、いざ探してみると、なかなかみつからない。仕方なく「ごちそうさま」の後ろにつけた。とても小さな声だったから、母には聞こえなかったかもしれない。

それから部屋に戻って、真辺に電話をかけて、これから会いたいと言った。

今夜、魔女が僕の一部を、引き抜いていく予定だ。

＊

真辺由宇のマンションに招かれたのは、これが二度目だった。

ファミリー向けの、一二階建てのマンションの一一階。通路の突き当りにある部屋だ。彼女の両親は共に働いているようで、部屋には真辺しかいなかった。僕がお邪魔しますと言って、真辺がどうぞと応えた。

リビングの手前にある、彼女の部屋に通される。

シンプルな部屋だ。でも、以前来たときから、いくつか物が増えている。大地と遊ぶために買ったボールだとか、美術の授業で彼女が描いたモノクロの人物画だとか。真辺は意外に絵が上手い。笑みを浮かべたタキシード姿の男性が、強い陰影で描かれている。少し考えて、それがジャスパー・マスケリンだとわかった。以前、彼を主人公にした本を読んだことがあるのだ。

「どうして、この人を描いたの？」

と僕は聞いてみた。

「笑顔が良かったから」

と彼女は答えた。

でも僕には彼の笑顔が、それほど素晴らしいものだとは思えなかった。どことなく気弱げな、愛想笑いのようにみえた。

真辺がリビングから、クッションをふたつ持ってきて、僕たちはそれを敷いてカーペットの上に座った。僕は鞄の中から、フリーペーパーを取り出す。アルバイトを始めるつもりだということは、電話で伝えていた。

「君もどう？　一緒に面接を受けようよ」

「うん。いいのあった？」

「どれもだいたい同じにみえるな。なにかしたいのある？」

「新聞配達かな」

「へぇ。どうして？」

「朝、早いのは気持ちよさそうだよ」

「僕は嫌だ。できるだけ寝ていたい」

ま、別に同じ仕事でなくてもいい。たしかに真辺には新聞配達が似合うような気がした。早朝に家々を回る、朝陽みたいな仕事が。

フリーペーパーをめくりながら、彼女は言った。

「昨日も、あの階段に行ったよ」

「そう。なにかあった？」

「私に会った。もう私じゃなくなった私」

「なにを話したの？」

「私のこと、かな。私が捨てたものと、それを捨てた理由の話」

彼女はフリーペーパーを閉じて、床の上に置いた。見上げるように、僕に目を向けて、ささやかにほほ笑む。

「ちょうど、七草とその話をしたかったんだ。今日、連絡をくれてよかった」

「僕もだよ」

「え？」

「僕も、そういう話をしたかったんだ」

真辺由宇の内面に踏み込んだ話を。

今夜、魔女が僕の一部を奪い取ってしまう前に、できるだけ素直な気持ちで、彼女の話をしたかった。あくまで僕自身のために。僕にとっての、真辺由宇への感情を、欺瞞ではなく決定づけるために。

「どんな話をしたのか、教えてもらえる？」

「難しい話だったよ。私の考え方と彼女の考え方は違うし、私はもう彼女のことを完全には理解できないのだと思う。だから、誤解がないように説明するのは難しい」

「いいんだよ。君の言葉で説明してくれれば」

誤解のない会話なんて、そんな奇跡のようなこと望んではいない。今は、あの階段にいるもうひとりの真辺さえ重要ではない。

目の前にいる、ひとりの女の子を理解できればいい。それだって高望みしすぎだという気がする。でも、とにかくひとつ。僕はこの真辺由宇を、なにかひとつだけでも確信したい。夜空に浮かぶ潔癖な星の輝きではなくて、ひとりの人間として、理解したい。

頷いて、彼女は話し始めた。

「まず話したのは、魔法のことだよ。魔女の魔法では、人は変われないんじゃないかと、私は思う。もちろん、魔法で人格の一部を捨てると、なにかは変わる。だから表現としては正確ではないんだけど」

中途半端なところで、真辺は言葉を切る。

僕は頷く。

「わかるよ。それは成長と呼べるものではない」

同じことを考えて、僕はかつて捨てた僕を拾ったのだから。

真辺は頷く。

「そう。なにを成長と呼ぶのか、私にはわからないけれど。でも、ただ捨ててしまうだけでは、私が考える成長じゃない。捨てるのではなくて、自分と向き合って、私たちは議論する必要があった」

「それで？　君は自分と、充分に議論してきたの？」

今度は、真辺は首を振った。

「そこが難しいんだよ。私は答えが出る前に、彼女の前から立ち去った」

意外な話だ。真辺由宇らしくはない話だ。

彼女が自分自身と向き合ったなら、いつまでだって、どこまでだって、延々と答えがでない議論を続けそうなものだから。その意見が平行線だったとしても、この世界に実在しない定義上の直線みたいに、美しく無意味な無限を生みそうなものだから。

彼女は言った。

「私はたぶん、効率的になろうとしたんだよ」

効率的、と僕は反復する。

それもまた、真辺には似合わない言葉のように思えた。でも、違うのかもしれない。昔から彼女は効率を求めて、まっすぐに進んでいたのかもしれない。ただ直進が遠回りになることもあるのだと理解していなくて、壁を迂回する術を知らなくて。それをようやく、覚えただけなのかもしれない。

「つまり、自分自身との会話は、無駄だったということかな？」

「そうじゃないけど。でも、ふたりきりでいても、答えはでないんじゃないかと思ったんだよ。結局、それは私ひとりで考え込んでいるようなものだから。別の誰かの、できるならきみの言葉を聞きたくなった」

「光栄だね」

喉から漏れた僕の声は、自分でも乾いて聞こえた。

それは本心だったけれど、同時に、苦味も感じた。なにもかもを独りきりで決めていたころの彼女を知っているから。真辺由宇にとって、僕の意見なんて取るに足らないものであって欲しいと、今でも少しだけ願っているから。僕はまだ、僕の言葉が彼女を変えてしまう可能性を、どこかで残念に思っている。

「それで？　君は、なにに答えを出したかったの？」

なんだろう、と彼女はつぶやく。

それから長い間、沈黙していた。僕はその沈黙にじっと耳を澄ませていた。急かす必要はない。わざわざ彼女の沈黙を壊すほどの言葉は、ひとつも思いつかない。

　やがて、真辺は言った。

「上手く言えないよ。すごく簡単にまとめてしまうと、今の私と捨てた方の私、どちらが正しいのかってことだと思う。でも、こんなに簡単にまとめちゃいけないんだ、本当は。いくつも補足がいる。必ずどちらかが正しいわけでもないし、そもそも、正しいというのがどういう意味なのかもわからないから」

　軽く、息を吸う。

　勇気を出して、答える。

「君が正しいんだ」

　驚いた様子で、彼女はこちらをみる。

　実際、真辺は驚いていたのだと思う。僕自身も自分の言葉に驚いていた。まさかこんなことを、僕が言うとは思っていなかった。でも。

　あらゆる僕の、まるで矛盾するあらゆる感情が重なり合う点は、これだけだ。

「きっと君が考えていることに、正解なんてないんだ。あるいはとてもたくさんありすぎて、もう正解と不正解の区別もつかないような問題なんだ。なら、真辺。君が正しいんだよ。悩んで、答えを出せなくて、それでも答えにしたいひとつが正しい。たぶん、だから、君は自分自身の前から立ち去ったんだ」

自覚していないだけで、確信を持てないだけで、真辺はもう正解を知っている。

　そういうことなのだと思う。

「独りきりだと、ひとつだけの正解をみつけないといけない。でも、独りじゃなければ、それぞれが違った正解を持ち寄ればいい。だから君のも正解だ。君の答えも正解にするために、君は、独りきりであることをやめたんだ」

　やっぱり真辺は微笑む。寂しげに微笑む。

　僕は彼女のそんな顔、みていたくはなかった。でもその笑みが、愛おしくもあった。どちらも真実で、でもきっと、いつか僕はその一方を失うのだろう。

「きみは、もうひとりの私みたいなことを言うね」

「そう？」

「うん。そんな風に、言葉にはできないけど。でも、私が捨てた私も、同じように考えているんじゃないかな。だから本当は、こっちの私よりも、あっちの私の方が優しいのかもしれないね」

　よくわからなかった。

「君は、優しくないの？」

　自分を捨てて、真辺由宇はずいぶん優しくなった。

　そんな風に思っていたけれど。

「私は、なにかを選ぶのが怖いんだよ。ずっと昔から、本当は怖かったんだよ。でもその怖さから目を逸らしてきた。とにかく進まなければいけないんだと、自分に言い聞かせてきた。それはたぶん、きみが言った通り、独りきりではなかったからだと思う。他の人が別の正解を持ってきてくれるから、私は私の正解を信じられたのだと思う」

きっと、そうなのだろう。

真辺由宇はずっと、そうだったのだろう。

まるで夜空の星のような、孤独で気高いその輝きは、でも無数の星々のひとつでしかなくて。夜空のすべてを、独りきりで支えているわけではなくて。

あくまで数多（あまた）の輝きのひとつとして、そこにあったのだろう。

「私は成長して、優しくなったから、失敗が怖いんだと思ってた。きちんと失敗を怖がっているから、なにも選べないんだと思ってた。でも、もうひとりの私は違うと言う。足を止める原因を優しさにしちゃいけないし、決められないことを成長と呼んではいけないと言う」

とん、とノックのように、胸が鳴る。

それはたしかに、僕が信仰する真辺由宇の言葉だった。

――彼女に会いたい。

あの真辺由宇に。

心の底から、彼女に再会したい。

でもそんなことは、もうできないのだ。再び彼女に会うことができなくても、僕は今、目の前にいる真辺を愛することができるのだ。いや、どうしようもなく、愛することしかできない。信仰でなくとも、同じだけ強い気持ちで。

「なら、選べよ」

と僕は言った。

ずっと僕は、これを言いたかったんだ。足を踏み出そうとして、でもその先をみつけられなくて、なにかを踏み潰(つぶ)すことを怖(おそ)れて、同じ場所で足踏みをしているような彼女に。本心ではずっと、こんな風に言いたかった。

「以前の君のように、ではないよ。今の君のまま選べばいい。優しくありたいなら、いちばん優しいのを選べばいい。正しくありたいなら、いちばん正しいのを選べばいい。間違えてもいい。また選び直せばいい。僕は君を――」

否定しない、と言いかけて、だが胸の中の僕が強く首を振った。

――そうじゃないだろ。

と、いつか捨てた僕が言った。

――それを、恋だとか、愛だとか呼んでちゃいけないだろ。選べと言いながら、真辺に責任を強要しながら、僕だけがそこから逃げていちゃいけないだろ。

ああ。その通りだ。それは、幼くて、ずるい。

初めて、もうひとりの僕に同意した。僕も、選ばなければならない。

息を吸って、言い直す。

「もしも君が間違えたなら、僕が否定するよ。いくらだって、反論も議論もしてやるよ。僕も、僕にとって正しいひとつを選ぶから、君だって選べよ」

きっと。そんな風にしか、僕たちは進めないんだ。なにも間違えないままではいられないから、誰かが間違えてもいいように、愛情を持って否定し合うしかないんだ。

真辺由宇が顔を上げる。

よく知っている顔で、昔から何度もみた顔で、彼女は笑う。まっすぐな、自分が笑っていることにも気づいていないような顔で。

「ありがとう」

彼女は、言った。

「なら、私は諦めるよ。私はまだ子供で、できることなんか本当に限られていて。だから重たいものは、他の人に持ってもらうことを選ぶ」

それはやっぱり、かつての真辺由宇の考え方ではない。

でも、確かな一歩だ。充分に、心から愛せる一歩だ。きっとあのころの真辺にも反論できない、性質は違っても勇気のある一歩だ。

「いいね。できることから始めよう」

　と僕は言った。

「うん。そうする」

　答えて、彼女はまたアルバイトのフリーペーパーに手を伸ばした。


　僕たちはいくつかの、アルバイトの候補を選んだ。それから履歴書を買いにいき、証明写真を撮って、また真辺の部屋に戻り電話をかけた。まず選んだのはファストフード店の厨房だった。アルバイトが決まるスケジュールというのはよくわかっていなかったけれど、明日面接をするとのことで、ずいぶん早いなと驚いた。

　真辺の部屋を出たのは、午後四時になるころだった。それから一時間くらい、近所の公園のベンチで過ごした。中学二年生のころ、真辺由宇にさよならを言った公園だ。去年の夏の終わり、真辺由宇に再会した公園だ。魔女が僕の一部を奪い取っていくまで、僕自身について考えようと思った。

　でも、考えることなんて、もうなにもなかった。

　僕はもう、僕であることにさえ、こだわるのを止めた。

　これが本当の意味で自分を受け入れるということなのかもしれないな、と思えて、なんだか笑えた。

＊

眠りについたのは、ちょうど日づけが変わるころだったと思う。

ベッドに入って、あれこれとアルバイトのことを考えていた。労働の対価としてお金をもらう、というのは、当たり前なのだと思う。でも、上手く実感できなかった。僕がなにをしたところでそれに金銭的な価値が生まれるとは思えなかった。

こんなのみんな錯覚で、ただ緊張しているだけで、数か月もアルバイトを続けたなら報酬が発生することが当たり前になるのだろう。時給が低すぎる、なんて愚痴もこぼすようになるのだろう。言葉にしなくても、内心では。そんな変化に比べれば、これから魔女に自分の一部を奪われることくらい、なんでもないような気がした。

やがて、僕はまた、あの階段で目を開く。

目の前には髪の長い女性が立っている。新しい魔女。魔法を返してもらった魔女。僕は彼女の名前を知らない。

「もう一度、貴方(あなた)をもらいにきたよ」

とその魔女は言った。

僕は頷く。

「はい」

魔女は笑った。冷たい笑みだった。

「おや。ずいぶん、あっさりしてるね。覚悟を決めたの？」

「覚悟ってほど、大げさなものじゃないけど」

言葉にするのが、少し難しい。

今度こそ本当に、真辺由宇は成長したのだと思う。できないことを受け入れて、かつての自分自身と決別したのだと思う。

なら、僕は？　僕はおそらく、彼女ほどは変わっていない。あの階段で、自分自身に背を向けた彼女と、拾い上げた僕と。その違いは大きい。

でも。そんなことで悩むのも、馬鹿げている。

「魔法でなにを奪われても、僕はそれほど変わらないんだと思います」

「どうして？」

「だって、実際にそうだったから。一度、自分を捨てて、また拾って。それでも別に、変わらなかったから」

「そう？　私からは、ずいぶん変わったようにみえるな」

たしかに僕の考え方は、以前とまったく同じではないのだろう。感情のひとつひとつが、少しずつ変形しているのだろう。僕だって少し前まで、その違いが重要なことのように感じていた。

でも、そんなの勘違いだ。本当に大事なことは、魔法なんかじゃ変わらない。

夜の階段の冷たい空気を、ゆっくりと吸った。

「僕のことを、ずっと考えていたんです。真辺への感情を、恋だと決めた僕とか。真辺をまだ信仰し続けている、もうひとりの僕とか。でも、考えていると、どちらも本当の僕じゃないような気がしたんです。わかってもらえますか？　自分で考えている自分なんか、僕の想像上にしかいなくて。本当の僕はそれほど簡単に割り切れない、これといった信念もない、あやふやなもののような気がしたんです」

「わからなくはないよ」

足元に視線を落として、魔女は答える。

「誰だって自分の本心を、はっきり理解してるわけじゃないからね。意外なことで怒ったり、悲しんだり、意外と簡単に失望したり、なのにどうしても絶望できなかったりするからね」

彼女の声は、なんだか独り言みたいだった。でも、僕に宛てられた言葉ではあったのだろう。「それで？」と先を促されて、僕は続ける。

「たぶん、本当の自分なんか、結果論みたいなものなんです。僕はそんなもの、まだ持っていないんだと思います。あれこれ悩みながら、どうにか歩いた足跡を、ようやく自分と呼べるのかもしれません。なら、次にどちらの方向に進みたいのかだけ、考えていればいい」

僕はこれから、僕自身を、一歩ずつ獲得していくんだ。とにかく踏み出した一歩が僕の欠片(かけら)で、それを拾い続けるしかない。

「魔法は僕の考え方を変えたけれど、でも、目指しているところは、ずっと同じなんです。そりゃ多少はルートが変わったかもしれないけど、魔法があってもなくても、僕は同じ方向に、同じように進むんです」

行き先が同じなら、僕は変わっていない。

今の僕が違っていても関係ない。これから出来上がっていく僕は、同じだ。

「貴方はどこを目指しているの？」

と魔女が言った。

僕はその質問には答えなかった。

でも、回答と同じ意味のことを口にした。

「もうすぐ、真辺とアルバイトを始めるんです。頑張ってお金を稼いで、大地と遊びに行くんです。きっと、楽しい」

「そ」

魔女は書き損じた手紙を丸めて捨てるような、ぞんざいな口調で言った。

「じゃあどうして、貴方は泣いているの？」

涙が流れていることには、気づいていた。

今の真辺由宇をみていて、泣かないではいられなかった。

中学二年生の夏に僕が怖れていたことが、目の前で現実になったのだ。あの高貴で強く、か細く脆い輝きが、傷ついて壊れたのだ。

「嬉しいから、泣くんです」

その言葉は、神さまの耳には、嘘に聞こえたかもしれない。だって僕は、悔しくて泣いていたんだから。でも僕にとっては、言葉の方が真実だった。これを嬉しくて流した涙にしようと決めて、そっちに足を踏み出した。なら、きっと大丈夫だ。これからの僕は、ネガティブな涙を、もっと肯定的な意味に変えていける。

魔女はもうなにも言わず、一段ずつ階段を下りて、僕の目の前に立った。

彼女の右手がそっと、僕の両目を覆う。暗闇の中で、魔女の声が聞こえた。

「もう一度、自分に会いたい？」

「いえ」

もう、そんな必要もない。

彼のことなんか、知ったことではない。

「もしもあいつに会ったら、伝言をお願いできますか？」

「気が向いたらね。なんて伝えたいの？」

「もう、好きにしてくれ」

彼のことが、少しだけ羨ましい。彼のままでいられたなら、僕は幸せだったのだと思う。

それでも、僕にだって、僕の幸せがある。

「僕は勝手に幸せになるから、君も勝手に、幸せになってくれ」

「わかった」

魔女が答えて、暗闇が消えた。

もう目の前に、彼女はいなかった。僕ではない僕が立っているわけでもなかった。

独りきり階段にいる。階段の霧は晴れ、目の前には圧倒的な星空が広がる。僕を射すような、断罪するような光の一筋に目を細める。

大きく息を吸って、吐いた。その潔癖な光で胸を満たすように。

「さよなら」

と、誰かに告げる。

でも本当は、誰かと別れたわけでさえないんだ。

きっと。生まれて初めて、僕自身を思い出しただけなんだ。

三話、なんて深く呪いに沈んだ世界

1　七草　三月二三日（月曜日）

そして僕は、階段に立っていた。

目の前に僕がいた。

「僕は勝手に幸せになるから、君も勝手に、幸せになってくれ」

と彼は言った。

――ふざけるなよ。

勝手に僕を捨てて、勝手にまた拾って、勝手に満足して。それで、幸せになれって、なんだよ。

「そうじゃないだろ」

と僕は言ってみたけれど、彼には聞こえないようだった。目を開いた彼は、ただ、霧がかかった夜空を見上げていた。

　ふいに、彼はみたことのない顔で笑う。

　泣き笑いみたいな、溶けかけの氷みたいな、僕の知らない表情だ。きっと彼だって自分自身のそんな顔、知りはしないだろう。ついさっきまで彼の一部だった僕が言うのだから間違いない。

「さよなら」

　と彼は言う。その言葉を最後に、彼は消えた。初めからそこにはいなかったように。

　演出もなく、感情も残さず、ただ消えた。

　それで、僕はひとりきり、階段の半ばに残された。

　三月の階段は肌寒い。現実でベッドに入ったままの姿でこちらに来たようで、着ているのは薄いパジャマだけだった。頰をこすりながら、僕は口を開く。

「時任さん」

　掠れた声だ。やすりがけをしていない声だ。

　なんだか情けなくて、僕は笑う。

「時任さん。お話ししましょう」

　彼女の声が聞こえた。

「おかえり、ナナくん」

おかえり？　本当に、それで正しいのか？

僕は振り返る。時任さんは、階段の五段ほど下に立っている。

「僕は、誰ですか？　時任さんは彼から、なにを奪ったんですか？」

「なんだっていいでしょう、そんなの」

僕は。この僕は、まるで彼に拾われる直前の僕みたいだ。堀に愛情を持ち、真辺を信仰する僕だ。違うのは、現実でのこの数日間を知っているだけで。傷ついた真辺由宇をみて涙を流しただけで、あとはまったく同じ僕みたいだ。

でも、じゃあ彼は、なにを失ったのだろう？

僕と彼とはどこまで同じで、どこからが違うのだろう？

時任さんは微笑む。

「ナナくん。貴方はなんにも捨てないままで、いられたかな？」

僕は頷く。

「もちろん。なにも捨てていません」

「本当に？　そんなはずがないよね？　誰だって同じだよ。なにかを選ぶたびに、なにかを捨てている。なにも選ばなくても、やっぱり選ぶことを捨てている。私たちはどうしようもなく失い続けている」

視点の問題だ。そんなの。

考えるだけ無意味なことだ。

「僕たちは初め、なにも持っていないんだと思います。選ぶたびに、ひとつずつ獲得しているだけなんだと思います。だからなにを選んでも、選ばなくても、僕たちはなんにも捨てていません」

「まるで詭弁だね」

「ええ。どちらも」

自分を捨てたと考えるのも、獲得したと考えるのも。詭弁と詭弁が手を取り合ってダンスを踊っているようなものだ。同じ動きをくるくると繰り返すだけの、終わりのないダンスだ。

「もうひとりの僕が言った通りです。自分らしさみたいなものに囚われているから、自分が変わっていくことを、なにかの欠落みたいに感じるだけです」

視点によっては、生きることは失い続けている。別の見方をすれば、生きることは獲得し続けている。ならそんなことで考え込むのは馬鹿みたいだ。

「堀に会いたい。会わせてください」

「会って、どうするの？」

決まっている。

「これからの話をするんです」

「でも貴方が、階段島（かいだんとう）を否定した」

「ええ」

否定するためだけに階段島の僕を拾うなんてこと、してはいけなかったんだ。彼女の魔法が成長を阻害しているなんて、そんな責任転嫁（てんか）、許されることじゃなかった。

でも僕はそれをした。

階段島の外側から、堀の優しい夢を踏みにじった。

「だから僕は、堀に会わないといけないんです。これからの話をしないといけないんです」

できるなら、もう一度やり直すために。

間違いをひとつずつ正していくために。

欺瞞（ぎまん）でも捨てるのではなく獲得するために、僕はなにかを選ばなければならない。

「でもさ、意味あるかな？　魔女はもう、私だよ」

「知ったことじゃありませんよ。そんなの。欲しければ返してもらいます」

「できる？」

「たぶん。どうして時任さんは、また魔女になったんですか？」

「どうしてかな」

彼女はわずかに首をかしげて、素直に考え込む。

僕は、はあと息を両手に吹きかけた。その息は白く色づき、でも辺りの霧に混じる間もなく消えた。

やがて、時任さんが答える。

「意外と、私は幸せだって気づいたからかな」

「それはよかった」

「とてもよかった。だいたいあの子のおかげだよ」

「堀？」

「うん」

「堀が、なにをしたんですか？」

「階段島を作った。魔法を肯定しようとしてくれた」

「それが、時任さんの幸せなんですか？」

「きっとね」

「どうして？」

彼女は、ぱちん、と指を鳴らした。

あまり良い音ではなかった。どこか湿った、梅雨時季の空気みたいな音だった。そのすぐあとで、僕の頭の上になにかが落ちてくる。それで前がみえなくなる。

手に取ると、柔らかな素材のコートだった。おそらくカシミヤだろうと思う。

「寒いでしょう。長い話になる」

時任さんは階段に腰を下ろす。

僕はコートを羽織って、彼女の隣に座った。コートは魔法がかかっているみたいに暖かだ。手や頬まで冷たさを感じなかった。

「魔女が出てくる、昔話をしよう」

時任さんは視界の悪い夜空を見上げている。

「だいたい八年と、半年くらい前かな。この世界ができるよりも前、神話みたいに古びた時代のある日、私は駅前で、泣いている女性をみつけた」

2　時任　八年前

駅前で、泣いている女性をみつけた。

時任は彼女を知っていた。高校の教師で、美術部の顧問だった人だ。その女性は同じ高校の卒業生で、一部の親しい生徒からは「先輩」と呼ばれていた。

先輩の涙は、時任の気持ちを奇妙に騒がせた。彼女の涙の理由を知りたいと思った。いや、知りたくなんかなかった。浴室で髪を洗っているときに聞こえてきた物音みたいなものだ。気味が悪いけれど、背後を確認しないわけにもいかない。そのままにはしておけない種類の不安が、胸に刻まれた。

　だから、その夜、時任は魔法を使った。

　魔女の世界に、一夜だけ彼女を連れ込み、頭の中を覗(のぞ)いた。

　彼女の涙の理由を知ることは、難しくはなかった。彼女には恋人がいた。三つ年上の、優しい男性だった。ふたりはかつて、結婚を約束していた。

　先輩の恋人は、車椅子(くるまいす)に乗っていた。血液細胞の遺伝子が変異し、正常に機能しなくなる病が理由だった。貧血がひどく、そのせいで歩くことが困難になる。

　病状は薬剤の投与で一時的に改善していたが、一年ほどで再発し、現在はかなり危険な状況にあるようだ。手術が必要だが、そのためにも多少は体調が回復していなければならない。これがなかなか上手(うま)くいかない。あまり強い薬を使うと、彼の身体(からだ)の方がもたないだろうという見立てで、時間をかけて経過を見守るしかない。

　そうすると、わかりやすい問題が持ち上がる。教師としての仕事を続けながらの介護は先輩を確実に苦しめた。時任が高校を卒業した少しあとで、過労で倒れたこともある。肉体が不調だと、心も疲弊しやすくなる。だが先輩が仕事を辞めるわけにはいかない。高額の医療費は、ある程度国から返金を受けられる制度があるが、それでも治療が長期に及ぶとかなりの金額になる。ふたりが将来のために貯(た)めていた預金も切り崩し、そろそろ底をつきそうな状況だった。

先輩は、どれほど苦しんでも恋人を見捨てるつもりはないようだ。一方で、彼の方はもう結婚の約束を果たすつもりがないらしいということも察していた。愛しい恋人は、迷惑をかけながら生き長らえるよりも、できるだけ静かに死にたいと思っている。つまり自殺を考えている。

今日、先輩は、父親から縁談を持ちかけられた。父親は現在の恋人と別れるべきだと考えていた。それで口論になり、言いたくもないことを言い合った。でも涙を流したいちばんの原因は、父の言葉に、少しだけ説得されそうになったことだった。

「それも、ひとつの方法ではないですか？」

と時任は言った。

口に出して、なんだか馬鹿げているなと思った。当時、時任は一九歳で、先輩は二七歳だった。彼女だって、昨年まで教え子だった一九歳に、こんなことで口出しされたくはないだろう。

だが先輩は、そのことに怒りも、笑いもしなかった。彼女は時任の魔法で、ある種の洗脳状態にあった。時任が魔女だということを疑わず、心を偽った発言もしない。そういう風に、意識の在り方が作り替えられていた。

だから先輩は素直に答えた。

「私も、少しはそう思っている。彼のことは愛しているけれど、でも彼との未来が幸せなものだと信じられない。ずっと今みたいな状態が続くなら、やっぱり辛い」

「私に、先輩を助けられますか？」

「さあ。私は魔法のことを、よく知らないから。彼の病気を治せる？」

「いえ」

魔法は、現実にはほとんど無力だ。魔女の世界に、病が完治した彼を生み出すことならできる。でもやっぱり現実では、彼は苦しみ続けている。

「私ができるのは、人格の一部を引き抜くことくらいです。これは極論ですが、先輩から不安を消すことならできます。反対に、恋人への愛情を消すことも、できます」

「どちらもいらない」

と、彼女は即答した。

当たり前だという気がした。

なら、と時任は続ける。

「先輩の恋人から、ネガティブな感情を消すことも、できます」

その提案は、多少なりとも彼女の興味を引いたようだった。きゅっと眉を寄せて、苦しげな表情で彼女は言った。

「でも、私はあの人を信じているから」

魔法を否定されたように感じたからだろうか？

　その言葉は、時任を苛立(いらだ)たせた。

「信じるって、綺麗(きれい)に聞こえる言葉ですよね。そう言っておけば、傍観していても許されるような気持ちになりますよね」

「なにが言いたいの？」

「ただ信じて、具体的なことはなにもしないなら、それは逃避です」

「でもあの人の気持ちを、魔法なんかで作り替えてしまっていいわけないでしょう」

「どうして？　好きにすればいいんです」

　自分の言葉が、いかにも魔女らしいような気がして、時任は笑う。

　でも、本心ではあった。

「たとえば彼が手首を切ったとして。それを先輩が偶然みつけたなら、本人が決めたことだから、そのまま死ねばいいとは言えませんよね？　勝手に止血して、勝手に救急車を呼びますよね？　そこにもし私がいて、魔法で治してあげると言ったら、きっと頷きますよね？」

　彼女は不快そうに口元に力を込める。

「そりゃそうよ。でも、そんなのまったく状況が違うでしょ」

「いえ。目の前で起こったなら決められることを、想像だけでは決められないのは、逃げているだけです」

先輩は怖ろしい目つきで時任を睨んでいた。暴力的ではないし、鋭くもない。身の危険は感じない。でもネガティブな感情がむき出しになった目だった。

彼女が口を開く前に、時任は言う。

「それとも本心じゃ、恋人が死んでくれた方が楽だと思ってるんですか？」

時任を睨む目が、いっそう険しくなった。

「馬鹿なこと、言わないで」

怒られて当然だ。

時任は息を吐き出した。

「すみません。言い過ぎました」

「いえ」

「私は先輩の味方です。それに魔法は、先輩の背中を押せるはずです」

どちらの方向にでも、押せるはずだ。

先輩は心から恋人を愛している。一方で、恋人が自身の負担になっていることも自覚している。そして、ほんのわずかだったとしても、彼が死ねば楽になれるのではないかと想像している彼女も確かにいる。

なら、恋人の元を離れられるように感情を変えるのは、彼女の救いになるのではないだろうか。あるいは反対に、苦しくても恋人と過ごせる現状を、素直に喜びとして受け取れるようにするのも、救いになるのではないだろうか。

どちらにせよ、今の先輩よりは、幸せな彼女になるはずだ。でも、彼女は、魔法を求めてはいない。

「またお話ししましょう」

そう告げて、時任は魔法を使った。

先輩から魔女の世界の記憶を奪い、彼女の意識を現実に送り返した。


それからの時任は、先輩のことばかり考えて過ごした。

純粋に、先輩に幸せになって欲しかった。それは本心だ。でも同時に、魔法の価値を証明したい、という思いもあった。

先輩は代わり映えしない毎日を送っていた。学校に行き、授業をこなし、夜には恋人の病院へ向かう。毎日、時間外入り口の重たいドアを開ける。彼と少し話をして、身の回りを整理し、洗濯物があれば回収する。病院から距離があるため、自宅に帰り着くころには、もう日づけが変わろうとしている。夜中に、隣人の機嫌を損ねないだろうかと怯(おび)えながら洗濯機を回すこともある。そして眠りにつき、翌朝また学校へ向かう。

時任は月に二度ほどの頻度で、先輩を魔女の世界に呼び、話をした。彼女は決して魔法に頼ろうとはしなかった。

「どうしようもないのよ」

と彼女は言った。

「なんの希望があるわけでもないの。あの人を愛し続けているのも、だれにも頼らないのも、同じ毎日を続けているのも。ただ諦められないだけなの。諦めると本当に、すべてが壊れてしまいそうで、怖いだけなの」

季節を越えた昆虫と同じように、彼女は着実に弱っていくようだった。笑い方がぎこちなくなり、言葉に起伏がなくなり、だがふとしたことで驚くほど感情的な言葉を口にするようになった。

その変化は悲しかった。

当事者だとは言い難い時任でさえ泣きそうになった。疲れ果てた彼女をみるよりも、かつて他愛もない話をしていた、美術室での先輩を思い出すことの方が辛かった。

＊

「そろそろ、話を聞くのが嫌になってきた？」

と時任は尋ねた。

隣に座った七草がわずかに顔をしかめる。

「初めから、聞きたい話ではないですよ」

そりゃそうか。こんなの、どうしようもない悲劇で、そのことは七草にだってわかっているだろうから。

「じゃ、この辺りでやめとく？」

「いいえ。聞かせてください」

時任は頷く。それから、できるだけ感情的ではない口調で続ける。

「それからしばらくは、なんにも変わらなかったんだよ。先輩は疲れていたし、恋人は苦しんでいたけどね。あのまんま、時間が過ぎていって、ふたりはゴールできてもおかしくなかったんだよ」

ゴール。と七草が、小さな声で反復する。

そう。ゴール。それがどんな形のものなのかは、時任にもわからない。当時もわからなかったし、今だってわからない。なんにせよゴールと呼べるもの。

最良なのは、間違いなく恋人の病の完治だ。それだって、あり得ない話ではなかった。でもそうではないゴールもある。彼が死んでしまえば、やっぱり先輩は解放されたのだろう。もちろん悲しいけれど、きっと彼が死ねば、先輩は安心しただろう。その安心に罪悪感を覚えながら、また新しい生活を始められただろう。

「でもね、三人目の登場人物が現れる。恋愛ものだとありきたりだよね？　見方によっては、三角関係と呼べる状態になる」

その人物は、先輩の父親が持ってきた縁談の相手だった。

彼と先輩は面識があった。中学生のころの同級生だったのだ。実のところ、縁談の話も彼の方からアプローチしたものだった。でもなかなか良い返事を聞けなかったから、彼自身が先輩に接触した。

「中田さんっていう人なんだけどね」

時任が口にした名前に、七草が反応したのがわかった。

不思議なことではない。中田。彼は今、階段島にいる。この島ができたばかりのころに現れた、最初期からの住民のひとりだ。七草とも面識があるはずだ。

時任は続ける。

「簡単にまとめると、結婚を前提に付き合いたい、みたいなことを中田さんは言った。それで、先輩たちの関係が、変わり始めることになる」

＊

中田の家系は元々、ある地方の地主だった。祖父の代で病院を開業し、父がその規模をずいぶん大きくした。中田自身も医師免許を持っている。とはいえ難病の治療に向いた病院ではないから、先輩の恋人には直接的な関係はない話だ。

先輩と中田は、同じ中学校に通っていたが、親しかったわけではない。先輩の印象にはほとんど残っていなかった同級生で、名前を聞いても顔を思い出すかどうかという程度だった。

一方で、中田は先輩を愛していた。長いあいだ一貫して愛し続けていた。彼女のなにが中田を強く引きつけたのかはわからない。どうやら中田自身にもよくわかっていないようだった。

とにかく中田は中学生のころ、ほとんど会話をしたこともなかった先輩に、ひっそりと、だが真剣に恋をして、その感情をどこか深いところに埋めていた。タイムカプセルみたいに、丁寧に密封して。それから一〇年ほど経ち、自身も医者として働き始めてようやく、そのタイムカプセルを掘り起こした。中身は中学生のころと変わらないまま、古びもせずに残っていた。そういうことのようだった。

時任は一度だけ、中田を魔女の世界に招いた。彼の本心を知りたかったのだ。

二〇代の半ばから後半に差し掛かった中田は、魅力的な男性だった。一見するだけで高価だとわかる、落ち着いたスーツに身を包んだ、清潔で知的な人だった。でも時任は彼の瞳が、自分を不思議と不安にさせることに気づいた。その不安感は、先輩の涙をみたときに似ていた。自分よりも年上の、大人と呼べる人が、でもなんらかの欠落を抱えている。そういった違和感からくる不安だろうと思った。

「どうして、今さら告白したんですか？」

と時任は尋ねた。

中学生の恋愛なんて、卒業式までに終わらせておきなさいよ、という気分だった。

落ち着いた声で中田は答えた。

「私は、要領の悪い人間なんです。なんであれ、ひとつずつしか処理できないんです」

「それで？」

「私は医者になりたかった。両親の希望でもあったし、私自身、その職業に憧れていました。でも、残念ながら、特別に頭が良いわけではなかったものですから。医者になるまでは、そのことだけに集中しようと決めていました」

なるほど、と時任は頷く。

そして実際に医者になったから、中田はようやく、愛する人に近づこうと決めた。

わかりやすい話ではある。夢と恋愛について語るにしては、少しわかりやす過ぎるのではないかという気さえする。

「彼女には恋人がいます」

時任はそう言ってみた。

中田は頷く。

「でも、まだ結婚はしていません」

「結婚していたら、どうするつもりだったんですか？」

「わかりません。それを祝って、花束でも贈っただろうと思います」

「向こうにしてみれば、ほとんど記憶にもないクラスメイトなのに？」

「ええ。気持ち悪いかな。でも、とにかく私は、医者になったら自分の初恋にけりをつけるつもりでした。どんな形であれ」

「プロポーズであれ、祝福の花束であれ」

「そういうことです」

それはずいぶん奇妙な話のように思えた。

学生のころ、よく知りもしない相手に恋心を抱くのは、まあわかる。相手なんか無関係に、幻想に対して恋できる歳だ。でも、それはもう一〇年も前のことなのだ。顔を合わさないまま、同じ感情が一〇年間、変わることなく継続するだろうか？

「彼女の恋人のことを、少し調べました」

と中田は言った。

時任は苦笑する。

「それも、気持ちの悪い話ですね」

「ええ。でも、後悔はしたくありませんから。できることはなんでもします。私は、心から彼女が幸せになればいいと思っています。相手が私であれば素晴らしいけれど、そうでなくてもかまいません」

「彼は、どうでしたか？」

中田はしばらく、細い顎に手を当てて考え込んでいた。

やがてゆっくりと首を振った。

「助かる見込みは、あまり高くありません。一般的に考えて、若くして死んでしまうのであれば、人生の伴侶として適切だとは思えません」

「人の幸せを一般論で語れますか？」

「それは、私にはわからない質問です。でも、言い換えてもいい。私の物差しでは、としてもいい。あくまで私の価値観では、彼よりも私の方が、あの女性を幸せにできる」

彼の言葉は、たしかに一般論ではあるのだろう。

いつ命を落としてもおかしくない入院患者と、それなりに大きな規模の病院の跡取り息子とを比べたなら、やはり後者の方がずっとポイントが高いのだろう。中田の表現はドライすぎるような気もしたが、それは仕方のないことだ。時任は彼から、魔法で嘘を奪っていた。むき出しの本心がこれなら、中田が、人としておかしいとも言えない。

中田は言った。

「ずいぶん迷ったのですが、私は、彼女に提案しました」

「どんな提案ですか？」

「恋人のことについて。うちの病院では、お力添えをすることは難しいようです。ですがよりよい病院を紹介することはできます。たとえば海外の病院に移れば、日本ではまだ認可が下りていない薬を試せます。臨床実験でよい結果を出している薬です。それに、より直接的には、金銭的なことでも相談に乗れます」

言葉を選ばず、時任は尋ねる。

「つまり、今の恋人を救う代わりに、自分のものになれということですか？」

中田は首を振った。

「いえ。プロポーズとはなんの関係もない話です。私は彼女の幸せを願っています。本当に。純粋な善意から出た提案です」

「でも」

そのひと言で、時任は言葉を止めた。

中田は頷き、時任が言おうとした言葉を引き継いだ。

「はい。でも、彼女にはふたつを切り離して考えられないだろう、ということもわかっていました」

「なら貴方の本心がなんであれ、彼女には脅迫のように聞こえたはずです」

「その通りでしょう。でも、なら私は、どうすればよかったのですか？　ただ苦しんでいる彼女と、ただ死にゆく彼を、黙って眺めているべきでしたか？　もっというなら、私は自分の恋心に、黙って背を向けるべきでしたか？」

そうではない。

こうするべきだった、という具体的な答えのある話ではない。

中田の行動は気持ち悪くみえる。でも、彼がどうしていたところで、時任が充分に満足することはなかっただろう。悲劇的な恋人たちに割って入る第三者なんて、はじめから気持ち悪くしかなりようのない立場だ。

「貴方の提案に、彼女はなんと答えたんですか？」

と時任は尋ねた。

「まだ、返事はもらっていません。いつまででも待ちます。でも」

中田はセイコーの実直な時計に視線を落として、言った。

「人は一秒ごとに、選択を迫られているのだと思います。なにも選ばない、ということはできません。保留であれば保留を選んでいる。そして状況は変わり続けます」

恋の話には聞こえない台詞(せりふ)だ。

でも、実際にその通りなのだろう。

先輩もその恋人も、ずっと足踏みを続けていた。その、なんにもできないでいる一秒ごとに傷つき、疲弊して、少しずつ終わりに近づいていた。

＊

ここまで話をして、時任は息を吐き出した。ため息ではない。深呼吸のようなものだ。しゃべり続けるのは重労働だった。

言葉が途切れた合間に、七草が言った。

「中田さんというのは、僕も知っている中田さんですか？」

「どうかな。捨てる前と捨てられた方っていう違いはあるけれど。でも、やっぱり同じ人なのかな。階段島に来る前の彼だよ」

中田は——捨てられた方の彼は今、配電塔の隣の小屋で独りきり、時計の秒針を解放し続けている。

「私はどちらかというと、中田さんに同情的でね。あの人は、あくまで素直な自分の気持ちを言葉にしただけだから。本当はいちばん、誠実だったんだと思う。先輩や恋人が不誠実だってわけじゃないけどね。なんにもできなかったふたりより、行動した中田さんの方が、やっぱり偉いんじゃないかな」

でもその結果、やっぱり彼もひどく傷つくことになる。自分の一部を階段島に捨てて、欠けた自分で生きていくことになる。

七草はしばらく、なにか考え込んでいるようだった。

やがて彼は、小さな声で先を促す。

「それから、時任さんの『先輩』はどうなったんですか？」

時任は、いちばん口にしたかった言葉を告げる。

苦しくて、悲しくて、胸が痛い。だから自身への欺瞞でも、どこかで外に出したかった言葉だ。

「それから、悪い魔女の魔法で、ひとりの人間が命を落とすことになる」

と、時任は言った。

＊

中田が現れたことで、先輩とその恋人の関係は、ゆっくりと変化し始めていた。

先輩は中田の提案に、返事ができないでいた。

恋人の病が治る確率が少しでも上がるのであれば、なによりも優先されるべきで、他のすべてを後回しにしてもよいのではないかと思った。どうしようもなく、病に伏せる彼よりも中田を選んだ方が、自分は幸せになれるのではないかという想像も膨らんだ。

でも一方で、自身に求婚する男性の協力を受け入れることにも抵抗があった。

どうやら恋人の方も、中田の存在には気づいているようだった。

先輩には、恋人の様子が少しずつ変化しているのがわかった。彼は先輩と距離を取りたがっていた。見え透いた理由をつけて、先輩を病室から遠ざけようとした。先輩も、無理にはそれに逆らわなかった。

それで彼女の生活は、タイムスケジュールの上では、多少の余裕が生まれることになった。だが不思議なことに、その時間は彼女の救いにはならなかった。かつては病室を訪れていた時間で、友人に連絡を取ることも、自分のために食事を作ることもできたはずなのに、彼女はたいていてい泣いて過ごした。実際に涙を流すことは稀でも、暗い部屋の片隅で、独りきりじっと沈み込んでいた。

人が変わるのに、具体的なきっかけなんかいらないのだと思う。

日々のちょっとしたストレスだとか、積み重なった不安だとかで、シームレスに変化していくのだと思う。海辺の金属が酸化していくように。

先輩の涙を時任が目撃してから半年ほど経ったころ、三月のある寒い日に、恋人の病室で先輩は言った。

珍しく陰のない笑顔を浮かべていた。

「実は私、プロポーズされたの」

そのときの彼女の心境を、時任は知っている。夜中にまた魔女の世界に招いて、心の中を覗いたからだ。

先輩は、どんな形であれ現状を終わらせたがっていた。

「相手は中学生の同級生で、とくに親しくもなかった人なんだけど。私、びっくりしちゃって、まだ返事ができていないのよ」

もちろん彼女は、そんなもの断れと言われたかったのだ。どこにも行くなと言われたかった。でもその可能性は低いことも知っていた。彼の方から別れ話を切り出したなら、受け入れるつもりだった。

とにかく、今日が終わって。

今日とは違う明日が始まることを、先輩は望んでいた。

でも恋人は、なにも決めてはくれなかった。

「そう」

と優しくほほ笑んだだけだった。


その、恋人の態度が不満で、時任は彼を魔女の世界に招いた。

彼とじっくり話をしたかったのだ。先輩のこれからのことをどう考えているのか、彼の態度をはっきりさせたかった。

でも実際には、それはできなかった。

彼の心を覗き込んで、比喩ではなく吐き気がした。彼は、時任とはまったく異なる日々を生きているのだとわかった。

これまで時任は、残酷な人間の心を覗いたことならあった。自分本位で苛立たしい人間も、的外れな傲慢さを持つ人間も知っていた。どれもみていて気持ちのよいものではなかった。でも彼の異常性は、そんなものとは根本から違っていた。

彼の心は、むしろ綺麗でさえあった。ネガティブな感情は薄く、自分の周囲にある様々なものへの感謝と愛情を多分に含んでいた。なのにそれは気味の悪い心だった。理由はただひとつだ。彼は死ぬことを、あまりに身近に置いていた。

――これは、本当に生きている人間の心なのだろうか。

時任はため息をつく。

彼の日常には、あらゆるところに自身の死があった。悲しみが死に繫（つな）がり、喜びが死に繫がる。彼にとって未来を思うことは、自身の死を思うことと同義だった。誰かのために綺麗な死をイメージし、自身のために安らかな死をイメージしていた。

時任のみる限りにおいて、彼はもう、生きることを諦めていた。

なにかひとつ。ほんのひとつ。きっかけがあれば、彼は簡単に死ぬのだろう。

そして彼はすでに、そのきっかけをみつけつつあった。中田のことだ。先輩に求婚する裕福な男性が現れたことで、彼にとって、死がいっそう身近なものになったのだとわかった。それはもう、彼自身と完全に重なり合っているほどに。

時任には、彼と対話できる気がしなかった。

なにを言っても、彼にとってはまったく無意味なのではないかと感じた。

だから、一方的に宣言した。

「私は、貴方の一部を奪います」

生き続けることを諦めている彼から、時任は、諦めを奪った。

心の在り方は、肉体にまで影響を及ぼすようだった。

諦めることを失った彼の病状は、目にみえて好転した。顔色がよくなり、口数も増え、しばしば無邪気に笑うようになった。ずいぶん久しぶりに、病院を離れる許可もおりて、ほんの二週間ほどだが先輩との共同生活を送った。

――私は、正しいことをしたのだ。

と時任は確信していた。

――魔法は、現実の人間を癒すことだってできる。

そのはずだった。けれど。

およそ二か月後、彼は死んだ。

＊

「病気ですか？」

と、七草が尋ねた。

時任は首を振る。

「きっと、自殺だと思う」

あのときのことを説明するのは、やはり苦しい。

でも時任は、箇条書きのように、ひとつひとつ言葉にした。

ある五月の晴れた日に、彼は姿を消した。

車椅子は残されていた。杖で出かけたようだった。

発見されたのは四日後だ。ずいぶん離れた県の、浅い沖合いで釣人がみつけた。あちこちが傷つき、その傷口から腐敗が始まっていた。おそらく蟹や海老が齧ったのだろうとのことだった。

その死は、事故として処理された。

理由はいくつかある。彼は海の近くの温泉宿に、一週間ほど部屋を取っていた。宿を出た時点でも不審な様子はなく、夕食のメニューを尋ね、貝類が苦手だから外してほしいと注文をつけていた。

遺書はみつからなかった。かわりに日記帳が残されていた。そこには、死ぬと決まったわけではない、なんとしても病を完治させると繰り返し書かれていた。

どれも自ら死ぬ直前の行動ではない。

「だから、あれが自殺だったって証拠は、ひとつもない。でも私は確信している。だって彼が独りきりで旅行に出かけて、海に落ちる理由なんてない」

「でも、魔法で諦められなくなった人間が、自分で死にますか？」

「死ぬよ。たぶんね。むしろ私の魔法が、直接の死因だったんじゃないかな」

わからない。けれど、その想像には説得力があった。

七草はじっとこちらをみている。

時任は、涙を流すかわりに笑ってみせた。

「私は間違えたんだよ。人間の心って、そんなに簡単なものじゃなかった。あの人の感情はぐらぐら揺れる積木みたいなもので、なにかひとつでも抜け落ちると簡単に崩れちゃうような危ういバランスで。なのに私が乱暴にひとつを取り出したから、崩れた」

彼の日々は、諦めないで生きるには辛すぎたのだろう。すべてを諦めて死を想像し続けていたことで、どうにか生きていられたのだろう。でも魔法で、諦めることを奪われて、それで。たったひとつだけ、いちばん大切なものを諦めないために、周到に彼は死んだのだろう。丁寧に準備をして、まるで自殺にはみえないように工夫して、事故のように死んだのだろう。

魔法にかかった彼は、強い意志で、諦めずに自殺を敢行したのだ。

「あの人を殺したのは、私なんだよ」

だから時任は、もう一度先輩に会わないわけにはいかなかった。

＊

状態がよくなかったため、遺体はすぐに焼かれて、葬儀は遺骨で行われた。血縁者だけの極めて小規模な葬儀だった。

骨で行う葬儀は、あっけないものだった。霊柩車が火葬場に向かって発車することも、煙突から立ち上る白い煙を見上げる必要もなかった。

その葬儀で、先輩は涙をこぼさなかった。ただ不機嫌そうな顔つきで、彼の遺影を睨んでいただけだった。

陽が傾く前に葬儀は終わり、先輩は電車に乗って、自宅のある街に戻った。

改札を出た先の、駅前の通りが、昨年の夏に時任が彼女をみかけた場所だった。あのとき彼女は街路樹の陰で、身を隠すように泣いていた。でも今日はそうではなかった。

葬儀場から変わらず、石膏で作ったような、硬い表情が少しも変化しなかった。

葬儀の夜、時任はまた、彼女を魔女の世界に招いた。

どうしても言っておかなければならないことがあったのだ。

「知っていますか？」

と時任は言った。

「あの人は、私が殺しました」

泣かないと決めていた。謝らないと決めていた。自分は悪い魔女なのだから。いかなる意味でも楽にはならないと決めていた。そういう風に傷つくことも、自分への慰めのような気がして、ただ苦しかった。

先輩は、そのときも変わらず、不機嫌そうな顔つきでじっと時任を睨んでいた。恨みをむき出しにした、呪うような目だった。

「どういう意味？」

「私は貴女の恋人から、諦めを奪いました。そうしないと、すぐにでも彼が死んでしまいそうだったから。でも、それで――」

時任は、言葉を選ぶために考え込む。

できるだけ自衛のようには聞こえない言葉がいいと思った。これ以上、彼女を傷つけない言葉がいいと思った。でも考えているうちに、そうすることも馬鹿げていると気づいた。どうせ先輩は、この会話のことなんか、すぐに忘れる。彼女が現実に戻るとき、時任はその記憶を消し去るつもりだ。これまで通りに。

――だからこんなもの、ただの私の自己満足だ。

悪い魔女の、暇つぶしだ。

時任は言った。

「諦めることを奪われたあの人は、きっと、いちばん大切なものを諦めないことにしたんだと思います。つまり、先輩を苦しめることに耐えられなくて、貴女の未来を諦められなくて、そのせいで死んだんだと思います」

考えてみれば、想像がついて当然だったとさえ思う。愛する人に負担を強いて、それでも彼が生き続けていられた心情には、諦めが混じっていても自然だったのだと思う。

なのに時任は、そんなこと考えもしなかった。ネガティブな感情は、ただ消してしまえばいいのだと思い込んでいた。なんて愚かなのだろう、と繰り返し自分を呪った。

時任の話を聞いても、やはり先輩は表情を変えなかった。

彼女は低く、掠(かす)れた声で言った。

「ねえ、苦しいの。私を助けて」

どうしようもなかった。

時任は、頷(うなず)く。

「私に、なにができますか?」

先輩はほほ笑む。まるで、彼女の方が魔女みたいに、冷たく。

「貴女、魔女でしょ? 魔法を使うほかになにができるっていうの?」

彼女が望むままに、時任は彼女の心の一部を奪い取った。

＊

隣に座った七草は、うつむいて、難しい表情を浮かべていた。

こんな、ただ悲しいだけの話を聞いて、彼はなにを思っているのだろう？ 理想を捨てられない少女を信仰し、魔法を肯定するために苦しみ続けた少女を愛した彼は、いったいなにを考えているのだろう？

顔をこちらに向けないまま、小さな声で彼は尋ねた。

「その女性は、なにを捨てたんですか？」

「愛情」

死んでしまった恋人への、世界中のすべてへの、あるいは自分自身への愛情。

「そして捨てられた彼女の愛情は、魔女の世界で恋人に再会することになる」

以前、時任が彼から引き抜いた彼だ。彼の諦めだ。

だからひとりの女性の愛情と、ひとりの男性の諦めが、魔女の世界で寄り添って暮らすことになった。彼女は決して尽きることのない愛情を注ぎ、彼はすべてを諦めて車椅子に座っていた。

このときから時任は、人の一部を引き抜くことを止めた。

なにもしない、ただ自分の世界に閉じこもる魔女になって、早く魔法を手放すことばかり考えて暮らした。

「聞いてくれて、ありがとう」

　と時任は言った。

　これは自分自身の罪なのだ。償いようのなかった、今もまだ償えないでいる罪なのだ。魔女に、祈りを捧げる神はいない。だからこの少年に語った。

　七草は、とくに感情的ではない声で、言った。

「その女性の名前を、教えてもらえますか？」

　時任はほほ笑む。

「そんなの、知ってどうするの？」

「どうしようもないけれど、でも、もしかしたら知っている名前かもしれないから」

　彼の予感は、当たっている。

　先輩との出来事は、魔女の世界にかかった呪いのようなものだ。呪いのすべてではないけれど、でもその象徴のようなものだ。

「相原美絵」

　と、時任は答えた。それが、魔法で愛情を奪われた女性の名前だ。相原大地の、母親の名前だ。恋人が死に、愛情を捨てたとき、彼女はすでに妊娠していた。

　苛立たしげに、七草は顔をしかめる。

「彼女は、捨ててはいけないものを捨てた」

「ええ。そうなんでしょうね」

「大地のことを知っていて、なのに時任さんは魔法を使ったんですか？」

「そうじゃない」

時任が大地のことを知ったのは、魔法を使ってから、さらに三か月ほど経ってからだった。彼女の妊娠に気づいていたなら、魔法を使わなかっただろうか。あの凍りついたような表情の前で、彼女の言葉を否定できていただろうか。

わからない。どちらであれ、時任の罪は変わらない。

七草は顔を上げる。

「どうして、彼女から奪ったものを、突き返さなかったんですか？」

「どうしてかな」

そう口にしてみたけれど、答えはもちろん、自覚している。

——私は、怖かったのだ。

一度引き抜いた愛情を、再び彼女に押しつけて、それでまた彼女が苦しむのが。単純化してしまうなら、魔法のせいでまた誰かが死ぬかもしれない未来が、怖ろしかったのだ。

「なんだか嫌になっちゃってね。それで私は、責任のないところに引っ込んでいることにしたんだよ。先輩がどうなろうが、彼女自身で選んだんだから知ったことじゃない。彼女の子供がどうなろうが、目に入らなければ苦しくない。きっと魔法は無力で、なのにあれこれと他人の事情に関わって、また辛いことが起きると私には責任を取りようがない。そんな風に、考えていたんだよ」

だから、七年前、時任は魔法を放りだした。

あんなものにはもう、関わりたくないと思っていた。

七草が、長く、長く息を吐き出す。いくつもの言葉を呑み込んで、感情を整理して、次にすべきことを決めて。そういう風に、自分を整理したのだと思う。

彼は言った。

「堀に会いたい。会わせてください」

「会って、どうするの？」

「これからの話をします」

「これから、どうするの？」

「理想の魔法をみつけるんです」

七草が立ち上がる。

こちらを見下ろして口を開く。

「貴女よりも、堀の方が幸せだ」

「そうかな。あの子もずいぶん、苦しそうだったけどね」

「それでも堀は、善い魔女を目指しています。自分を悪い魔女だと言った貴女みたいに、根っこから諦めているわけじゃない」

善い魔女だろうが、悪い魔女だろうが、知ったことではない。

——ええ。確かに私は、諦めているんでしょう。

過去のトラウマを乗り越えられない、乗り越えようとも思えない、意志の弱い魔女なのだから。でも時任は、堀や七草よりもずっと年上なのだ。あれから七年と少し、まるで無意味なようでも、歳を取ってきたのだ。ただそれだけで、あの子から責任を奪い取る、充分な理由になる。

だから堀や七草に、いまさらなにを言われても関係ない。涙を流す堀の顔を覚えているから、自分のことは棚に上げて、彼女を憐れんでいられる。その憐れみがある限り、再び彼女に、魔法を奪い取られることはない。

「階段を上りなさい」

と、時任は言った。

「まっすぐに上りなさい。苦しくても上りなさい。あの子も貴方を待っている」

すでに魔女ではなくなった堀にだって、七草は必要だろう。

——できるだけ早く、あの子が泣き止めばいい。

そう思って口にした言葉だったけれど、でもその声だけは冷たくて、まるで、本物の魔女のように聞こえた。

3 七草 三月二二日（月曜日）

振り返ることもなく、僕は階段を上る。

一歩ずつ、少しずつ、確実に自分の立ち位置を変えていく。

階段島ができたばかりのころを思い出していた。

堀に出会い、僕自身を捨てて階段島にきた幼い僕は、中田さんに出会った。

中田さんは興味を惹かれる大人だった。いつだってなにかに怯えているようだった。怯えて、苛立っていた。戦場に独りきり取り残された兵士みたいに、すべての物陰を警戒していた。

そのことが不思議だった。当時の僕は、大人というのはみんな自信に満ち溢れているものだと思っていたから。実際にはそうじゃなかったとしても、少なくとも子供たちの前では、簡単に弱さをみせようとしなかったから。

でも、中田さんは違った。

彼はひどく傷ついていて、今にも壊れてしまいそうだった。具体的なことは、今だってまだわからない。でも時任さんの「先輩」のことや、彼女の恋人の死が、彼を傷つけたのだろうという想像はつく。あるいは中田さんも、時任さんと同じように、自分のせいでひとりの人間が死んだのだと考えているのかもしれない。中田さんの不用意な告白が結果的に彼を死に追い込み、そして彼女から愛情を奪ったのだ、と。

事実、中田さんが関わらなければ、ふたりの未来はまったく別の形になっていたのではないかと思う。きっと時任さんの魔法が、彼の死の一因になったように。中田さんにも後悔して、苦しむだけの理由があるのだろう。

ここにきたばかりの幼い僕には、中田さんの事情なんて想像もつかなかった。でも彼が深く悲しんでいることはわかった。

僕たちが顔を合わせたとき、中田さんはウィスキーを飲みながら、壁にかかった時計をじっとみつめていた。

なんでもない、直径が三〇センチほどの丸いアナログ時計だ。薄い色の木製の枠で、文字盤は白い。そこに黒いインクで1から12までの数字が並び、小さく製造メーカーの名前がある。トランプのスペードを細く引き伸ばしたような形の短針と長針の上を、金メッキの秒針が、クールなビジネスマンの歩調みたいに毅然と進む。

――オレたちはいつだって、時間によって虐げられているんだ。

と中田さんは言った。

――一歩ずつ進み続けることを強制されているんだ。生きるというのは切れ目のない強制の連続だ。わかるか？　立ち止まっても、引き返しても、けっきょくは同じように、同じ速度で前進しているんだ。

わからない、とまだ小学生だった僕は答えた。

彼はずいぶん酩酊(めいてい)しているようだった。繰り返しウィスキーに口をつけて、生気のない声で、まるで独り言のように続けた。実際、隣にいるのが僕でなくても、彼は同じ話をしたのではないかという気がする。相手なんて誰でもよくて、ただ、沈殿したものを吐き出していたのだろう。

――オレはそれから解放されたいんだ。時間の呪いから解放されたいんだ。でも出口なんてありはしない。同じ場所を、同じ方向に、同じように回り続けて、一秒ごとに削り取られているんだ。やがて長針が動き、やがて短針が動く。それで全部だ。ほかにはなにもないんだ。

幼かった僕はじっと、中田さんの顔をみつめていた。彼の言葉を理解したかったけれど、手がかりもみつけられないでいた。中田さんも、自身の言葉を、それ以上に補足しようとはしなかった。

だから僕たちは、ずいぶん長いあいだ、互いに口をつぐんでいた。

秒針が進む音だけが切実に響いていた。

僕が中田さんのためにあのイラストを描いたのは、その夜のことだ。星とピストルを組み合わせた、僕にとっては大切なイラストだった。それを折りたたんで封筒に入れて、彼に送った。メッセージは添えなかった。なんと書いていいのかわからなかったから。

なぜそうしようと思ったのか、今ではよく思い出せない。頭では中田さんの言葉を理解できなくても、心のどこかが、それなりに共感したのかもしれない。あるいはまったくの気まぐれだったのかもしれない。

でも、今の僕だって、同じようにするだろう。少なくとも、そうしたいと思うだろう。使うのはイラストじゃない。きっとずいぶん長い文章だ。できるだけ丁寧に伝わるよう推敲する。堀の手紙みたいに注釈だらけになる。でも伝えたいことはあのころと同じで、僕は夜空に浮かぶ、ひとつの星の話をするだろう。

息を吐き出す。

足元の階段ばかりをみつめていた頭を持ち上げる。

濃い霧の向こうに深い夜がある。まだ朝陽の予感もない夜だ。でも、新しい一日を迎えようとしている夜だ。

誰だって、僕だって、魔女の呪いに似たものの内側でもがいているのだ。魔女だって、真辺だって、時間の呪いに似たものに支配されているのだ。

いや、それは、似ているんじゃない。

まったく同じなんだ。ひとつも違うところのないものだ。

魔法の呪い。決断の呪い。責任を負う呪い。子供が大人になる呪い。より良い場所を目指すことの呪い。未来を引き受ける呪い。

それは音もたてず、匂（にお）いもない。目を逸（そ）らすことだって難しくはない。でも世界のすべてを包んでいる。

時任さんは、中田さんは、決断したから苦しかったんだろう。じゃあ相原美絵という女性は？　彼女の恋人だった男性は？　ふたりだって同じだ。誰だって同じだ。魔法の問題ではなくて。できるとか、できないとかは関係なくて。伝えることを選んでも、死ぬことを選んでも、選ばないことを選んでも。そのひとつひとつに、誰だって呪われていくんだ。

すべての決断は、苦しい。

大きな責任を伴う決断は、より苦しい。

できるならそんな場所から逃げ出してしまいたくて、だから時任さんは魔法を手放したのだろう。中田さんは小屋で独りきり無意味に秒針を解放し続けるのだろう。ある男性は死ぬことを選び、ある女性は愛情を捨てたのだろう。

もしも彼が、彼女が、そうすることで責任から目を逸らせたなら、無意味ではない。

慰めにはなる。それで充分だ。でも。

それでも結局、みえないふりをしているだけで、決断からは逃れられない。選ぶことを強いられ続ける。まるで翌朝を迎えるための夜空みたいな、見上げるといつだってそこにある呪い。本当は色もないのに、いくつも重なり合うと重たく僕らを覆う呪い。

――ねぇ、知ってるかな？

僕は知っているよ。

ずっとその呪いと、戦い続けている女の子がいるんだ。どれだけ失敗しても、後悔しても、なにかひとつを選び取ることから目を逸らせない女の子がいるんだ。現実ではその呪いにやられちゃったけど、でも今だって、まだここにいる。

まるで、いつかの、ピストル星みたいな子なんだ。

か弱くてもまっすぐ進む、夜空の孤独な光みたいな子なんだ。

真辺由宇。

それが、僕の敵の名前だ。

なんにも捨てないことを理想にした堀とは正反対でそっくりな、捨て続けて、進み続ける女の子だ。

あんなにも濃かった霧が、いつのまにか晴れていた。

山頂はもう、すぐそこにみえた。

その手前の階段に、女の子が座っている。うつむいて、身体を縮こめて、寒そうに座っている。

僕は一段ずつ彼女に近づく。

正面に立って、圧倒的な星空に目もくれず、こちらを向いた彼女のつむじをじっとみつめる。

「ただいま」

と僕は言った。

「おかえり」

そう答えた彼女の声は震えている。きっと泣いていたんだと思う。彼女はすぐに、泣いてしまうんだ。でもやがて涙を拭いて、必ず顔を上げるんだ。

女の子にしては低い、掠れた声で、堀は言った。

「ごめんね。魔法、なくしちゃった」

僕は答えた。

「気にすることはないよ。また、返してもらえばいい」

「できるかな?」

「できるよ」

「ほんとに？」

「本当に」

「そっか」

「そうだよ」

「でも、ちょっと自信ないよ」

「なにが？」

「魔女でいること」

「大丈夫。僕がいる」

僕は堀に、手を差し出す。

「行こう。僕たちは理想の魔法を作ろう」

ほら、また選ぶ。こうすると堀が苦しむことを、僕は知っているのに、でもなにかを捨ててこちらを選ぶ。ひとつじゃない、視界に入るものの、他のすべてを捨てて。

堀が顔を上げる。

泣きはらした、強い瞳（ひとみ）で僕をみつめる。

「うん」

と答えて、僕の手を取る。

立ち上がって、でも手は離さないまま、彼女は首を傾（かし）げる。

「これから、どうするの？」

「まずは時任さんに、魔法を返してもらおう」

それはきっと、なにも難しいことじゃない。

4　真辺　三月二三日（火曜日）

教室の静けさには、まだしばらく慣れそうになかった。

そのクラスから引かれたものは、物理的には七草と堀だ。とはいえ七草はどちらかというと寡黙（かもく）な方だったし、堀に関しては言うまでもない。単純に音の量でいえば、先週までと、そう大きな違いはないはずだ。

なのに真辺由宇は、教室が妙に静かに感じた。すべての音がずいぶん遠くに行ってしまったようだった。それは目の前のなにかひとつに集中すると、周囲の雑音が聞こえなくなるのに似ていた。だが真辺は、なにかに集中していたわけではなかった。少なくとも教壇に立つ先生の言葉は、どうしても頭に入ってこなかった。

短縮授業で、学校は午前中に終わった。

その早い放課後に、真辺は学食で親子丼（おやこどん）をかき込み、図書室に向かった。

決して蔵書が豊富とはいえない図書室だ。部屋の広さは教室ふたつぶんくらいだろうか。本棚が占める面積は、その半分にも満たない。部屋の奥は自習用という名目で机と椅子（いす）が並んでいる。

自習用のスペースに先客はいなかった。真辺はいちばん手前の机につき、ノートを広げた。そこには短い文章がいくつも、箇条書きで並んでいる。ある文の頭にはマルが、別の文の頭にはバツがついている。

――集中しよう。

と自分に言い聞かせる。

今、すべきことを、ひとつずつ処理しよう。

真辺はまず、魔法についての自身の考えをまとめるつもりだった。もし自分が魔法を使えたなら、なにをするのか。今の階段島からなにを変えて、なにを変えないのか。それを明確にするための準備を進めていた。

このノートの内容が素晴らしいものになれば、時任は魔法を譲ってくれるかもしれない。全体的にはそうでなくても、良いアイデアがあれば、これからの階段島に役立ててくれるかもしれない。

だが真辺は、シャープペンシルを動かしているうちに、これはなによりもまず自分自身のために必要な作業なのだと気がついた。私は私をまったく理解していないのだと思い知らされた。魔法について考えると、いくつもの判断で迷いが生まれ、そのたびに価値観や善悪の基準が試される。

たとえば、こんな項目がある。

──魔女の存在を、島民すべてに公開するべきか？

答えはイエスだ。魔法のことを、魔女が独りきりで考え込むよりも、大勢で考えた方がよい案が出るはずだ。

では、大勢で話し合ったとして。

──矛盾するふたつの案があった場合、いったい、誰がどんな基準で採用する方を決めるのか？

これにはなかなか、答えが出せない。自分の心が納得する答えをみつけられない。

わかりやすい方法は、多数決だ。案を出し合い、それからみんなで投票すればいい。

それは一見、フェアな方法に思えた。でも、なんだか心にひっかかるものがあった。

──私は、多数決があまり好きではないのではないか？

これまで考えもしなかったけれど、ふと、そんな気がした。

考え込んでいると、声をかけられた。

「ちょっといい？」

顔を上げると安達(あだち)がいた。彼女はためらいのない足取りでこちらに近づいてくる。

「なにしてんの？」

「考え事」

「へぇ。なにを考えてたの？」

「魔法のことだよ。でも、今は多数決の問題点かな」

「アローの不可能性定理？」

「いえ。それ、なに？」

「気にしなくてもいいよ。冗談みたいなものだから」

「冗談」

　残念だけど、なにが面白いのか理解できなかった。

　安達は隣の椅子を引き、真辺の方を向いて腰を下ろす。

「そりゃ、多数決なんて問題だらけでしょ。少数の意見は踏みにじられるし、問題の理解度にかかわらず一票の価値は同じだし、議題の本質以外が勝敗を左右することも少なくない。必ず同調圧力だって発生する。気になるあの子が支持してるから私もこっち、みたいなことも平気で起こる」

　そっか、と真辺はつぶやく。

　それから首を傾げた。

「じゃあ、どうすれば正しいひとつを選べるんだろう？」

「さあね。たいていは、専門家に任せるのがいちばんじゃないかな」

「専門家は間違えないのかな」

「そりゃ間違えるでしょ。でもなんにも知らないその他大勢に判断を任せるより、多少はましなんじゃない？」

「なら、専門家がいない問題なら？」

「選びようがないね。そもそも、そんな問題に正しいひとつなんて存在しない」

そうだろうか。正解は、どこにもないのだろうか。

安達は乱暴な動作で、背もたれに身体を預ける。

「正しい答えがあるような問題なら、まず間違いなく専門家がいるんだよ。ある数式の証明だとか、薬品の効果の有無だとか、そういうのを多数決で決めようってことにはならないでしょ。立場によって答えが違う、考え方で価値が正反対になるような問題でしか、多数決なんて発想は生まれない。だから多数決で探しているのは正解じゃなくて、言い訳なんだよ。それで出した答えで困っちゃう人がいても、私のせいじゃない、みんなで選んだんだから仕方がないって言いたいだけなんだよ」

安達の意見は、ずいぶんな極論のように聞こえた。

でも、真辺の考えをまとめるのに有用でもあった。

——そうか。私は、議論じゃないから多数決が嫌いなんだ。

多数決はあくまで結論を出すための手段で、正解を探す方法ではないから苦手なんだ。

求めているのは結論の出し方ではなく、本来ならその手前にあるはずの、充分な議論の方なんだ。

ようやく、自分の考えがわかった気がする。

「たぶん私は、独裁者になりたいんだろうな」

大勢の意見を聞いて、みんなであれこれ話し合って。

そこまでが大切で、その先はもう、ひとりでいい。

「いいね。独裁」

安達は笑う。

「私たちが魔女になったらそうしよう。逆らう奴は、みんな牢屋で拷問だ。虫かごみたいに清々しい世界を作ろう」

虫かごの清々しさはよくわからなかった。ともかく彼女の考え方は、真辺とはずいぶん違うようで、首を振る。

「そうじゃないよ。私だけじゃなくて、みんながひとりひとり、独裁者であってほしいんだよ。議論はできるだけ大勢でして、でも最後は、全員がそれぞれ好き勝手に決める。そういうのが、私は好きなんだと思う」

「そんなの、独裁とは呼ばないよ」

安達は顔をしかめて、続ける。

「最後は強引にでもひとつにまとめないと、なんにも決まらないでしょ。人間なんて、みんなばらばらなんだからさ」

「だからだよ。ばらばらのまんまでいるべきなんだよ。誰だって、ひとりの人間のままでいて欲しいんだよ」

ひとりの人間としての意思を持ち、ひとりの人間として判断し、ひとりの人間として行動する。それを、繰り返すのが綺麗なんだ。ひとつの決定を下すとき、主語を「私」から「みんな」に置き換えるべきではないんだ。

安達は首を傾げる。

「もし世の中がそんな風なら、なんにも決められなくて、意見がぶつかりあって、すぐに戦争になりそうだね」

「そう？　話し合いでなんとかならない？」

「ならないよ。どれだけ時間がかかると思ってんの？」

「でも、ここでならできるかもしれない。魔法って、時間は作れないの？」

「そりゃ、作れるけど」

難しい顔をしていた安達が、ふいに笑う。楽しげな笑みだった。

「確かに、いいね」

「本当に？」

「うん。きっといつか、真辺さんの前に、絶対に意見の合わないだれかが現れるんだろうね。それで、魔女の世界の時間を止めて、ふたりでいつまでも話し合うんだ。でも答えがでないから、この世界は止まったまんまなんだ。貴女は正しいことをしているつもりなのに、世界が滅んだのとなんにも変わらなくて、それで魔法が終わるんだ」

最高だね、と安達は言った。

真辺は、安達が言った状況を想像する。イメージの中の相手は堀だった。階段島の時間を止めて、みんなにとっては瞬きするくらいのあいだに、何万も、何十万も、何百万もの時間を過ごす。

そのイメージは、上手くいったとは言い難かった。途方もない長い時間を、どうしても思い浮かべられなかった。でもその想像は、真辺にとっては素敵なものだった。温かで、穏やかなものだった。

堀とふたり、目を覚ますとテーブルにつき、ひとつの問題について議論する。お腹がすいたら食事を取り、喉が渇けばお茶を飲んで、疲れると眠る。そしてまた、目を覚まして同じテーブルに着く。

その世界はふたりの我儘だけで成り立っている。いつか必ず、互いが納得する答えを出せるのだという願望だけで、延々、同じ日々が続く。議論がループしてもいい。互いに苛立つことがあってもいい。でもふたりは、テーブルに着く。まるで楽園だ。

「そんなことで、魔法は終わらないよ」

と真辺は言った。

「誰かふたりが、いつまでも魔法の中で、未来について話し合っているなら、それは魔法が続いているってことだよ」

安達は首を傾げてみせる。

「そ。でも私なら、耐えられないね。最後まで貴女についていけるような人なんてまずいないし、相手が根負けするまで続けるなら、それもやっぱり暴力だよ。牢屋で拷問するのと変わらない」

でも、ならどうすればいいんだろう？　とても難しい問題が、たとえば魔法や、大地のことみたいな問題があって。

――それをなんとかしたい私は、どうしたらいいんだろう？

真辺には、やっぱり自分の考えが間違っているとは思えなかった。大勢で話し合って、ひとりひとりが結論を出して、その結論が矛盾してたならまた話し合う。これが理想なのだと思った。一般的には、時間がかかりすぎて不可能だろう。次善の方法がいるだろう。でも、魔法がある世界では、無限のように長い議論だって可能だ。

――もしも、私の考えが間違っていたとして。

いいや。もしも、ではない。きっとなんらかの間違いがあるのだろう。それでも、じゃあ話し合うほかに、どうやってその間違いに気づけというんだ。

　悩みこんでいると、安達は言った。

「ところで真辺さん。本題があるんだけど」

「本題？」

「伝えたいことがあって、探してたんだよ」

　そういえば、彼女の方から声をかけられたんだった。

「なに？」

「七草くん、帰ってきたよ。知ってた？」

　思わず、椅子から立ち上がっていた。勢いをつけすぎたのだろう、背後で、大きな音を立てて、椅子が揺れた。

「どこにいるの？」

「さあね。でも、午後六時に郵便局で会う予定だよ」

「そう」

　ともかく三月荘に行ってみよう。彼に会いたかった。きっと、話し合わなければならないことが、いくらだってあるはずだ。今はまだ、具体的にはひとつも思い浮かばない。関係ない。七草に会えば、言葉なんて、いくらでも湧いて出るはずだ。今すぐ駆け出したかったし、その感情を押しとどめる理由もない。

真辺は筆記用具を筆箱に戻し、ノートと一緒に鞄に突っ込む。

「じゃあ」

「待ってよ。本題はこれからだよ」

「なに？」

「七草くんと手を組んで、時任さんから魔法を奪い取ることにした」

ははは、と彼女は笑う。

その声は乾いていた。これまでの安達の表情に比べれば、楽しそうにもみえなかった。

「私たちはとりあえず、堀さんに並んだよ。あとは華麗に抜き去るだけだね」

真辺にはなにもわからない。

でも、きっと今起こっていることは、安達の想定からひとつも外れていないのだろう。

そしてそのことを、彼女はとくに喜んでもいない。

「もう、話は終わり？」

「だいたいね。午後六時に郵便局。それだけ覚えていてくれればいい」

「わかった」

まずは七草に会おう。

教えてくれてありがとう、と告げて、真辺は安達に背を向けた。

七草。彼には、もう会えないのだと思っていた。

だって再会する理屈がなかった。彼は言葉通りに別世界といえるくらい、遠いところに行ってしまったのだから。また会えるのだという予感もなかった。現実の自分に拾われたなんて、あまりに納得できる別れ方だったから。努力でも届かなかった。彼と再会するには、また彼自身が彼を捨てなければならないから。会いたいと願うことさえ罪だと思っていた。彼が彼を拾ったのを、真辺の理性は喜ばしいことだと決めたから。

あったのは我儘な感情だけで、ほかのすべては、再び七草に会うことを諦めていた。

諦めるのが、正しいのだと思っていた。

思えば、生まれて初めての出来事だったのかもしれない。

諦めたくないことを、諦めようとして、諦められなかったのは。真辺由宇にとっての正しさと真辺由宇の感情が乖離したのは、これが初めてだったのかもしれない。

図書室を出るときには歩いていた。彼との再会を想像して、言葉を探していた。気がつけば歩調が速くなっていた。靴を履き替えるために立ち止まるのがもどかしかった。

校舎を出て、駆け出した。

七草に会えなかった時間は、三日間にすぎない。

でもそれは、引っ越しで会えなかった時間とはまったく種類の違うものだった。必ずまた会うのだと確信していた二年間と、もう会うことはないと受け入れようとしていた三日間は、性質が逆さまだった。

長い階段を駆け下りる。

――私は彼を求めているのだ。

魔女としても。彼がいるのと、いないのとでは、考え方がまったく違う。ひとつを選ぶたびに感じる息苦しさの意味が変わる。

――私は彼を、信頼しているのだ。

ほかの言葉では言い表せない。

真辺が間違えていたなら、彼は必ず反論するのだと確信している。言葉でなくとも行動で。行動でなくとも瞳で。彼の在り方そのもので。場合によっては明確に、場合によってはひそやかに、でもこちらの一歩に納得がいかなければ、必ず彼は障害になる。だから、思うが儘に、駆け出すことができる。こだわりだとか、哲学だとか、理性だとか、感情だとか、理想だとか、自分らしさだとか。そんな、足元にまとわりつくすべてを忘れて、真辺由宇であることも忘れて、行きたいところを目指せる。

これが信頼なのだ。自分を忘れるくらいに自分のままでいられる、その土台を与えてくれるものが信頼なのだ。

――きっと、私は意地を張っていた。

なにか下らないもので視界が遮られ、実在しない鎖で手足がしばられていた。

本当はもっと素直に、彼を取り返そうともがいてよかった。身勝手にそれを目指してよかった。まずは会いたいのだから会うのだということを、決めてよかった。

今となっては、馬鹿げた悩みだったとさえ感じる。

彼が彼を拾ったことが正しいなら、もう彼が自分を捨てるべきではないのなら、別の方法で彼に会えばいいだけだった。それはきっと、難しいことではなかったはずだ。たとえば現実で眠る彼の夢の中で会うことならできたはずだ。だってそんな風にして、真辺は向こうの自分に会ったのだから。

――不必要な思い込みの中で、私は生きていた。

いや、今も。いくつも、いくつも、落ち着いてみつめれば意味のないものに絡まって、遮られて、足踏みをしているのだろう。

そこから解放されたかった。ひとつの純粋な意志になりたかった。なれるのだ、という気もしていた。崇高なものではなくて、絶対的なものではなくて、ちっぽけなひとりの私と同じサイズの意志だ。それが何十億か集まってできているのが人間の社会なら、なんて素敵なんだろう。生きることは素直で、語り合うことは幸福で。できるならそうなりたかった。

――七草とは、そうであろう。

たったひとりの彼と、たったひとりの私を忘れた私であろう。

真辺由宇は階段を下る。

今は世界が、シンプルにみえる。

＊

三月荘では、七草には会えなかった。

ちょうどすれ違いになったようだ。彼は大地を連れて、出て行ったそうだ。

でも真辺は、管理人から、七草の伝言を聞いた。

――しばらく海をみているよ。

階段島はもちろん海に囲まれているから、その範囲はずいぶん広い。でも、問題はない。たどり着ける場所に七草がいて、こちらは走り続ける意思を持っているのだから。

管理人に礼を言って、真辺はまた駆け出した。

まずは海岸沿いに、郵便局を目指すつもりだった。

でも、そうする必要もなかった。

寮から裏路地を通ってまっすぐに海岸に出た先で、真辺は彼の姿をみつけた。コンクリートの海壁に波がぶつかるだけの海だった。その海壁の上に、大地と並んで座っていた。

真辺は足を止めて、呼吸を整える。

その音で気づいたのだろう。彼が振り返る。

三月の空と同じように淡い、見慣れた笑みを浮かべて。

「やあ」

とだけ、彼は言った。

5　七草　同日

もうすぐ四月だというのに、今日の階段島は少し肌寒い。

それでも彼女は汗をかいているようだった。ずいぶん走ってきたのだろう。赤くなった頰が、猫のお腹みたいに温かそうにみえる。でも瞳だけは温度を持たないまま、まっすぐにこちらをみている。

――ああ。真辺だ。

もう現実にはいない真辺由宇だ。

再会の言葉は用意していなかった。

なんだか困ってしまって、「やあ」とだけ僕は言った。

彼女がこちらに歩いてくる。

「久しぶり」

表情のない彼女の顔がほほ笑んでいるようにみえた。抑揚のない彼女の声が弾んでいるように聞こえた。別にどちらも、錯覚でいい。

「たったの三日だ。久しぶりってほどじゃない」

「うん。でも、今までいちばん離れていた」

「そうかもね。なんにせよ、君が変わりないようで、よかった」

「きみも」

真辺は海壁の間近に立った。

そして、大地をみつめて、尋ねた。

「私も、ここにいていい？」

大地は僕を見上げる。僕が頷くと、大地も頷く。

真辺は海壁に両手をついて、ぴょんと上り、大地の隣に腰を下ろす。

「なんの話をしていたの？」

「大地は、なにを捨てたのか」

相原大地は複雑な少年だ。まるでひとりきりで世界と戦う孤独なヒーローみたいな少年だ。正体は慎重に隠されている。

僕は背中を丸めて、大地に向かって語り掛ける。

「僕はほんの三日間だけ、現実で過ごした。正確には少し違う。現実の僕に拾われて、ひとりの僕になっていた。そして現実の大地に会った。彼はまるで、君と変わりがないようにみえた」

階段島の大地と同じ、ただの優しい少年だった。

だから、混乱した。僕や真辺はなにを捨てたのかがはっきりしていた。僕たちと現実の彼らの違いは明確だった。でも大地だけは、どちらも同じ思考を持ち、同じように日々を送っているようにみえた。

「君がなにを捨てたのか、僕にはわからない。でも、現実でも階段島でも、君の目的はシンプルなただひとつなんだと思う。なら君が捨てたものなんて、考えるまでもないように思う。ねぇ、大地。でもそれは、間違いなんだ」

彼はじっと僕を見上げていた。

なんにもない青空みたいな顔だった。雨もない、雲もない、風船のひとつも浮かんでいない顔だった。

僕は彼の頭に手のひらを載せる。柔らかな髪の奥に頭皮の熱を感じる。力強い熱だ。彼が持つ可能性みたいな温度だ。本当は、僕自身を慰めるために、その熱に触れたかったのではないかという気がする。でも、違うのだ、と言い張らなければならない。すべては大地のためなのだ、と傲慢に正義を振りかざさなければならない。僕はまだ、大人ではないけれど、彼よりは年長者なのだから。

「なにを捨てても、大人にはなれないよ」

そう、僕は言った。

ずっと、彼は大人になろうとしていたんだと思う。現実でも、階段島でも。彼が魔女を探していたのも、それが理由だったんだと思う。

大地は、母親に嫌われたくなくて、できるなら愛されたくて、子供であることを捨てようとしている。

なんにもない少年の顔の、純粋に綺麗な光沢を持つ瞳から、涙が流れた。その表情はまるで泣き顔にはみえなかった。感情とは正反対にある光景にみえた。

小さな口で、彼は言う。

「どうして？」

声には熱がこもっている。頭に触れて感じた熱と同じものだ。

「どうして僕は、大人になれないの？」

僕は首を振る。

「なれるよ。いつかは、なれる。でも、過程を飛ばしちゃ、大人にはなれない。魔法に頼って子供を捨てても、それは大人じゃないんだ」

――もし堀さんの世界を壊す誰かがいるなら、それはマナちゃんだろうと思ってたよ。

と、時任さんは言った。

――でももしかしたら、君の方なのかもしれない。君が階段島を壊すのかもしれない。

そう彼女は言った。

まったく、反論できない。僕の拾われ方は、ひどいものだった。

いつかまた必要になったときのために、捨てたいものを預かって、ここで大切に守っていく。堀の理想は綺麗で、なのに僕が、それを乱暴に壊した。彼は僕を否定するために僕を拾った。

僕はまた、ここに帰ってきた。もう一度やり直す機会を手に入れた。

なのに大地には、こんな話をしなければいけない。あの子の魔法を、否定しなければならない。

真辺由宇がここにいて、よかった。大地に語るべき言葉を、ほかの誰でもない、真辺に聞いていてもらえて。彼女の目と耳に晒されていて、よかった。

だから僕は逃げ出さずに、歪まずに言える。

「いいかい、大地。魔法じゃ人は、大人にはなれないんだよ。君を大人にするのは、子供の君なんだよ。子供のまんまで学んで、子供のまんまで生きていくのが大切なんだ。魔法なんかじゃない、ひとつひとつ経験して、葛藤して、手放して、君のごみ箱をいっぱいにしないと大人にはなれないんだ」

大地がうつむく。涙が大粒の雫になって、彼のズボンに落ちる。僕はまだ片手を彼の頭に載せている。力強く、彼の血が流れるのを感じる。

真辺の声が聞こえた。

「七草の話は、わかるよ。たぶんきちんとわかっていると思う。でも、じゃあ大人って、なんなの？　子供となにが違うの？」

僕は笑う。あんまり馬鹿らしくて。

思いついた答えが馬鹿みたいに単純で、つい笑う。

「歳が違う」

大地の向こうに真辺の顔がみえる。彼女は呆気に取られているようだった。

「それだけ？」

「それだけだよ。身体の大きさでも、知識の量でもない。大人と子供は、生きてきた時間が違う。乗り越えてきた夜の数が違う」

それは、身に受けている呪いの数だ。

ひとつひとつ、なにかを選んで、他を手放して、責任を背負って、後悔して、たまに納得して。そうやって身体中にまとわりついた重みの数だ。

僕はあくまで、大地に語る。

「ねぇ、これからは子供のまんま、君とお母さんが仲良くなれる方法を考えよう。心配しなくても大丈夫だよ。僕もいるし、真辺もいる。堀も時任さんもトクメ先生もいる。

ハルさんや佐々岡（ささおか）や、とにかく大勢が、君の味方なんだ。そして敵は、ひとりもいない。だから、君は大丈夫だよ」

きっと大地には、僕が言いたいことの、半分も伝わらないのだと思う。ただ彼の大切な意志が否定されたことだけが伝わったのだと思う。

もうひとつだけ、伝わればそれでいい。

「君の周りにあるものは、みんながみんな、楽しいものではないけれど、でも素敵なものもたくさんあって、それは決してなくならないから、大丈夫だよ」

ねぇ、大地。

お待たせ。もう大丈夫だ。

次に君が笑ったとき、僕はきっと、素直に君の幸せを信じられる。

＊

大地はなかなか、泣き止（や）まなかった。

僕と真辺は大地を挟んで、しばらく話をしていた。現実の大地や真辺のことを話した。互いに、どちらかといえば、大地に聞かせるための話をしていたように思う。でもそれは間違いなく真辺由宇との会話で、僕は彼女の隣に戻ってきたことを実感した。

やがて大地が泣き止んで、僕たちは三月荘まで彼を送った。

それから、少し早かったけれど、真辺と一緒に郵便局を目指して歩いた。ふとそんな気分になって、僕は真辺に言ってみた。

「本当は、僕はだらだら生きていたいんだよ」

彼女は首を傾げる。

「だらだらって？」

「できるだけ責任なんか感じたくないんだ。逃げ回って、誰の敵にも味方にもならずに、適当に勉強して適当に大学を出て、給料なんかちょっとでいいから楽な仕事をみつけて、静かに本でも読んで過ごすような人生が理想なんだよ」

真辺にこんな話をしたことはなかった。

思えば、誰にも将来のことなんか話さなかった。一〇〇万回生きた猫には話していても不思議じゃないけれど、記憶にはない。

「結婚しないの？」

と真辺は言った。

そんなことを彼女に尋ねられるのも、新鮮だ。

「イメージできないな。でも、仕事ができる人がいてくれると安心だな。僕の収入なんかおまけみたいなもので、私が養ってあげる、くらいのことを言われたいな。代わりに僕は家事で貢献したい」

「それもけっこう、たいへんかもしれないよ？」

「たいへんなのは、別にいいんだよ。早く起きないといけないのも、休みがないのも、きっと我慢できるよ。なにか失敗しても、目の前のひとりにしか迷惑をかけないのがいいんだよ。親しい人に謝れば済む、小さな責任だけで生きていたい」

僕が話しているあいだ、真辺は難しい顔で考え込んでいた。

わずかに首を傾げて、彼女は言った。

「そうなったとき、私は七草に会いに行けるの？」

「たまにならいいんじゃない？」

「月に一度くらい？」

「それは多すぎるような気がするな」

「じゃあ、嫌だな。七草は結婚しない方がいい」

それはなんだか意外な言葉で、僕は彼女の横顔をみつめる。

彼女はまっすぐな瞳で前をみている。いつも通りに。

「本音じゃ私は、週に一度くらいはきみに会いたい。死ぬまでずっと、毎週会いたい。それを許してくれる相手と結婚してよ」

「なかなか、ハードルが高いかもね」

「私が七草の奥さんと友達になればいいんじゃないかな」

「かもね。やってみて」

「うん。もしそうなったら、頑張るよ」

「君は？」

「ん？」

「将来の展望というか、理想」

真辺がなんと答えるのか、想像もつかなかった。

考えてみても、真辺由宇の未来をイメージできない。より正確には、自身の未来をあれこれ考えている真辺由宇をイメージできない。

彼女は答えた。

「今は、大地みたいな子の味方になれる仕事がいいなと思ってる」

「児童相談所？」

「それか、やっぱり学校の先生か。でもそのうち変わるかもしれない。もっとやりたいことがみつかるかもしれない」

「なんにせよ、遣り甲斐のある職業につきたいわけだ」

「うん」

「結婚は？」

「どうでもいい。それより私は、きみと話をしたい」

彼女は首を傾げる。

「本当は週に一度よりも、もっと頻繁な方がいいかな。同じマンションの、隣の部屋くらいがいいな。なんだか疲れた日に、帰り道の駅で顔を合わせて、そのまま部屋の前まで一緒に歩けると素敵だな」

僕は笑う。

「君が隣に住んでると、気苦労が多そうだ」

「そう？　変わらないと思うよ」

「なにが」

「七草の生活。きみの理想通りになって、静かに本を読んでいるばかりの生活をしていても、仕事のできる奥さんがいても、私が近くにいなくても。けっきょく、七草はあれこれ難しく考えて、勝手に責任を抱え込むんだよ」

「本当に？」

「うん。きっと」

「ずいぶん残酷な話だ」

「でも、仕方ないよ。だってきみは、責任がないところにいるより、みんな自分のせいだって思ってる方が楽でしょ」

「楽かな」

「楽だよ」

「君がそう言うなら、そうかもしれない」

違うのだ、と思っていた。なんだか認めたくなかった。

僕が幼いころに階段島に来たのは、ただ堀と一緒にいたかっただけで、魔女や魔法と関わりたかったわけじゃない。もしもあの子が普通の女の子なら、僕だって普通の子供のままでよかった。魔法なんかない世界で生きていたかった。

それが今も変わらない本心なのだと思っていた。

僕は不運で、仕方なく魔法のことや、大地のことを考えているのだと思っていた。

――でも、本当はこれが、僕の理想なのだろうか。

僕個人じゃ決められない、決めてはいけないようなことに首を突っ込んで、箱庭みたいでもひとつの世界の未来を左右する。そこの支配者と支配する思想を選ぼうとする。こんな場所にいるのが、僕の理想なのだろうか。

「だとしたらみんな、君のせいなんだろうね」

「私？」

「他にはないでしょ」

もしも僕が、本心では望んで厄介事に関わっているのだとすれば、そんなの真辺由宇の影響以外に考えられない。

なのに彼女は、不思議そうに首を傾(かし)げる。

「反対だと思うけど。私の考え方を作ったのが、七草だよ」

「どうしてそうなるのさ？」

「私、小学生のころはきみに気に入られたかったんだよ。きみに喜んで欲しくて、ずっと必死だったんだよ」

「それは知らなかったな」

「だから、もし私に私らしさみたいなものがあるなら、それはきみが作ったんだよ。だって、きみの好みに合わせていたわけだから」

「信じられない」

ま、どちらが先かなんて、どうでもいい。

少なくともここには、僕と彼女がいる。もう現実にはいない僕と、現実にはいない真辺由宇がいる。それはこんなにも苦しくて、幸せで。これ以上は、なにもいらない。

だから本当は、ずっと未来の話をする必要はなかった。

今、目の前のことを話し合うのでよかった。

「理想とは少し違うけれど、これからの、具体的な展望もあるよ」

と僕は言った。

「なに？」

と真辺が尋ねた。

「魔女になった君を、僕と堀が、徹底的に打ち破るんだよ。そして君は改心して、三人で一緒にお茶を飲む。ついでに、誰も傷つけない新聞の打ち合わせをする」

「上手くいきそう?」

「どうかな。上手くいくといいね」

「うん。私はいつ、魔女になるの?」

「今夜」

「わかった」

真辺由宇は笑う。

不敵に、というよりは、もっと純粋に、嬉しそうに。

「魔女になったらまず、きみの寮とうちの寮を繋げて、部屋を隣にしよっかな」

ずいぶん私的な発想だ。

「君はもっと、公共のために魔法を使うんだと思ってたよ」

「そうかな。でも、ずっと考えてたんだけど、考えれば考えるほど、そのふたつに違いなんてないんじゃないかって気がしてきたんだよ」

「ふたつ?」

「だれかのためと、自分のため」

なるほど。階段島の真辺由宇も、変化しているようだ。

なにかを選んで、なにかを捨てて、次の真辺由宇になっているみたいだ。

「七草。私は真面目で、素直で、身勝手な魔女になるよ」

「うん」

それでいい。

そんな、うっかり世界を滅ぼしてしまいそうな魔女になればいい。僕と堀とが、心の底から否定する魔女であればいい。

「でも、寮を繫げるのはよくないな。性別で別れてるわけだし」

単純に繫いでしまうと、いろいろ問題も起きそうだ。

「そっか。じゃあ私が男になって、きみの寮で暮らすのは？」

「いいけど、僕の部屋の隣はもう埋まってるよ」

そんな話をしているうちに、郵便局についた。

まだ時任さんと約束した時間まで少しある。営業時間が終わる前に訪ねるのは迷惑だろうから、どこかで時間をつぶさなければならない。

幸いなことに、暇つぶしに困ることはなさそうだった。

ポストの隣に、安達が立っていた。

彼女は僕に向かって、ほほ笑む。

「さて、魔法を奪い取る、具体的な計画を立てようか」

気持ちの悪いことではあるけれど。

今の、この状況を、いちばん早くからイメージしていたのは、安達だろう。


海ばかりみている。

階段島の、外ばかり眺めている。

いつまでも郵便局の前で立ち話をしているわけにもいかなくて、僕たちはまた海辺にいた。缶コーヒーを買って、港の防波堤に腰を下ろして、揺らぐような、意外に複雑な波を見下ろしていた。

「どこまでが君の狙い通りなんだろう？」

そう尋ねると、安達はつまらなそうに首を傾げてみせた。

「どうだっていいでしょ。そんなの」

「そうでもない。僕は反省したいんだ」

なにもかもが、後手に回っていた。堀が魔法を失い、時任さんがまた魔女になったことだけじゃなくて。きっとこの階段島に来たときからずっと、ひとつひとつの判断が遅すぎた。

「君は、見事だった。堀への嫌がらせを積み上げたとき、なにが起こるのか、僕には想像しきれていなかった。まさか狙いが時任さんだなんて、疑いもしなかった」

あるいは僕が、鈍すぎたのだろうか。

安達のやり方じゃ、堀はくじけない。そう信じていた。その信頼は、間違ったものではなかったはずだ。でも堀が苦しむたびに、追い詰められていくのは時任さんの方だった。以前、幼い堀に責任を押しつけた彼女の方が先に音を上げるのだと、想像できてもよかったのに。優しい子供と誠実な大人がいたなら、そうなるのだと、今思えば明白なのに。

でも。

「それでも君は、まだ足りないよ。堀を理解していない。まだ、この程度じゃ、彼女は諦めない」

堀は、諦められない子だ。

きっと、彼女をよく知らない人にしてみれば、意外なことだろう。それなりに堀と親しくなってもまだ、彼女の本質は知らないままだろう。彼女はいつも気弱げで、すぐにでも折れてしまいそうにみえるから。でも、これまでの堀を振り返れば、当たり前にわかることだ。

時任さんと「先輩」のあいだに起こった問題を知っていて。

魔法というものがどれほど重たい責任なのか知っていて。

なのに幼いころにそれを手に入れて、あれから七年間、いちいち傷ついて、何度も泣いて、ベッドにもぐりこんで、それでも泣き止んで、涙を拭いて。ずっと良い魔女になるんだと言い張り続けてきた彼女は、自分の理想から一歩も踏み出そうとしなかった彼女は、きっとだれより諦めない。強いて言うなら、真辺由宇と同じくらい諦めない、僕にとっての清々しいひとつの星みたいな女の子だ。

そんな風に、自分に魔法をかけてしまった子なんだ。

魔女が自分の世界を、自由に作り替えるように。

なんにも特別じゃない、女の子ひとりぶんの意志の力だけで、自分自身に魔法をかけて、理想を捨てることを止めた。今はもう、なんにも諦められない女の子だ。

安達は首を傾げる。

「でも、あの子は魔法を奪われた。貴方が消えたからね」

「あれも、君が狙ったことなの？」

現実の僕が、僕を拾った。

それは起こりえる事態のひとつだった。想像はできていたけれど、対処法はなかった。

僕には手が出せない問題だった。

「私は、状況を作っただけだよ」

「うん。君の計画は、昨年の一一月にはもうほとんど終わっていたんだろうね」

階段島に、新しい僕がきて。真辺がきて、大地がきた。そこまで揃ってしまえばもう、あとは自動的だ。勝手に僕たちは大地に関わって、勝手に堀は傷ついて、勝手に時任さんに責任がのしかかる。

そして僕は、現実の方の僕とコンタクトを取る。

大地の問題は、現実にあるのだから。僕は現実の僕に、頼らざるを得ない。

――それが、問題だったんだ。

対処のしようのない問題だった。

普通、捨てられた方の人格が、捨てた方の前に現れるなんてことはまず起こらない。ふたりの自分が繰り返し顔を合わせて情報を交換するなんてことは、階段島の運営で、想定されていない。でも大地のことがあったから、僕はそれを続けた。

きっと、現実の僕は、自分で捨てた僕を妬んでいたんだろう。彼の本心により近く、本来の願望をそのまま持っている僕を。そんなものが視界の端にちらちらしていたなら、もちろん気になる。いつまでも無関心ではいられない。大地のことを諦めなければ、僕が拾われる確率はどんどん高まっていく。

こん、と音を立てて、安達が缶コーヒーを防波堤に置く。

「こんなにも堀さんに無理ばかり強いてきた階段島が、いつまでも平和なままでいられるわけないんだよ。あれくらいのことは当たり前で、その程度も悲観的なイメージを持てないなら、魔法なんてものに手を出しちゃいけないよ」

安達の表情は、どちらかというとつまらなそうだ。少なくとも、自身の想定通りに事が運んで喜んでいる様子はない。

僕の方には目を向けず、複雑な波の海に視線を落としたままで、彼女は言った。

「私はね、七草くんが大嫌い。時任さんも堀さんも嫌いだけど、とくに貴方が嫌い。貴方のような完璧主義者が本当に気持ち悪い」

「僕は別に、完璧を求めているわけじゃない」

「どこがだよ。いつだって、なにか足りない気がしているくせに。それなりの幸せじゃ満足できないくせに。世界が理想通りじゃないことがいちいち苦しくて、だからいちいち悲観的なふりをして、必死に自分を慰めていたんでしょ？　でもいつまでも完璧な幸せを諦められないから、池に落ちたヤモリみたいにもがいてるんでしょ？」

反論しようとして、でも、言葉に詰まる。

妙に納得していた。

僕は、僕のことを悲観的な人間だと思っていたけれど、そんなものただの言い訳だったのか。おかしいと思っていたんだ。真辺の理想も、堀の理想も、どうしても切り捨てることができないでいたから。

不思議なことだけど、なんだか安心した。

感情の方はもう知っていた、理性だけが首を捻っていた僕のことが、ようやくわかったような気がした。

——なるほど。僕も、理想を追っていたのか。

だから答えが正反対でも、同じように理想を追うことしかできない、真辺と堀に惹かれるのか。

僕は答える。

「池に落ちたら、そりゃもがくだろ」

当たり前だ。そんなの。

「どうにもならなくても、どうにかするしかないだろ。だからいちいち苦しくて、だからそれでも生きてるんだろ」

安達がこちらを向く。珍しく、声を荒げた。

「周りを巻き込むなって言ってんだよ。うるさいんだ。ばしゃばしゃ騒がれると。貴方は溺れてないんだよ。両足で地面に立ってんだよ。なのに勝手な思い込みで、勝手に苦しい気になって、他の人たちを、堀さんとか真辺さんとか時任さんとかを、不必要にそっちの価値観に引きずり込むのは迷惑だって言ってんだよ」

間を置かず真辺が口を開く。

真辺の名前を出したのだから、彼女が反応するのは当然だ。でも、その口から出た言葉は、意外だった。私は迷惑じゃない、という風に、真辺自身のことについて語ると思っていたけれど、違った。

「それを勝手だって言うのも、勝手だよ」

と彼女は言った。

「同じ場所で一緒に生きてるのに、なのになんの影響も受けたくないなんて言うのも、充分に勝手だよ。独りきりで幸せになれるつもりなの？　誰にも頼らず、なんでも解決できると思ってるの？　もし本当にそうだったとして、それを信じていることがもう、けっきょく身勝手なんだよ」

真辺由宇はほほ笑んでいた。

自信に満ちた彼女だった。

それも、意外といえば意外だ。これまでの彼女は、自分の意見を主張するとき、もっと必死な様子だったから。切実な、なんの感情もないような無表情で闇雲に言葉を探していたから。

「人と人との関係は、みんな勝手なんだよ。近づくのも、離れるのも。話しかけるのも、黙れと言うのも。けっきょく大勢の中で、自分の価値観を主張してるんだよ。だから七草を否定する貴女も、私たちと同じだよ」

ああ、きっと、これが真辺由宇の価値観の基本なんだろう。まるで世界に馴染めないような彼女は、初めから世界を、こんな風な視点で眺めていたんだろう。

真辺由宇にとって、すべての人は当たり前に個人で、個人は当然、自分の意見を持って集団に影響を及ぼしているものなのだろう。

安達はしばらく、口をつぐんでいたけれど、やがてまた缶コーヒーに口をつける。

「たしかにね。口がすべった。私は別に、なんにも押しつけないよ。勝手に、好きなようにやる。貴女たちも好きにすればいい」

「それでも私は、安達さんに会いに行くけどね。強引にでも巻き込んで、一緒に困ってほしい」

「なに、それ」

「だめかな？」

「だめでしょ。すごく勝手」

「でもさ、安達さんは、勝手だって言い張ることしかできないでしょ。世界はそれを認めてるんだよ」

海の先を向いた安達の横顔が、きゅっと眉（まゆ）を寄せるのがみえた。

「意味わかんないね」

「そう？　私に関わりたくない安達さんと、安達さんに関わりたい私がいたなら、私の方が強いんだと思う。だって、私は貴女に話しかけることができる。貴女はその声を、聞かないといけない」

「いざとなれば、耳を塞ぐよ」

「それだって同じだよ。必死に無視しようとするなら、もう安達さんは、私に関わってるでしょ。階段島じゃなくて、国でも星でもなくて、宇宙全部のルールで、無関心より関心の方が優先されるんだよ」

　真辺の言葉に、安達が顔をしかめる。

「思いやりとか、優しさとかないの？」

「これが私の思いやりで、優しさだよ」

「思いやりって、意味わかってる？」

「前に、水谷さんに教えてもらった。相手の価値観で物事を考えることらしい」

「ならそうしてよ。私の価値観を受け入れてよ」

「ほら」

　と言って、真辺はまた楽しげに笑う。

「それだって。私たちは相手を理解しないと、思いやることもできないんだよ。だからやっぱり、人間関係は、繋がることが前提なんだよ」

「それを補うのが、想像力でしょ。乱暴に他人に踏み込む前に、相手がどう思うのか想像しなよ」

真辺が首を傾げる。

「嫌だよ。そんな、不確かな方法。勝手に近づくよりも、勝手に離れる方が危険なんだと思う。みんなが無関心で、黙り込んでて解決する問題なんかない。それは想像力の遣い方を間違えてるよ」

かみ合わない会話に呆れたのだろう、安達はため息をつく。

「貴女を魔女にするの、不安になってきたよ」

「そんなの私だって不安だよ。でも、七草もいるし、安達さんもいるし。頑張って我儘な魔女になろう」

「こんなのでいいの？」

と安達が僕の方をみる。

「嫌だから僕は、堀の方についてるんだよ」

魔女になった真辺なんて、不安ばかりだ。

真辺の価値観は、大枠では正しいのだと思う。でもそれは純粋に正しいだけで、現実に即していないから、問題の種になる。

ひとりの少女として、小さな問題を生むのはいい。きっと僕にだって、フォローできることはある。でも、大きな力を手に入れて、大きな問題を生むのは厄介だ。

わかっている。でも、じゃあ。

――彼女の反対が正解だっていうのか？

真辺由宇を否定して、真辺由宇を排除して、真辺由宇的な価値観のない世界では、なんの問題も起こらないというのか。

そうじゃないだろう？

堀が持っているものも、真辺が持っているものも、どちらもたしかに理想なのだろう。形の違う、ふたつの理想なのだろう。だから僕は、そのどちらも、捨てちゃいけないのだろう。

――魔女の呪いに答えを出すのは、君なんじゃないかと思ってるんだよ。

と、時任さんは言った。

――君がそのままなんにも捨てないでいられたなら、私には大満足のストーリーだよ。

と、そう言った。

僕は堀と真辺の価値観を、どちらも愛していて、その矛盾するようなふたつを同時に追わなければいけないんだ。堀の隣に立って、真辺と向き合って。

本当にこれで正しいのか、もちろん自信はない。

もしも真辺が最悪の魔女になって、階段島を滅ぼしたとして。この島にいる誰も彼もを深く傷つけて、否定して、不幸のどん底に突き落としたとして。もしそんなことになれば僕は、真辺由宇を許さないだろう。きっと、心の底から彼女を憎んで、初めから真辺由宇を否定しなかったことをひどく後悔するだろう。

　そうなる可能性だってあるんだ。でも。

　――じゃあ、後悔しない選択なんて、どこにあるっていうんだ？

絶対に間違いがないひとつが目の前にみえているなら、僕だってそうする。絶対に間違えない人がすぐ隣にいるなら、僕はすべてを任せている。でも、そんなことはあり得ないんだ。なにを選んでも、どう工夫しても、目を閉じても耳を塞いでも逃げ出しても、いつだってなにかを後悔し続けるんだ。

　もしもすべてを忘れて、大地にも真辺にも堀にも関わらずに過ごせたなら。彼や彼女になにが起こっても、僕のせいじゃないと自分を慰めていられるなら。僕はきっと、それを選ぶ。でも、そんな選択肢さえ、もうない。

　真辺が安達に主張したことは、隣で聞いていても無茶苦茶だったけれど、でも真実の一面ではあるのだと思う。僕はすでに彼や彼女に出会ってしまって、みんなのことを知っていて、関係が生まれて。それは重力みたいに、数式みたいに、自然に世界に備わっているルールみたいに、どうしようもなく僕らを呪う。どうしようもなく僕たちは、隣にいる誰かのことを考えている。

　だから、自分への言い訳を、考え続けなければいけないんだ。選んで、失敗したとき、いちばん効率的に僕自身を慰められる選択を探しているんだ。

──ああ。なんてポジティブな考え方なんだろう。

僕の思考だとは思えないくらいに。

簡単にまとめてしまうなら、僕は僕自身に、「悔いなくベストを尽くせ」と言い聞かせているのだから。そんなことができるはずもないけれど、でもそこを目指すほかにはどうしようもない。

僕は堀を愛し、真辺を信仰している。

なら今は、その感情に従おうと思う。

「実のところ、時任さんから魔法を奪い取るのに、君たちはいらない」

僕もいらない。堀がひとりで、全部できる。

安達はもう、この会話に飽きているようだった。彼女は冷ややかなまなざしで首を傾げる。

「なら、どうして私たちを呼んだの？」

「だって、堀が魔法を取り戻しても、同じことの繰り返しだろ」

これまでと同じように、安達は堀の敵のままで。同じようにつまらない嫌がらせを繰り返して、それで、堀が苦しみ、時任さんが自分を責める。

「ああいうのは、もういい。先に進もう。安達が魔女になりたいなら、なればいい。真辺を魔女にしたいなら、すればいい。堀と僕とで、君たちを頭から否定してやるよ」

「おや。全面戦争？」

そう言った安達は、少しだけ嬉しそうだ。

「違う。ただの議論だよ。同じテーブルに着こうと言っているだけだ」

僕はそう答える。とても真辺由宇的に。彼女に影響された僕の言葉で。

でも、本心は違った。同じ立場で議論したいわけじゃない。ただ悔いのない方を選んだだけだ。どうせ後悔するとしても、まだましな方を。

――やっぱり僕には、真辺を無視して先には進めない。

彼女と向き合っていなければ、なにも捨てないではいられない。

安達が言った。

「で？　どうやって、時任さんから魔法を奪うの？」

そんなもの、決まっている。

「時任さんより、こっちの方が幸せだって証明するんだよ」

「できるの？」

「君たちは黙って座っていればいい。堀にはできる」

簡単だ。きっと。

安達が顔をしかめる。

「よく信用できるね。貴方がいなくなっただけで、魔法をとられちゃった子を」

僕は首を振る。

安達は根本的に、間違えている。

「僕なんか、関係なかったんだ」

もしもずっと堀の隣に僕がいたとしても。安達がなにもしなかったとしても。時任さんならいつだって、堀から魔法を奪い取れただろう。

そして、まったく同じ理由で、堀も時任さんから魔法を奪える。

なんて美しい関係なんだろう。

きっとふたりは同じように、互いの不幸を証明し合う。

6　時任　同日

魔法の感触に吐き気がして、時任はため息をつく。

私はこの世界でならなんでもできるのだという確信が、胸の中心に居座って、そこから連なって失敗の記憶と重たい感情があふれる。その感情は丈夫なゴムでできた大きなボールみたいに膨らんで、内側から胸の辺りを圧迫する。一種のトラウマなのだろう。

三月の午後六時は、日没の時間だ。

郵便局の二階の窓から西をみると、背の低い山の向こうに、ちょうど夕陽が隠れたころだった。夕陽を背に隠した山は、鯨のような、巨大な生き物にみえた。なぜだろう、夕陽よりも、それが生む影に生命を感じた。

「そろそろ、みんな来る時間だね」

と時任は言った。

向かいの堀は、口を開かずただ頷く。

ふたりは作業台の前に座っている。椅子は踏台を大きくしたような、四角い木製のもので、決して座り心地が良いとはいえない。背もたれもないから、身を休めることもできない。背筋を伸ばすことを暗に求める椅子だ。

本来、郵便局の二階は、時任の私室だった。大きなクローゼットだとか、化粧のための鏡と椅子だとか、簡単な本棚だとか、ベッドなんかがあった。でも整理が苦手で、まるで物置みたいになっていた。そこに他人を入れるのが嫌で、先ほど適当にリフォームした。

イメージしたのは、高校の美術室だ。

どうして？　時任にもわからない。少しだけ傷つきたかったのかもしれない。胸にあふれる感情を、外に逃がすために。

堀が言った。

「魔法を、返してください」

時任はため息をつく。本心だったが、演技のように。

「嫌だよ。だって貴女が、幸せそうにはみえなかったもの」

「それは、私が決めます」

「貴女が決めて、魔法は私のものになったんでしょ？」

――貴女より、私の方が幸せ。

と、そう言って、相手を納得させれば魔法を奪い取ることができる。時任はその手順を踏んで、堀から魔法を奪い返した。なら彼女も、その言葉に納得したということだ。

堀は眉を寄せる。

「今は、もう違います」

「かもね。でも、ナナくんがいなくなったら、また泣いちゃうんでしょ」

「それは。魔法とは、関係ありません」

「そうでもないよ。本気で彼を失いたくないんなら、魔女はそれくらいの我儘、叶えられるんだから」

堀は涙を流しても、自分の意思で七草を手放したのだ。

この子にはそんな風にしか、魔法を使えなかった。それは尊いことなのかもしれない。でもやっぱり、悲劇ではある。

「実はずっと、貴女の魔法の遣い方が、悲しくて仕方がなかった。嘘じゃない。なんて悲しい魔法なんだろうと思っていた。だからもう、絶対に、貴女には魔法を返さない。だって魔法を手にした貴女が幸せだとは思えないから」

堀は強い瞳でこちらをみている。外見の印象だけに限れば、彼女はなかなか好戦的にみえる。

「時任さんも、同じです」

「そう？」

「魔法を持っていて、幸せそうにはみえません」

「そりゃね。でも、貴女よりはましだよ」

この子ほど必死にならない。もう少し手を抜いて、いろんな出来事を受け流せる。

――いや。そんな問題でもないか。

話の本質は、もっと単純で。

「もしも貴女の方が年上だったら、魔法を預けたままだったかもね」

けっきょく、そういうことだ。

「歳が、そんなに大事ですか？」

「うん。あんなにも便利な物差し、そうそうないよ」

あらゆる判断には責任がつきまとう。だからいつだって理由を探している。責任を放棄する理由。責任を引き受ける理由。その、いちばんわかりやすい根拠が年齢だ。

「大勢の人が、とりあえず年齢で納得できるんだよ。難しい判断を引き受ける理由は、年長者だからってことで、誤魔化してしまえるんだよ。もしかしたらそこに、まともな理屈はないのかもしれない。でもね、感情の方はそれで、なんとかなるんだよ」

魔法は、とても重たいものだ。

時間が流れることや成長することの苦しみを、象徴化したようなものだ。ならそれは、やっぱりより長く生きている方が引き受けるべきなんだろう。時任だって経験が充分だとは言えないけれど、少なくとも堀よりは年上で、だからこの子から責任を奪ってしまうべきなんだろう。

堀はしばらく、じっとこちらをみていた。口は開かなかったが、その視線が反論するようだった。

やがて、ノックの音が聞こえた。七草たちがやってきたのだろう。

「どうぞ」

そう声をかけると、ドアが開く。まずは真辺が、次に安達が、最後に七草が部屋の中に入ってくる。

七草が言った。

「郵便局の二階って、こんな風になってたんですね」

時任は、頬杖をついて答える。

「三〇分くらい前からね」

適当に座って、と時任は作業台の向かいを指す。

堀の隣に七草が、さらにその隣に真辺が腰を下ろす。安達はひとつとなりの作業台に、腰の辺りを預けた。

「さて」

と、七草が切り出す。

「今から、貴女の不幸を証明しましょう」

彼は、感情の読めない笑みを浮かべて、そう告げた。

なんだか気圧されるような、奇妙な迫力を感じて、思わず笑う。

「それは、無意味だよ」

「どうして？」

「だって私は、もう私の不幸を知っているから」

そんなもの、彼が死んだあの日から、忘れたことなんかない。

「ねぇ、ナナくん。もう論点は、そんなところにないんだよ。私がどれだけ不幸でも、そんなの問題じゃないんだよ。魔法というものの責任を誰がとるのか。話はそれだけなんだよ」

そして時任は、それができると思っていた。

もうこれ以上、階段島の住民を増やさずに、この島をただ平和なまま、ゆっくりと終わらせられる自信があった。

七年前、魔法を譲ったとき、時任はふたつの点で間違えたのだ。そもそも魔法を、幼い少女に譲ってはいけなかった。そして採用すべきなのは、安達の案の方だった。つまり時任自身が誰もいない、なんにもない島をひとつ残して、魔法なんてものは手放してしまうべきだった。

ずいぶん回り道をしたものだ。そのせいで、いろんな人を傷つけた。すでに手遅れだとさえいえるけれど、でも、今からでも選び直そう。静かに魔法を終わらせよう。

なのに、七草は笑みを浮かべたまま首を振る。

「まったく違います」

「なにが違うの？」

「なにもかもが。そもそも、魔法に責任なんてない」

「あるよ。だって――」

時任の言葉を、間を置かずに七草が遮る。

「魔法なんて、ただの道具ですよ。責任というのは、それを使った結果に対して発生するものでしょ。目をそらさないでください。貴女の罪も、不幸も、責任も。魔法なんて、関係ない」

彼はいっそう、唇の端を上げる。

誇張された笑みは、もう笑みにはみえなかった。深い傷跡のようだった。

「相原大地という少年が、本当に貴女が責任を取るべき相手でしょう？」

言われるまでもなかった。

もちろん、その通りだとわかっていた。

「なんとかするよ。ナナくんたちは、気にしなくていい」

「どうするんですか？」

「さあね。色々、試してみる」

少なくとも魔女の世界において、魔法は絶対だ。現実では不可能なトライアンドエラーも繰り返せる。だれも知らないところで、時任ひとりでなんとかしてみせる。

――なんて、できるかどうかわからないけれど。

でもこの子たちに押しつけてよいことではない。七草が言う通り、大地の現状こそが、時任の罪なのだから。

七草はみえ透いた、作り物のため息をつく。

「さあね、じゃないでしょ。良い大人なんだから、無責任なこと言わないでくださいよ」

彼は徹底的にヒールを演じるつもりなのだろう。意図して挑発的な言葉を選んでいることは、もちろんわかった。でもそれが上手くいっているとは言い難い。

彼は優しすぎるのだ。だから時任を傷つける言葉を口にするとき、その瞳は悲しげで。

だから余計にこちらを傷つける。

時任は、できるだけ軽く答えた。

「かもね。でも、上手くやるよ」

七草はゆっくりと首を振る。

「納得できません。貴女には実績がないから」

「実績?」

「試験をしましょう。時任さん」

彼の、深い、黒い瞳が、じっと時任を覗き込む。

「大地の頭の中を、覗いてみてください。これまで貴女が、あの子になにをしてきましたか? なんにもしていないでしょ。僕や真辺の方が、まだしもあの子の助けになっているでしょ。いつか、無責任にすべてを放り出した時任さんが、今さら責任を取りたいなんて都合がよすぎるんですよ」

七草の言葉は、まったく真実で、胸が痛い。たしかに時任は今まで、私は傍観者なのだと自分に言い聞かせてきた。いちばん楽なところで身を丸めていた。

とはいえ、彼の言葉をすべて受け入れたとしても、答えは変わらない。

「まったくその通りだと思うよ。それでも私は、魔法を手放さない」

七草はやっぱり、論点がずれている。というか、そもそも、論点があると思い込んでいることが間違いだ。

これは論理的な話ではない。もっと原始的な、感情と納得の話だ。

「私の答えは、もうでちゃってるからね。ナナくんがなにを言っても変わらないよ」

「じゃあどうして、今、こうして話をしてくれているんですか？」

それは。

なんとなく、その方が誠実な気がしたからだ。魔法に深く踏み込んだ彼らをまったく無視するのは、不誠実なような気がしたからだ。

七草は続ける。

「どうして僕に、なんにも捨てるな、なんて試験を出したんですか？　どうして大地の母親に起こったことを、聞かせてくれたんですか？」

時任は息を吐き出す。

ため息のつもりはなかったが、それと似た種類の吐息ではあった。

――たしかに私は、この子たちに期待していた。

今もまだ、期待している。それは事実だし、当たり前だろう。

「誰だって、若い子には期待するものだよ。私にできなかったことが、貴方たちににならできるかもってね。でも、それは、今じゃない」

もっと、ずっと未来の話だ。

今から五年後に成人して、一〇年後に経験を積んで、やがて今の時任よりも年上になって。それからでいい話だ。

ここによく似た美術室で、先輩は言った。

——大抵の大人は、子供たちに、自分ではいけなかったところまで行って欲しいと思っているのよ。

あの言葉はやっぱり、本心だったのだと思う。

でも、だからこそ、大人は「子供たち」を守る義務がある。

「魔法のことを、忘れて欲しいとは思わないよ。できれば覚えていて欲しいな。それで、私と同じような失敗は繰り返さないで欲しい。そういう風に、私は貴方たちに期待してるんだよ。でも、これ以上、魔法に関わらせたくはない」

だから魔法はあげないよ、と時任は言った。

七草はまた笑う。

「わかりました。じゃあ、責任はみんな、時任さんのものでいい」

素直な笑みだ、と時任は思った。清々(すがすが)しく、嬉しげな笑みだ。

彼は続ける。

「それでも、魔法を貸してください」

時任は、思わず顔をしかめていた。

「どういうこと？」

「基本的には堀が魔法を使って、でも責任はみんな時任さん、ということです。別に、本当に魔法をくれなくてもいい。ほら、七年前の試験みたいに、時任さんが魔女のまま、堀にも魔法を貸してくれればいい」

なんだ、それ。

「そんなの、許可できるわけないでしょ」

「どうして？　もしかしたら、時任さんよりも僕たちの方が、上手に大地を助けられるかもしれません」

「失敗したら、どうするの？」

「知りませんよ。だから、時任さんに責任を取ってもらうんですよ。僕たちがどれだけ失敗しても取り返しがつくように、考えておいてください」

なんて我儘な話だ。

発言のすべてが、七草らしくないような気がした。でも彼の瞳は真剣で、おそらく駆け引きではないだろうという気がした。本気で、こんな無茶な提案をしている。

どう返事をしたものか、考え込んでいると、これまで沈黙を保っていた真辺が言う。

「それなら私にも、魔法を貸してください」

こちらはいかにも、彼女らしい台詞(せりふ)ではある。

真辺は続ける。

「七草や堀さんより、私の方が上手く魔法を使えるかもしれないから、貸してください」

笑い声を上げたのは、安達だった。

「魔法を借りるのは、私でいいよ。一応、魔女なんだし。基本的には、真辺さんが言う通りに使うけどね」

軽く息を吸って、時任は状況を整理する。

落ち着いて考えると、わかりやすい話ではあった。

――つまりこの子たちは、子供のまま魔法を使うと言っているんだ。

そうまとめてしまうと、王道的なやり方に思えた。

子供たちが危険なことをするときには、大人の責任者がつくものだ。こちらに、その責任者になれと言っている。まったくなんの捻りもない、正面突破みたいな提案だ。

七草はじっと、まっすぐにこちらをみている。どこかでみたような瞳だ。真辺由宇に、似た瞳だ。思えばこの力任せみたいなやり方も、真辺の考え方に近い。

「上手く魔法を使ってください。堀や安達に貸すときに、できることとできないことの制限をつけて、あとから取り返しがつくようにしておいてください。その中でも、僕たちはきっと、大地を幸せにしてみせます」

たぶん、彼の言葉は、みんな演技なのだろう。

もちろん中には、本心も混じっている。あるいは、大半が本心なのかもしれない。でも本心だって上手く加工して、できるだけネガティブな面を隠して喋っているのだろう。こちらにみせたい表情と、聞かせたい言葉を、必死に演じているのだろう。

でも時任は、やはり首を振る。

「だめだよ。魔法は、持ち主を傷つける」

だって時任自身が、こんなにも苦しんでいるんだから。先輩や、彼女の恋人や、大地や。彼らのことを意識するだけで、叫び声をあげたくなるのだから。同じように堀もこの七年間で、充分に傷ついたはずだ。

その堀に、七草が目を向けた。

堀の方は、七草を向いてはいなかった。彼女が音をたてず、深く呼吸したのがわかる。

それから伏し目がちに、口を開く。

「七年前、私は魔法が嫌いでした」

ゆっくりと、小さな、でも充分に聞き取れる声で、彼女は言う。

「魔法のことを知っていて、貴女が魔法を捨てたい理由も知っていて、嫌いでした。でも嫌いだった魔法を、好きになろうと決めました」

こんな話を聞くのは、時任も初めてのことだった。堀が寡黙に、でも強い意志で魔法を肯定したがっている理由を、時任は知らなかった。

「だって、私は、魔法を嫌いになる前の、貴女の方が好きだったから。あのころの貴女の方が、幸せそうだったから。魔法を嫌いになってからの貴女は辛そうで、悲しそうだったから、私は、魔法を好きになることにしたんです。貴女にもう一度、魔法を、好きになってもらおうと決めたんです」

ああ、この子が、こんなにも一所懸命に話している姿をみるのはいつ以来だろう？伝えることに怯え続けているこの子が、こんなにも感情を語ろうとしている姿を、これまでにみたことがあっただろうか？

「七年間、魔法を持っていて、たしかにそれは、とても苦しかったです。でも、捨てたくはありませんでした。私は必ずそれを好きになれると信じていました」

堀の喋り方は、やっぱりたどたどしい。暗記してきた文面を、頭の中で、どうにか読み上げているように。でも彼女は、切実な目と声とで続ける。

「私が、魔法を奪われたのは、七草くんがいなくなったからじゃないんです。本当に、違うんです。私が、悲しかったのは。私が、自分を不幸だと信じた理由は。貴女が魔法を否定するために、私から魔法を取り上げようとしたからです」

思わず、息が漏れた。

ふいに涙がこぼれそうになって、時任は顔をゆがめて、それをこらえた。

——なんてことだ。

そんなの、当たり前じゃないか。どうして、思い至らなかったんだ。

時任は、七草の「拾われ方」が、最悪だったのだと思っていた。堀にとっての致命傷だったのだと思っていた。だって、彼は、現実の七草は、一度捨てたものを改めて否定するために、自分を拾ったから。それは堀の理想の正反対だったから。

でも。時任がしたのも、同じことだ。

彼女が大事に、大事に、七年間も苦しみながら諦めずその価値を作ろうとしてきたものを、壊すために、否定するために、一方的にとりあげたのは、時任も同じだ。

——違う。もっとひどい。

現実の七草は、魔法や堀について詳しくなかった。なにも知らないまま、結果的にそうなっただけで、言ってみれば事故のようなものだ。

でも、時任は違う。

七年間、ずっと堀をみてきたのに。彼女のことを、みんな知っていたはずなのに。

——どうして私は、あんなにも簡単に、魔法を取り上げたんだろう?

初めから苦しいとわかっていたのに。初めから、傷つくと知っていたのに。すべて覚悟していて、その覚悟の通りに傷つき続けて、それでも必死に、幸せな魔女になろうとしていたこの子に向かって。

——私の方が、幸せ。

どうして、あんな。決定的に深い傷をつけるとわかりきっている言葉を、口にしたのだろう？　勝手にこの子の苦しみを想像して、少しでもこの子を守れるつもりになって、もっとも本質を否定したのは、時任自身だ。

「でも、魔法を失くして、わかったことがあります」

堀は、ふいにほほ笑む。時任に向かって、綺麗に笑いかけてみせる。

その柔らかな表情が、胸に刺さる。

「やっぱり私は、魔法を好きになれました。辛いことはあったけど、でも、今もまだ、魔法は綺麗に使えるんだと信じています。だから——」

ああ、やばい。

時任は口元に力を込める。

もしも今、この子があの言葉を口にしたら、やばい。

きっと魔法に失望して、絶望して、背を向けた時任より、決してそれを捨てようとはしなかった堀の方が幸せだから。時任の目に、今はそう映っているから、やばい。

魔法を奪われる。心が、覚悟した。

でも、彼女はそれを、口にしなかった。

「だから、お願いです。もう一度、魔法を貸してください」

そう言って、深く頭を下げただけだった。

時任はため息をつく。

——こんなの、どうしようもないじゃない。

背後から銃口を押し当てられているようなものだ。だって、いつだって魔法を奪い取れるんだと、この子に証明されてしまった。

今、改めてこの部屋を見渡すと、初めから勝ち目がなかったように思える。

真辺はいつも通りの、息苦しいくらいに真剣な瞳で、じっとこちらをみている。彼女も堀も、時任が諦めたものを、まだ諦めてはいないのだろう。彼女たちに反論するなら、安達のスタンスを取らざるを得なかった。でも七年前の時点で、時任にはそれを選ぶこともできなかった。

あらゆる論点で、時任よりも、彼女たちの方が先に進んでいる。

すがれるのは年齢なんて不確かなものだけで、でも七草は、子供のまま魔法を使わせろという。

彼は得意げに笑っていた。

「僕たちは、本当に魔法をくれと言っているわけじゃないんです。ただ貸して欲しいと言っているだけなんです。気に入らなければ、すぐに中止してもらってかまわないから、もう少しだけ僕たちをみていてください」

彼は、本当になにも捨てずに、ここまで来たのだろう。

ここから、なにも捨てずに進んでいくつもりなのだろう。

まるで矛盾するような堀と真辺を共に肯定して、時任が初めから諦めていたルートで、魔法の答えをみつけるつもりなのだろう。

「わかった」

と、時任は言った。

「ちょっと考えてみるから、時間をちょうだい」

思い出したのは、やっぱり彼女の言葉だった。

――だから貴女が、夢は叶うと信じられるなら、もう私よりも先にいるんでしょうね。

つまり、そういうことなのだろう。

ねぇ、先輩。やっぱり私は、貴女の後輩だったよ。

そんなことを考えて、時任は、心の中でひとり笑った。

＊＊＊

郵便局を出ると、もう日はすっかり落ちていた。

安達（あだち）は挨拶（あいさつ）もなく消えてしまった。堀（ほり）は、頑張ってしゃべり過ぎたからだろう、なんだか疲れ果てた様子だった。郵便局の隣の灯台で休んでいくとのことで、残されたのは僕と真辺（まなべ）のふたりだけだった。

寮への帰り道、真辺が言った。

「どうして、私も入れてくれたの？」

「ん？　なにに？」

「魔女だよ。というか、魔法？　私、役に立たなかったよね」

たしかに今日、時任（ときとう）さんとの話に、真辺と安達がいる必要はなかった。本当は、僕だって必要なかったのだ。僕は堀に、できるだけ本心を話して欲しいと頼んでいただけで、その他に必要な手順なんかなかった。

僕は答える。

「実は、試験の最中なんだ」

「試験？」

「時任さんに出された。僕は、なんにも捨てちゃいけないんだってさ」

今となってはもう、あまり重要な試験ではないような気もする。でもやっぱり、それを達成することが、本当に大切な意味を持つようにも思う。

「なんにも捨てないために、私と安達さんが必要だったの？」

「これから必要になるんじゃないかな」

試験のことだけではない。これから先、魔法の価値を証明するためには、「堀ではない誰か」もいた方がいい。実際のところ、堀の考え方で大地(だいち)の問題をどうにかするのはとても難しいだろうから。別の価値観を持つ人も、一緒にいた方がいい。

矛盾するものを、両方捨てずに持ってたなら、もちろんぶつかり合うだろう。互いが互いを傷つけあうだろう。それでも、どちらも捨てずにいられたなら、より良いなにかがみつかるかもしれない。弁証法と同じようなものだ。テーゼとアンチテーゼがぶつかり合うことで、ジンテーゼが生まれる。

別の価値観が真辺由宇(ゆう)というのは、不安ではあるけれど。

でも、じゃあほかに適切な誰かがいるかというと、思い当たらない。時任さんが上手く魔法のルールを作ってくれることを祈るしかない。

「七草(ななくさ)は、これからどうするの？」

と真辺が言う。

「とりあえず、大地ができるだけ幸せになれるように努力するよ」

と僕は答える。

「なら、一緒だね」

「足の引っ張り合いにならないように気をつけよう」

今回の件で、ひとつ、大きな進展があった。

大地の母親に起こったことがわかったのは、とても意義があるはずだ。聞いているだけで心が沈む話ではあったけれど、彼の母親に魔法が使われたのなら、その結果として彼女が大地を愛せなくなったのなら、希望がある。僕たちはその感情を突き返すことだってできる。もちろん、どこまでも慎重に進めないといけないけれど。

僕は大地の母親のことを、真辺に語って聞かせた。黙っていようかと思ったけれど、やっぱり話すことにした。長い話だけど、郵便局から学生街までは距離があるから、それほど気にすることでもない。真辺は口をつぐんだまま、僕の話を聞いていた。

ひと通り話し終えて、僕は息を吐き出す。

「誰が悪いわけでもない」

その言葉で、締めくくった。

真辺は普段と変わらずに、じっと前方をみつめていた。

「そうじゃないよ」

「ん？」

「誰も悪くないって言いたくなるのはわかるけど、やっぱり、誰かが悪いんだよ。そんな風に考えていないと、この世界から悪いことなんて、ひとつもなくなっちゃうよ」

「いいじゃないか。ひとつもなくても」

「だめだよ。悪いところをみつけないと、なにも改善しないもの」

「じゃあ、今回の場合、誰が悪いの？」

「大地のお父さんと、お母さんと、時任さん」

「三人もいるんだ」

「みんな、それぞれ間違えたんだよ」

当たり前だ。

誰かが間違えたから、大地みたいな小さな子供が、切実な問題を抱えている。

でも、わからなかった。大地の父親は、自ら死んだことが罪だろう。大地の母親は、愛情を捨てたことが罪だろう。じゃあ、時任さんは？

「時任さんは、なにを間違えたのかな？」

「いちばんは、大地のお母さんから愛情を奪ったこと」

「でも、頼まれたんだよ」

「頼まれたらなんでもやっていいってわけじゃないでしょ」

「まあね。でも、深い愛情を抱えたままでは、その人は上手く生きていけなかったのかもしれない」

「今は、上手く生きていられてるの？」

なにが上手くて、なにが下手なのかは、僕には判断がつかない。でも。

堀にみせてもらった、大地の日常を思い出す。いないものとして扱われている大地と、母親の表情と、マンションの一室での彼を。やっぱりあれを、「上手く生きている」とはいえない。

僕は首を振る。

「時任さんが愛情を奪っていなければ、彼女は大地を産む前に、死んでしまったかもしれない」

「それはないよ」

真辺が妙に断定的に語るから、なんだか愉快な気分になる。

「どうして？」

「だって、愛情じゃ人は死なないよ。愛情から繋がっていたとしても、人が死ぬのは、もっと別の感情だよ」

「ま、そうだろうね」

心底愛する人が死んだとして、それで後を追って自分も死にたいと考えたとして。そのとき、人を殺すのは愛情ではないのだろう。悲しみとか、後悔とか、絶望とか。名前は知らないけれど、愛情なんて肯定的な感情ではないのだろう。

「だから、言われた通りに感情を奪った時任さんは間違えていて、もしも大地のお母さんからなにかを奪わないといけなかったなら、それはもっと別のものだったんだよ」

そうかもしれない。と、僕は答えた。でも、違うのかもしれない。

やっぱり僕はあの話を、「誰も悪くない」と言って締めくくりたかった。本当は真辺が言う方が正しかったのだとしても、薄っぺらで見え透いた誤魔化しでも。

誰だって、僕だって、責任なんてものに背を向けていられればいいと思う。安全なところで柔らかに生きていられればいいと思う。日向（ひなた）でまるくなる猫みたいに、いつまでも。

でも、実際はそうじゃない。

「こっちにいる、大地のお母さんに会わなきゃね」

と、真辺は言った。

僕は頷く。

大地の母親に会うのは、怖い。

彼女の愛情が大地のことを知って、どんな風に反応するのかが怖い。それがどんな反応であれ、やっぱり僕は、彼女にネガティブな感情を抱くだろう。そのネガティブな感情の予感にも恐怖を覚える。でも、避けては通れない。

「一緒に会いに行こうか」

と僕は提案する。

「うん。一緒に行こう」

と真辺は答える。

こういう風にして、誰だって責任を背負っていくのだろう、きっと。

時間は流れ続け、意識しなくても、僕たちは一秒ずつ強制的な選択を迫られている。一日を終えて、夜を迎えるたびに、僕たちの身体に重たい責任がまとわりついていく。明日を迎えるために、次の光を浴びるたびに、一日ぶんだけ成長するために、それを受け入れなければならない。

――いや。いけないってことはないんだ。

拒絶も、みえないふりも、できるかもしれない。そうできるなら、そうすればいい。本当に。

ただ、逃れようがないだけだ。いつの間にか、静かに周囲を満たしているだけだ。日が暮れるように、闇が満ちるように。それは無味無臭で音も立てない。色さえないのに、でも目を開いたならそこにある呪い。

まったく無色透明で、でも僕たちの瞳には真っ黒にみえる呪い。

その夜のような呪いは、時が経つほどに濃度を上げて、僕たちの足をすくませる。やがて目を閉じたいと思わせる。

光を探して、夜空を見上げた。月は雲に隠れているようだった。でもいくつかの星あかりが、こちらを照らしていた。

もしもひとつを選ぶたびに生まれる呪いから目を背けないなら、その巨大な闇を乗り越えたいと望むなら、あんな風であるしかないのだろう。か細くてもまっすぐに進む光のようであるしかないのだろう。

――七年前、僕は中田さんに、こんな話をしたかったんだ。

だって、夜空の呪いに色はない。

すべての色を消し去る、深い闇にみえても、か細い光さえかき消せはしない。

その程度のものなんだ、本当は。だから星あかりの一筋は、夜空の先の景色に届く。

きっと、僕たちは、あの光みたいに足を踏み出すことしかできないんだ。

本書は新潮文庫のために書き下ろされた。

河野裕著
いなくなれ、群青
11月19日午前6時42分、僕は彼女に再会した。あるはずのない出会いが平坦な高校生活を一変させる。心を穿つ新時代の青春ミステリ。

河野裕著
その白さえ嘘だとしても
クリスマスイヴ、階段島を事件が襲う——。そして明かされる驚愕の真実。『いなくなれ、群青』に続く、心を穿つ青春ミステリ。

河野裕著
汚れた赤を恋と呼ぶんだ
なぜ、七草と真辺は「大事なもの」を捨てたのか。現実世界における事件の真相が、いま明かされる。心を穿つ青春ミステリ、第3弾。

河野裕著
凶器は壊れた黒の叫び
柏原第二高校に転校してきた安達。真辺由宇と接触した彼女は、次第に堀を追い詰めていく……。心を穿つ青春ミステリ、第4弾。

竹宮ゆゆこ著
知らない映画のサントラを聴く
錦戸枇杷。23歳（かわいそうな人）。そんな私に訪れたコレは、果たして恋か、贖罪か。無職女×コスプレ男子の圧倒的恋愛小説。

竹宮ゆゆこ著
砕け散るところを見せてあげる
高校三年生の冬、俺は蔵本玻璃に出会った。恋愛。殺人。そして、あの日……。小説の新たな煌めきを示す、記念碑的傑作。

知念実希人著　天久鷹央の推理カルテ

お前の病気（ナゾ）、私が診断してやろう——。河童、人魂、処女受胎。そんな事件に隠された〝病〟とは？　新感覚メディカル・ミステリー。

知念実希人著　天久鷹央の推理カルテⅡ　—ファントムの病棟—

毒入り飲料殺人。病棟の吸血鬼。舞い降りる天使。事件の〝犯人〟は、あの〝病気〟……？　新感覚メディカル・ミステリー第2弾。

知念実希人著　天久鷹央の推理カルテⅢ　—密室のパラノイア—

呪いの動画？　密室での溺死？　謎めく事件の裏には意外な〝病〟が！　天才女医が解決する新感覚メディカル・ミステリー第3弾。

知念実希人著　幻影の手術室　—天久鷹央の事件カルテ—

手術室で起きた密室殺人。麻酔科医はなぜ、死んだのか。天久鷹央は全容解明に乗り出すが……。現役医師による本格医療ミステリ。

王城夕紀著　青の数学

雪の日に出会った少女は、数学オリンピックを制した天才だった。数学に高校生活を賭す少年少女たちを描く、熱く切ない青春長編。

最果タヒ著　グッドモーニング　中原中也賞受賞

見たことのない景色。知らなかった感情。新しい自分がここから始まる。女性として最年少で中原中也賞に輝いた、鮮烈なる第一詩集。

イラスト　越島はぐ
デザイン　川谷康久（川谷デザイン）

夜空の呪いに色はない

新潮文庫　こ－60－5

平成三十年三月一日発行

著者　河野裕

発行者　佐藤隆信

発行所　株式会社新潮社

郵便番号　一六二—八七一一
東京都新宿区矢来町七一
電話　編集部（〇三）三二六六—五四四〇
　　　読者係（〇三）三二六六—五一一一
http://www.shinchosha.co.jp

価格はカバーに表示してあります。

乱丁・落丁本は、ご面倒ですが小社読者係宛ご送付ください。送料小社負担にてお取替えいたします。

印刷・錦明印刷株式会社　製本・錦明印刷株式会社

ISBN978-4-10-180103-2 C0193